海坂藩大全　上

藤沢周平

文藝春秋

目次

下巻目次

海坂藩大全　上

題字　谷澤美智子
装丁　石崎健太郎

暗殺の年輪

一

貝沼金吾が近寄ってきた。

双肌《もろはだ》を脱いだままで、右手に濡《ぬ》れた手拭いを握っている。立止ると馨之介《けいのすけ》の顔はみないで、井戸の方を振向きながら、

「帰りに、俺のところに寄らんか」

と言った。

時刻は七ツ（午後四時）を廻った筈だが、道場の裏庭には、まだ昼の間の暑熱が溜っている。汲《く》み上げ井戸の周りには十人余りの若もの達が、声高に談笑しながら水を使っていた。暑さに耐えて、手荒い稽古をやり終えた解放感が、男達の半裸の動きを放恣《ほうし》にしている。

馨之介は訝《いぶか》しむ眼で金吾をみた。長い間二人きりで話すということはなかったし、向うから話しかけてくることはもうないものと、馨之介は考えていたのである。不仲というの

ではない。原因らしいものが何も思い当らないままに、なぜか金吾の方から遠ざかり、いつの間にかそう思うようになった。

金吾は馨之介と、十年以上も同門の仲である。町で、坂上の道場と呼ぶ室井道場で、二人は龍虎《りゅうこ》という呼び方をされたし、金吾が振る竹刀《しない》の癖も、眼の前にある浅黒い皮膚の下に、どのように鍛えられた筋肉が潜んでいるかも、馨之介は知っている。道場のつき合いだけでなく、お互いに家を訪ね合った間柄だったのである。

距《へだ》てなくつき合って来た筈の仲が、いつ頃から冷えて行ったのか、馨之介にははっきり思い当らない。金吾の変り方が目立つものでなかったせいもある。いつとはなく馨之介を避ける様子が見えてきた。ただそれだけである。

勿論馨之介以外の同門の者に対しては、金吾の態度は少しも変りなかったし、また馨之介から話しかけたりすれば、受け応えを拒むわけでもなかった。だが、その場合にも、前のように明るく談笑するという風ではない。馨之介の視線を、さりげなく避け、口数も少なかった。

そうしたことに気づくと、馨之介の方でも金吾に対して口が重くなった。理由の解らない、冷ややかな壁のようなものが、二人の間にはさまったとしか考えられなかった。だがそれを詮索《せんさく》し、金吾の奥歯に物がはさまったような態度を難詰《なんきつ》するつもりはなかった。そうすることをためらう気持が馨之介の内部にある。貝沼金吾とよく似た成行きで馨之介と交わりを断って行ったものは、ほかにもいたのである。

（多分、あれが原因なのだ）と馨之介は漠然と思っている。

馨之介の父葛西《かさい》源太夫は、馨之介が三つの時に死亡している。病死ではなく、藩内の政争に捲《ま》きこまれて、ある重臣を刺殺しようとしたが失敗し、腹を切ったと聞いていた。ある重臣というのが誰であるかも馨之介は知らない。十八年前のその事件は、何故か藩内に固く秘され、闇の中に凍ったまま、以後語る人もいないのである。

ある時期から、馨之介は周囲の人間の眼が時おり奇妙に粘って自分に注がれるのを感じた。それは親戚の者が集まった席上であったり、あるいは市中で名も知らない家中の侍と擦《す》れ違った時だったりしたが、その視線に共通して含まれているものが、次第に馨之介の気を重くした。

それは、憫笑《びんしょう》というようなものだったのである。

その笑いを理解しはじめた頃から、馨之介は寡黙《かもく》になり、室井道場での剣の修行が激しくなって行った。眼の笑いの背後に父の非業な死を感じ、それを感じた以上耐えるしかなかったからである。

貝沼金吾がいつとはなく遠ざかって行く気配に気付いた時も、馨之介は、その背後に横《おう》死《し》した父を感じていた。あれが原因である以上、馨之介はそういう金吾を黙って見送るしかなかった。それが、誰も語らない事件の中で死んだ父に対するいたわりのようなものだと思っていた。

ほとんど一方的に築いた障壁の向うから、今日金吾は突然声をかけてきたのである。長い間無言で眼の前を歩いていた見知らぬ男が、不意に振向いたような、軽い驚きを馨之介は感じた。

馨之介が黙っていると、金吾ははじめて振返って、

「都合が悪いのか」

と言った。金吾は眩《まぶ》しそうな眼をした。その眼は、やはり馨之介を傷つけたが、表情は柔らいだ。

「何かあるのか」

「少し話がある。いや、改まって考えることはないだろう。前はよく来ていた」

それはそうだと思った。金吾の声は明るく、これまでのいきさつが、馨之介の思い過しでなかったかと思わせるほど、翳《かげり》のない言い方だった。だが、金吾が不意に真直《まっす》ぐ馨之介をみた時、その眼に一瞬ゆらめいて消えた光が馨之介の胸を冷たくした。金吾の眼を素早く走り抜けたのは、冷ややかな笑いだった。

馨之介は静かに言った。

「解った」

「では、五ツ（午後八時）までに来てくれ。待っている」

金吾はちらと井戸端を振向いて、意外なことを付け加えた。

「連中にも、それから先生にも、このことは黙っていてくれんか」

丘というには幅が膨大な台地が、町の西方にひろがっていて、その緩慢な傾斜の途中が足軽屋敷が密集している町に入り、そこから七万石海坂《うなさか》藩の城下町がひろがっている。城は、町の真中を貫いて流れる五間川《ごけんがわ》の西岸にあって、美しい五層の天守閣が町の四方から眺められる。

馨之介は、ゆっくり坂を降りて行った。帰りがけに、暑気中《あた》りで道場に出るのを休んでいる、道場主の室井藤兵衛を見舞ったので、ひとりだった。

足軽町を通り過ぎると、そこから道筋は町家で、左右に商家がならび、赤提灯《あかちょうちん》を下げた居酒屋が交ったりして、人が混んでいる。

「若旦那」

女の声で不意に呼ばれた。呼んだのはお葉だと解っているが馨之介は振向かない。無礼な奴だ、といつも思うが腹は立たない。お葉が呼んでいるのは徳兵衛という居酒屋の店先で、そこは馨之介が十歳ぐらいの頃まで、葛西の家で下僕をしていた徳兵衛の店である。その頃まで、娘のお葉は時時家にきて、馨之介と遊んだこともある。が、成長してからは住む世界が違った。

「若旦那、たまにはお寄りなさいな」

お葉の声は華やかでよく透る。馨之介は少し足を早めた。全く無礼な奴だ、と思うがやはり腹は立たない。

お葉の声には、世間の波を一応潜《くぐ》ったあとの艶のようなものがあって、馨之介への呼びかけには、固い一方の侍勤めの人間を、軽くからかっているような余裕がある。

久しぶりにお葉に会ったのは、今年の春先だった。

夕方道場を出たあとで、霧のような雨が道を濡らしていることに気づいたが、そのまま歩き続けた。雨は、戻って傘を借りるほどの量ではなかった。道の端に、消え残った雪が僅かに残っていたが、雨はもう冷たくはなく、煙るように町並みを濡らしているだけだった。

「若旦那、傘を」

背後に女の声を聞いた。自分のことではないと思って、馨之介はそのまま歩き続けたが、そのとき、また「葛西様の若旦那」と呼ばれて振返った。そこにお葉が立っていたのである。いそいで追ってきたらしく、お葉は傘を差出しながら息を弾ませていた。眩しい眼で馨之介は女をみた。

お葉だということはすぐに解った。自分を葛西の若旦那と呼び、臆した様子もなく見つめてくる女は、お葉しかいなかったし、眼に見憶えがある。お葉の眼は、軽い三白眼の感じで、そのためにややきつい感じになったり俯《うつむ》くとひどく淋しげな眼になったりするのである。

だが馨之介を眩しがらせたのは、お葉の熟《う》れた躰《からだ》つきだった。首筋から肩に、なだらかにおりる線は成熟した女のものだったし、走ってきた喘《あえ》ぎを隠そうともしない胸は、着物の上からも豊かな盛り上りを感じさせる。

馨之介が、バツ悪い視線を、往来の人に走らせ、早く離れたがっている様子なのを、お葉はむしろ楽しんでいるように、素早くお喋りをはさみ、五年の間秋田のご城下に奉公して、一月に戻ったばかりだと言った。

馨之介が背を向けると、お葉は飲み屋の女らしく、

「奥に座敷もあって、お侍様もいらっしゃいますよ。若旦那もお寄りなさいませ」

と呼びかけたのだった。

翌日、傘を返しに立寄ったが、それきりで馨之介は徳兵衛の店に寄ったことはない。足

軽や在郷に帰る百姓たちが、猥雑に酒を飲んでいる店で、無役《むやく》とはいえ、歴とした侍がその中に立混って飲むわけにはいかなかったし、酒はそう好きでもない。

諦めたらしく、お葉の声はもう聞えなくなった。いつか、厳重に言ってやるべきだな、と思ったが、それほど真剣に考えているわけでもなかった。道場からの帰り道を多少違えれば、徳兵衛の前を通らずに済むのである。それをしないのは、お葉のような若い女に声をかけられるのが、悪い気持はしないからである。

春先に立話をしたとき、お葉の躰から匂ってきた杏《あんず》の実のような香を、馨之介は思い出していた。そのとき、今夜訪ねる貝沼金吾の妹の菊乃の顔が、お葉の顔に重なった。

金吾の家を訪ねることがなくなってから、一年ほど経っている。その間菊乃と道で擦れ違うなどということもなく過ぎた。十九のお葉が果実なら、菊乃はまだ蕾《つぼみ》だった。つつましく、その美しさはまだ淡い苞《つと》のようなものにくるまれている。

今夜は菊乃にも会えるかも知れない、と思った。馨之介の胸が軽く騒いだ。

二

金吾が玄関まで出迎え、そのまま貝沼家の奥座敷に通された。茶の間を通るとき、明るい灯のいろが障子を染め、中で女の話し声がしたが、菊乃の声ではなかった。

座敷に通されると、三人の見知らぬ侍がいて、金吾の父で物頭《ものがしら》を勤めている貝沼市郎左衛門と向かいあって酒を飲んでいた。

市郎左衛門は、すぐに振返って、「ご足労かけたな。さ、こちらへ」と馨之介を手招きした。床の間を背にした三人の方は、馨之介には眼もくれず、低い声で話を続けている。

その三人にむかい合う位置に、馨之介と金吾が坐ると、市郎左衛門は「申し上げる」と言った。

「こちらがお話しした葛西の息子でござる」

すると、正面の三人の男は一斉に眼を挙げて馨之介を視《み》た。二人は白髪の老人で、左側の一人は、眼が大きく肥った中年の男だった。三人とも立派な身装《みなり》をしている。男たちの視線で、馨之介は三人が亡父の源太夫をよく知っていることを感じた。三人の凝視は長かった。

横で金吾が囁《ささや》いた。

「真中がご家老の水尾様だ。右が組頭《くみがしら》の首藤殿。左は野地殿、郡代《ぐんだい》だ」

言われれば名前は知っているが、逢うのは初めてだった。

馨之介たち無役の平侍は、月に一日だけ城内に勤めればよい。その時は、長井作左衛門という番頭《ばんがしら》の指図に従って、一昼夜藩主のご判物《はんもつ》を納めてある長持の番をするのである。

顔を知っている上士と言えば、番頭ほか二、三人しかいなかった。

馨之介が挨拶して顔を挙げると、三人はまだ馨之介を見つめていた。家老の水尾内蔵助《くらのすけ》は全く無表情だったが、組頭と郡代の眼には微かな笑いのようなものがある。それは好意的な笑いではなく、やはり愍笑のようないろを含んでいた。

馨之介は表情が強《こわ》ばるのを感じた。

やがて水尾家老が、歯をすってから「ふむ」と言った。何かの鑑定を終ったという感じだった。組頭の首藤彦太夫が、続いて空咳《からぜき》をし、眼から笑いを消した。無礼な凝視が、それで終ったようだった。

不意に野地勘十郎が、腕組みを解くと太い声で言った。

「これが、女の臀《しり》ひとつで命拾いしたという倅《せがれ》か。よう育った」

郡代！　鋭い声で市郎左衛門が遮《さえぎ》った。野地が言い放った言葉の前に、慌《あわ》てて立ち塞《ふさ》がった感じがあった。立ち塞がった市郎左衛門に庇われたのが自分であることを、馨之介は素早く感じとった。

野地という郡代が何を言ったのかは、明瞭でない。にもかかわらず、そのひと言が胸を貫いてきた感覚だけははっきりしている。すぐにも何かを投げ返すべきだった。だが何を投げ返したらいいのか、馨之介には解らなかった。

郡代を鋭く見返しながら、馨之介はやや右後に坐っている金吾に、声だけで詰《なじ》るように囁いた。

「どういう集まりか知らんが不愉快な連中だな。俺は帰らしてもらうぞ」

「待て葛西」

金吾も囁き返し、これも詰る口調で「父上」と言った。

すると、市郎左衛門が口を開くより先に、水尾家老が言った。

「源太夫の息子だそうだな。こっちへ寄ってくれ。ちと相談がある」

しかし馨之介が動かないのをみると、首藤と野地が、自分の前の膳を片寄せて前に出てきた。家老を上座に置いて、細長い輪が出来た。

「おぬし、嶺岡を知っとるか。中老の嶺岡兵庫だ」

水尾家老は、歯が欠け、唇が薄い口を前に突き出すようにして言った。問いは自分に向けられている。ゆっくりしたもの言いだったが、家老の細い眼が厳しく自分に射込まれているのを馨之介は感じた。

「はあ、お名前は存じ上げております」

「どういう男か、知っとるか」

「は？」

嶺岡兵庫は、四十になるかならずで中老の位置に坐った切れ者で、以来二十数年その席に在って藩政を牛耳ってきた。

その間貧しい藩財政を建て直すために、荒地に疎水を通して新田を開き、実質十万石といわれる美田を領内に蓄え、藩校を興して敬学の風をひろめるなど、藩政の上の実績は数え切れない。先年の飢饉にも、他領から流れ込む飢民を救い、ついに海坂領から一人の餓死者も出さなかったと言われた。

藩の柱石と呼ばれて久しい。

磬之介も、勤番の日に二、三度恰幅《かっぷく》がよく長身のその姿を見かけたことがある。だが、ただこの人がそうかと思っただけである。藩政の中枢で、華華しく動いている人物に、微かな好奇心を刺戟されただけで、それが自分にかかわりがあるとは考えなかった。

「兵庫をどう考えている」

水尾家老は繰返した。瞬《まばた》かない褐色の瞳孔が、磬之介を圧迫してくる。

「藩の柱石と、聞いております」

「おぬしはどう思うかと聞いている」

家老は執拗に言った。

「やはり……」

馨之介は口籠《くちごも》った。

「そのような方かと思っておりますが」

「よろしい」

家老は顔をひいて、満足そうに言った。それから柔らいだ表情のまま、淡泊な口調で続けた。

「皆がそう思っておる。だが事実は違うのでな。あれは稀代の策士で、一人の商人上りの大金持に、少しずつ海坂藩を切り売りしてきた男だ。その結果、だ。江戸におられるわが殿のほかに、国元にもう一人殿様がいるという状況になっている」

「小室善兵衛のことだ」

野地が言った。

小室善兵衛は、城下に呉服、瀬戸物の店を開いている富商だが、富の内容は商人としてよりも、領内一の大地主としての収入に支えられている。善兵衛は、藩の財政が危機を迎えるたびに、ご用金の献上、献米などを通じて積極的に藩政に近づき、次第に藩の根本を占める農政に参与するようになった。不作に喘ぐ農民に低利で金を貸し、上納米の取立てに悩む藩財政を幾度か救ったが、貸し金と利息は仮借《かしやく》なく取立て、そのために潰《つぶ》れ百姓が出れば、藩の上層部に押しの利く顔を利用して、着実に自分の土地をふやして来たのである。

領内の百姓だけではない。海坂藩そのものが、小室善兵衛に莫大な金を借りていた。善兵衛はいま、郡代次席という身分まで与えられて、中老の嶺岡と組んで藩政を動かしている。

「野地が言ったとおりだ。実は二十年前に、兵庫と善兵衛の策謀を見破って、兵庫を除こうとした事件があった」

と水尾家老が言った。

「財政建て直しで、領内の新竿打直しがはかられたとき、中老になって間もない兵庫が、これを潰した。兵庫は領内の百姓保護を名目としたが、事実は違っていたな」

「………」

「新竿打直しで損をするのは、百姓どもではなくて、旧い竿で低く石盛《こくも》りされていた新田持ち、つまり小室のような地主連中だったのだ」

「………」

「藩が真二つに割れて、兵庫を刺すところまで行ったが、ことは失敗して、そのために反対派は、兵庫に一指も染めることができなくなった。古い話だが……」

「だが今度は猶予できないことになった。兵庫は新しく財政建て直し策を出してきたが、それが洩れて領内に不穏な動きが出てきた。百姓どもが騒ぎはじめている」

野地がまた言った。野地の肥った顔は真赤で、ほとんど兇暴な眼になっている。

「二十年前と同じでな。藩がまた二つに割れているのだ」

貝沼市郎左衛門が補足するように言った。

馨之介は黙黙と俯いていた。藩内にそうした政争の渦があることは、はじめて聞いたが、なぜかそれは頭上を通りすぎる風のように実感が薄かった。

去年から藩の借上米《かりあげまい》ということがあって、馨之介の家でも、百石につき十五俵を藩に出しており、藩財政が苦しいことは薄薄知ってはいた。しかし母と二人暮しの家計には、それもさほど響いていない。

家老や郡代の野地がしきりに言っているような藩内事情だとしても、それがどれほどの係わりがあるというのだろう。それよりも、馨之介の心には、野地がさっき言ったひと言が、まだ棘《いばら》のように突き刺さったままで、その方が気になった。この男は、さっき何を言ったのだ。

それまで黙黙と耳を傾けていた首藤という小柄な老人が、不意に言った。

「兵庫を刺す役目を、おぬしに引きうけてもらいたいのだ」

馨之介はぎょっとして顔を挙げた。熱っぽい視線が、一斉に自分に注がれている。

「………」

「おぬし一人にやれと言うわけではない。金吾も一緒だ」

市郎左衛門がつけ加えた。

「お断り申す」

馨之介はきっぱりと言った。

「そういうご相談ならば、今夜はこれで失礼仕《つかまつ》る」

野地に、さっき受け取ったものを僅かだが投げ返したと思った。

金吾が険しい声で「葛西！」と呼んだ。

金吾は右後方にいる。馨之介はゆっくりと刀を摑《つか》み上げ、わずかに躰を右に捩《ね》じりながら、顔は家老たちに向けたまま、膝で後に退った。

「ご安心頂きたい。ここで聞いたことを、口外するつもりはござらぬ」

廊下に出て障子を閉めると、野地の声で「無礼なやつだ」というのが聞えた。

急ぎ足に玄関に出た。追ってくる者はなく、途中茶の間の横を通るとき、そこからやはり明るい光が廊下にこぼれ、中から洩《も》れる静かな女の話し声がした。奥座敷で、いまあんな話があったことが信じられないほど、穏やかな空気がそのあたりに漂っている。

「馨之介さま」

門を出ようとしたとき、若い女の声で呼ばれた。

星明りの中に、白い顔が浮んでいる。

「やっぱりいらしていたのね」

「………」

菊乃の声は、ほとんど無邪気なほど澄んでいる。門の脇にある楓《かえで》の樹の下を離れると、白い顔がゆらりと近づいた。不意に女の匂いが馨之介の鼻を衝《う》った。花の香のようなものを菊乃は身にまとっている。菊乃は小さい笑い声を立てた。その笑い声から、馨之介は菊乃がむしろ緊張しているのを感じた。

「おかしな方。黙ってお帰りになるつもりだったのですか」

「………」

「どうなさいましたの？　兄と諍《いさか》いでもしまして？」

「いや、そうではない」

漸《ようや》く馨之介は言った。

言葉をかわすと、さっき奥座敷であったことが、一層奇怪な悪夢のようなものに思えてきた。金吾と家を訪ね合っていた頃に、確かに菊乃が自分に好意を持っていると思われるようなことが幾度かあった。

その記憶が甦った。

「用が出来ていそいでいるのですよ」

「長いこと、お見えにならなかったのね」

菊乃はさらに近づいてきて、白い顔が馨之介の胸に触れるところにあった。闇が、これまでみたことがないほど、菊乃を大胆にしているようだった。

「いろいろ事情があった」

「ご縁談があったのですか」

不意に菊乃が言った。その声に含まれている妬《ねた》ましい響きが、馨之介を驚かせた。十六になった女は、もう嫉妬するすべを知っているのか。馨之介は微笑した。

「そんなことはない」

闇が、馨之介に「言え」と唆《そそのか》した。

「縁談ならば、そなたに申し込む」

菊乃の答はなかった。闇の中でも、菊乃の躰が硬くなった気配が感じとれた。

長い沈黙の後で、菊乃は小さな声で、

「今度は、いついらっしゃいます?」

と言った。

「そこで何をしている?」

不意に鋭い声がした。金吾だった。菊乃が弾《はじ》かれたように離れ、兄の脇を擦り抜けて走り去った。石畳に鳴る下駄の音を、馨之介は聞いていた。

「貴公、どうしても手を貸さぬつもりか」

金吾は、菊乃のことにはひと言も触れずに言った。

「私闘ではないぞ。大きな声では言えぬが、今夜の話は、ご家老よりもっと上からご意向が出ている。名誉だと思わんか」

「そうは思わんな」

馨之介は静かに言った。

「別に俺がやらなければならないわけではない。面倒なことに捲きこまれるのはご免だ」

「そうかな?」

闇の中の動かない位置から、金吾は嘲るように言った。

「貴公は事情を知らん。ま、いいだろう。そのうち自分であの人を斬りたくなる」

「どういうことだ?」

「さあ」

金吾の冷たい声が響いた。

「貴公の母上にでも聞かれたらいいだろう」

三

「源太夫が何をしたのか、わしは知らんのだ」

檜垣《ひがき》庄右衛門は、当惑した眼で甥《おい》を眺めた。庄右衛門は勘定方に勤めて二百三十石を頂いている。馨之介の母波留《はる》の長兄で、温厚な五十男だった。

「波留から使いがあって、五間川の川端に行ったときには、そなたの父は死んでいた。連れて行った小者にそなたの家まで運ばせたがそれだけだ。何があったのかは誰も知らなかったし、それ以後聞いたこともない」

「父は、ある重臣を暗殺するために働いた、と母上から聞いております。私にそれを言う人は誰もいないが、その話はひそかに家中に流されているのではありませんか」

「風説だ。本当のことは誰もわからん。めったな憶測を口にしてはいかんぞ」

「そのお偉方というのは……」

馨之介は、庄右衛門の表情を注意深く見守りながら言った。

「嶺岡兵庫さまだとも聞きましたが……」

「これ」

庄右衛門は手をあげて遮った。庄右衛門の顔は僅かに赤らみ、眼は落ち着きなく開け放した縁先から庭を窺《うかが》った。

だが、縁先には夏の名残りの眩しい光が溢れ、時おり庭を通り過ぎる風が、いっとき光を乱し、垣根の際の穂を孕《はら》みはじめた茅の一叢《ひとむら》や、その根元に咲いている小菊の花をゆするだけで、人の気配はない。

息子の庄一郎は城勤めに上っており、伯母は、庄右衛門の非番を幸いに、寺参りに出かけて留守だった。庄一郎の嫁がさっき茶を運んできたが、どこにいるのかひっそりと物音も立てなかった。

「誰に聞いたか知らんが……」

庄右衛門は咳払いをひとつして、体勢を建て直すようにいかめしい顔をつくった。血色がよく、肉の厚いその顔は、しかしどことなく不安な表情を隠している。

「いろいろな風説がある。事件が明らかでないと、余計そういうふうになるものだ。わしも二、三耳にしたことがないではない。だが真実のところは、そなたの父と、あるお方と僅かな人にしか解っておらんのだ」

「それと、父を動かした人間がおりましょう」

「馨之介」

庄右衛門は、懐紙をとり出して、額の汗を拭った。空気は乾いて、灼《や》けている。

「余計な詮索をせぬことだ。昔のことだ。とっくに忘れられていることだ。それに、この際言っておくが、軽軽しい言動は慎め。事件のあと、葛西の家は百七十石を五十石減らされただけで済んだ。事件がお前の言うようなものであったら、葛西の家はお取潰し、お前や波留の命もどうなったか解らん」

「……」

「詳細は知らん。が、そのことでお上が大層お怒りになったことをちらと聞いておる。いわば拾った家名だ。大事にせねばならん」

「女の臀で拾った家名ですか」

馨之介に、その意味がわかっていたわけではない。郡代が恐らくは不用意に口走ったその言葉は、もっと慎重に糺《ただ》すつもりだったのである。だが庄右衛門の、どこまで行っても臭いものに蓋するような物言いに、反撥する気分が物の言い方を軽率にした。ところが町の無頼漢のような言い方で、庄右衛門に投げつけた石が、意外な音を立てたのである。

庄右衛門の顔が、みるみる赤らみ、顳顬《こめかみ》に太い血管が膨《ふく》れ上った。手は丸い膝頭《ひざがしら》をわし摑みにしている。

「埒《らち》もない噂話を……」

庄右衛門は馨之介を睨みつけた。

「貴様そんな噂を信用して、母親を軽んずるようなことがあったら、ただでは済まさんぞ。貴様をそれまでにした、波留の苦労も考えてみい」

庄右衛門の家を出て独りになると、馨之介は重苦しい気分が胸を塞いでくるのを感じた。唐物町と呼ばれるこのあたりは、町の大通りに接するところに一握りほどの町家があるだけで、町の乾《いぬい》の方角の高台を占めてぎっしり武家屋敷が立並んでいる。

長いゆるやかな坂が町家のある方角に傾いていたが、人影は見当らなかった。

牢固とした疑惑が、心の中に居据わったのを馨之介は感じていた。七ツ時の日射しが頭上から降りそそいでいたが、その暑さを馨之介は感じなかった。

伯父を訪ねたのは、父の横死の真相を、この伯父が何ほどかは知っているのではないかという期待と、郡代が口走った女の臀云云《うんぬん》という言葉の意味を確かめるつもりだったのである。

漠然とだが、馨之介の中には父の源太夫が、藩の政争の中で中老の嶺岡兵庫を襲ったらしいという理解と、その後で母の波留が、葛西の家名のためにか、あるいは馨之介の命乞いのために、何かをしたという疑惑がある。

だが庄右衛門は、韜晦《とうかい》し、しまいに激怒しただけである。そしてそのことが、むしろ馨之介の疑惑を深めている。

馨之介は立止り、眼をつぶった。

一瞬脳裏をくっきりと醜いものが通りすぎたのに耐えたのである。母は貞操を売ったのだ。その売値で取引きされたものは、多分俺自身の命だろう。

そう考えると、郡代野地勘十郎が投げてきた粗野な言葉の意味がよくわかった。のみならず、霧が霽《は》れるように、長い間の疑問が解けるのも感じた。

理由もなく、ある時粘っこく注がれてくる視線。その眼にふくまれる微かな笑いのようなものを、慇笑と感じとったのは間違っていなかったのだ。そのことを知ったときから、貝沼金吾も離れていったのだろう。

馨之介は、また立止って、坂の上を振返った。坂道には、やはり人影はなく、眩しい光が溢れているだけである。母と伯父の庄右衛門に対する怒りは不意に中断されて、庄右衛門の言葉が甦ってきた。埒もない噂だと伯父は言ったのである。噂にしろ、真実にしろ、それを語らなかったことで、伯父を責めることは出来ない。

馨之介の胸は、再び重苦しいもので閉ざされた。

長押《なげし》町の家に帰ると、母の波留は居間に縫物をひろげていた。

ひっそりした空気の中に、塀向うに続いている足軽長屋の方から、機《はた》を織る単調な音が聞えている。足軽の女房が内職をしているのであった。

縁側に立止って、馨之介はしばらく黙ったまま部屋の中の母を見おろした。

波留はいつみても身嗜《みだしな》みをきっちりと調《ととの》え、暑い夏の盛りにも、後《おく》れ毛一本残さないようなところがあった。着る物は質素で、月に一度寺参りに行くときに着るものも、目立たないものを心掛けているようだった。家の中の仕事をするほかは、広い庭の隅に作った畑の青物の世話と、縫物で日を暮している。近所と行き来するということもない。

波留の頬から首筋にかけて、肌がつややかなのを馨之介はみていた。十八の時馨之介を生み、いま四十一だが、子供を一人しか生まなかった肌はまだ若く、若い頃美しさが評判だったという面影を残している。

「ご挨拶は、どうしました？」

縫物から顔を挙げて、波留は咎めるように言った。

「ただいま戻りました」

馨之介は挨拶した。

「唐物町は皆さん変りなかったかしら」

「伯母上は寺参り、庄一郎殿はお勤めで不在、伯父上と律殿にお会いしました。皆さん変りないようです。おう、律殿は順調で、師走には赤児が生まれるらしい」

伯父の庄右衛門との話は、そんなところから始まったのだった。

「お前にも……」

波留は確かめるような眼で馨之介の胸や肩のあたりを見た。

「そろそろ来てもらう人を探さないと」

馨之介は立上って縁側に出ると、大きく手を挙げて欠伸《あくび》をした。

「まだ早いですよ」

「早いことはないでしょ。亡くなったお父上がお前の年に、私は、もうお前を腹に抱いていました」

女というものは、恥ずかしげもなく言うものだと馨之介は思った。だが波留に対する疑惑も憎悪も何故か遠く、母が根拠もない噂に傷つけられた哀れな女のようにも思えてくるのだった。

「父上が斬ろうとした重臣というのは、嶺岡さまのことらしいですな」

不意に振向いて馨之介は言った。波留はまた縫物に眼を落している。斜めに傾いた日射しが、その手もとを染めていたが、規則正しく光る針の運びに乱れはなかった。

「またその話ですか」

波留は俯いたまま言った。

「私はお父上になんにも知らされていなかったのですよ。相手が誰かなどということが、解るわけがありません」

四

お葉は嬉しそうだった。

茶を運んでき、煎餅《せんべい》を盛った皿をすすめ、その間笑顔で馨之介をちらちら見たが、最初に徳兵衛と二人だけで話したい、と言ったためか、馨之介には声をかけないで部屋を出た。

「なかなか広い住居ではないか」

馨之介は感心して言った。表通りは間口二間ばかりの居酒屋としか見えないが、裏は二階づくりで、茶の間の窓からは小綺麗にととのった庭が見える。

「二階に三部屋ございましてな。芸者衆なども呼べるものですから、町の旦那衆やお武家さまもお使いになります」

徳兵衛はもう七十近い筈だが、いい顔色をしていた。小柄な躰は、さすがに少し背が丸くなっている。

「そう畏《かしこ》まらんでくれ、徳兵衛」

と馨之介は言った。

「胡坐《あぐら》でいいのだ」

「とんでもありません、若旦那さま」

と徳兵衛は言ったが、皺だらけの顔の中から、円《まる》い小さな眼を光らせた。

「今日は、なにか内密なお話でも」

「少し聞きたいことがあってな」

「お金ですかな?」徳兵衛は細い眼を笑わせた。「それなら、少少ご用立て出来ますよ。奥さまに内緒のお金でもお入用ですか」

「いや」

馨之介は苦笑した。

「借金に来たわけじゃない。私の聞くことに、腹蔵なく答えてもらえばいいのだ」

「はて?」

徳兵衛は戸惑ったように首をかしげた。

「お前が葛西の家に奉公に来たのは、祖父が生きていた頃だという話だな」

「さようでございます、若旦那さま。先の旦那さまが、まだ十一の時でした」

「暇をとったのは、私が十三の時だ」

「先の旦那さまが、あのようなことで亡くなられてから間もなく通い奉公になりましたが。

昔はようござんした。私とおかよという女中が住込みでおりましてな。にぎやかでございました」

「ま、それはいい」

馨之介は遮った。

「そういうお前だから、葛西の家に起ったことは誰よりもよく知っている筈だと思ってな。父が死んだ前後のことは憶えているか」

徳兵衛は眉をひそめた。

「その日のことを聞きたいのだ」

「あんな恐ろしいことがあるとは、誰も思いませんでした。暮六ツ（午後六時）過ぎに、先の旦那さまは寄合いがあるとおっしゃって、何気なく家を出られました。勿論おひとりで」

「どこへ行くとは言わなかったか」

「奥さまにはおっしゃったかも知れませんが、私は玄関のきわでお見送りしただけで。提灯を持たずに、すっすっと歩いて行かれたのが、ちょっと気になっただけでございます」

「………」

「お役人がいらして、旦那さまが死なれたと教えたのは四ツ（午後十時）前で。私はすぐに檜垣さまのお屋敷に走りまして、そのあとは大騒ぎとなりました」

「父が何で死んだか、聞いているか」

「いろいろの取沙汰《とりざた》を外で耳にしただけでございますよ。どれがほんとのことやら、いまもって解りかねます。さるお方を斬ろうとなされたというお噂がありましたが、それもひそひそ話で、誰もその場を見たわけではございません」

「さるお方というのは嶺岡のことだな」

「さようでございます」

「葛西の家名を救うために、母が嶺岡に俺の命乞いをしたという噂があったそうだな」

徳兵衛はぴくりと頬の肉を動かした。細い眼をいっぱいに見開いて、まじまじと馨之介をみつめたが、やがて首を振った。

「知らないとは言わせないぞ、徳兵衛」

馨之介は、刺すような眼で睨んだ。その噂が、徳兵衛から流れたものではないかという疑いを、馨之介は抱いている。

徳兵衛が立上った。

「どこへ行く」

鋭い声で馨之介が咎めた。

「暗くなりましたので、灯りをつけます」

徳兵衛の声は平静だった。

気がつくと、窓の外の庭は薄闇に沈んで、部屋の中も薄暗くなっている。冷えびえとした秋口の空気が窓から入り込んできていた。

「確かに、そういう噂を耳に致しました」

行燈《あんどん》に灯を入れると、徳兵衛は落ち着いた声音で言った。

「ばかげた噂でございますよ」

「噂のようなことがあったのではないか」

「私が知る筈はありません。旦那さまのお葬式を出されると、私はすぐに通い奉公に変りましたので」

馨之介は徳兵衛がするりと逃げたのを感じた。眼の前に坐っている小柄な年寄りが、得体の知れない男のような気がしてきた。

「俺はお前がその噂をばらまいたのではないかと思ったのだ」

「それは違いますよ、若旦那さま」

徳兵衛は、不意に意外なことを言った。

「私はその噂を、弥五郎という男に聞きましたので」

「何者だ、それは」

「その頃嶺岡様のお屋敷で中間《ちゅうげん》をしていた男ですが」

「いまも嶺岡の屋敷にいるのか」

「あまりたちのよくない男でしてな。酒が好きで、お武家さまの前で言うのも何ですが、手慰《てなぐさ》みに眼がないものですから、あちこち渡り歩いているようで、いまはついそこの持筒《もちづつ》町の鹿間様で下男をしているという話です」

「その男に、一度会えるように手配してくれんか」

襖の外を四、五人の足音が通り、やがて梯子段《はしごだん》を上る気配がした。不意にその気配の中からお葉の声が「あれ、いやですよ、お待ちなさいよ、いますぐお酒をお持ちしますから」というのが聞えた。

「手配なんぞいりやしませんよ、若旦那さま」

と徳兵衛が言った。

「弥五なら、しょっちゅうこの店にきておりますから。お食事でもしてお待ちになれば、今夜にもつかまえられるでしょう。しかし……」

馨之介をみた徳兵衛の眼に、困惑のいろが浮んだ。

「いまごろになって、なんでそのようなことをお調べになります？　たわいもない噂でして、おっしゃられるまで、私は忘れておりましたよ」

五

持筒町の狭い露地の角に、馨之介は夜盗のように背をまるめて蹲《うずくま》っていた。小刀を一本腰に差しただけで、着流しの裾を端折《はしょ》り、手拭いで頬被《ほおかぶ》りをしている。家中《かちゅう》の知り合いの者にでも見つかれば、言訳も出来ない恰好だった。

生憎《あいにく》遅い月が町の上にのぼりはじめていて、周囲はぼんやりと明るい。乱雑に道まで枝を伸ばしている木槿《むくげ》の生垣《いけがき》がつくっている、黒い影だけが頼りだった。

およそ小半刻もそうしていただろう。足が痺《しび》れたころ、向い側の三軒ほど先の潜戸《くぐりど》が低く鳴って開き、大きな躰つきの男が、のっそりと路上に姿を現わした。

男が歩き出すと同時に、馨之介は躰を起し、男に追いつくと並んだ。

「そのまま一緒に歩け」

気味悪そうに、男が足を速めようとするのに、馨之介は低い声で言った。馨之介の足が持筒町を抜け、さらに鍛冶《かじ》町を通り過ぎようとしているのを知ると、男は不意に立止った。鍛冶町から先は道は野原のように雑草が茂る空地を横切って、その先はまばらに百姓家が散らばる村に行くばかりである。

「お前さん。何者だい」

「妙な真似をして、俺に何の用があるんだね」

「……」

「いいから歩け」

馨之介は素早く男に躰を寄せると、男の肱《ひじ》の急所を摑んだ。

その痛みで、弥五郎は頬被りの中の馨之介の顔を思い出したようだった。

「旦那じゃありませんか。あたしをどうなさるつもりで」

「この間、少し聞き忘れたことがある。おとなしく歩けよ」

鍛冶町を出るまでに、二、三人擦れ違った人間がいたが、そのたびに馨之介は弥五郎に躰を寄せ、弥五郎は痛みに顔をしかめた。

「このあたりでいいだろう」

道を逸《そ》れて草原の中に入り込むと、馨之介は立止って言った。このあたりは、昔五間川が蛇行して流れていた頃の河床で、赤児の頭ほどもある石が草の間にごろごろ転がっている。

「まあ掛けないか」

馨之介は石のひとつに腰をおろすと言ったが、弥五郎は立ったまま首を振っただけだった。

「徳兵衛の家でお前に会ったとき、お前が嘘をついたことはすぐに解った」

「……」

「今夜はほんとのことを喋ってもらうつもりだ」

徳兵衛の店を訪ねた夜は、弥五郎にはとうとう会えずに帰ったが、次の夜また出かけて会った。

しかし弥五郎は、自分もよそで噂を聞いたにすぎないと言うのだった。どこで、誰に聞いたかは、問い詰めても答えなかった。昔のことで忘れたと弥五郎は言った。だが、その言葉を裏切って、馨之介の顔を盗みみる弥五郎の視線には、隠し切れない邪悪な喜びのようなものがあって、馨之介の胸を刺したのである。馨之介の詰問が、この男に、昔知ったあることを思い出させたことは間違いなかった。

「遠慮はいらん。俺の母がどういうことをしたか言えばいいのだ」

「旦那、許してくだせえ」

「勘違いしてはいけない。喋ったから、お前をどうこうしようなどということは考えておらん。俺は本当のことを知りたいだけだ」

やめるならいまだぞ、という声を聞いたような気がした。

仮りに、昔そういうことがあったとしても、今更それを暴《あば》きたててもどうなるものではなかった。

しかし、馨之介は立上っていた。

「どうしても聞かなくちゃならん。何があったか言うのだ、弥五郎」

月明りに、五十男の恐怖に歪《ゆが》んだ顔が浮び上った。その表情が、馨之介の中に冷酷な感情を喚《よ》び起した。腕をたぐると、躰をひねって無造作に大きな躰を投げとばした。

わッと叫んで、弥五郎は起き上ると弾かれたように走り出そうとしたが、馨之介がすばやく足を出すと、地響き立てて前にのめった。

その背に足をのせると、馨之介は体重をかけた。

「旦那、これじゃ苦しくて言えませんぜ」

弥五郎は呻《うめ》いた。

「おう痛え」

馨之介と向いあって、石に腰をおろすと、弥五郎はじろりと馨之介の顔を見、躰のあちこちを大袈裟《おおげさ》にさすった。五十過ぎてまだ渡り中間で暮している人間の、ふてぶてしい身構えを、いま弥五郎は露《む》き出しにしていた。

「話を聞こうか」

「それで気が済むなら、お話ししましょ」

へへ、と弥五郎は笑った。

五間川の上流、海坂の城下町から小一里ほど北に遡《さかのぼ》ったところに水垣という村があり、村端《はず》れに嶺岡兵庫の別墅《べっしょ》がある。二年前、中老に就任したとき拝領した家だ。場所は黒松を混えた雑木林が水辺まで迫り、岩石をめぐって落ちる水が美しい土地である。

あの夜、町から一挺の駕籠《かご》がついた。駕籠からは、武家の妻女風の若い女が現われ、門の中に消えた。

嶺岡兵庫が下城の途中襲われるという事件があってから、半月後のことである。事件のあと、兵庫はずっと水垣の別墅で静養していた。武家の妻女とみえる若い女は、次の日の夜、町から呼んだ駕籠にのって帰って行った。

そのことを知っているのは、その時別墅についてきていた多田究一郎という家士と弥五郎、それに女中二人だけである。女の素性を知っていたのは多田だけだった。弥五郎はずっと後になって、多田の口から偶然にその名前を聞いた。

「徳兵衛爺さんは、空っとぼけているが、なに、嶺岡の家に手紙を届けたり、結構解っているんですぜ」

「一度だけか」

「へ？」

「嶺岡の別業《べつぎょう》に、母が行ったのは一度だけかと聞いている」

馨之介は冷たい声で言った。

だが、このとき馨之介の脳裏に、稲妻がひらめいて過ぎるように、ひとつの古い記憶が甦った。

それはやはり夜だった。馨之介は母と一緒に立って、誰かを式台で見送っている。見送られている者の顔は解らなかった。白足袋《しろたび》と黒緒の雪駄《せった》が見えているだけである。母が持っている蠟燭《ろうそく》の明りが、男の足もとを照らしていた。不思議なことに、母はほとんど淫らなほど乱れた着つけをしている。裾《すそ》を割ってこぼれていた赤い下着の色が鮮明に記憶に残っている。

前後の脈絡もない、そこだけ切り離したようなその記憶の断片を思い出したのは、これまでも何度かあった。そして馨之介はその時、母と一緒に見送った履《は》きものの主を、当然父だと思い込んできたのだった。

だがいまその記憶は、違った色彩を帯びて甦ってくる。男は嶺岡兵庫だったのではないか、と馨之介は思った。その記憶が、幾つの時だったかは知る由もない。だが、その男が嶺岡兵庫だったとしたら、波留はある時期一度だけでない関係を、兵庫との間に持ったのだ。その記憶を強烈に塗りつぶしている淫らな色がそれを証している。

「もうよござんすかい、旦那」

弥五郎が立上って言った。もう行ってもよい、と馨之介は言った。狂暴なものが心の中に芽生え、狂い出そうとしていた。それを恐れて、馨之介は手を上げて振り、もう一度、行けと言った。

「心配しましたぜ、一時はどうなるかと胆をつぶした」

やくざな口調で、弥五郎は言い、一点に眼を据えている馨之介の前で、わざとのように、躰を屈伸した。

「だから言いたくなかったんですぜ」

弥五郎は、馨之介を哀れむようにみて言った。

「言ったって誰の得にもならねえことで、へい。言っちゃ旦那が気の毒だから、黙って白を切るつもりだったんだ」

捨て科白《ぜりふ》のように言って、弥五郎は大きな背を向けた。馨之介の中で、何かが音を立てて切れた。

「弥五」

「へ？」

「貴様、妻子はあるのか」

振向いた弥五郎の顔がみるみる強ばり、眼が吊上った。旦那、そいつはいけねえ、と叫んで弥五郎は道の方に向って走り出した。

草原を横切って、二人の男が競い合うように走る異常な光景を、月が照らしている。馨之介は追いつき、弥五郎の激しく喘ぐ息遣いを聞きながら追い越すと、そこで立止った。弥五郎は切り裂かれた脇腹を押えたまま、なお走り続けたが、やがて不意に立止ると、顔を後にねじ向けた。

重いものを投げ出したような、鈍い音を立てて、弥五郎の躰が草の間に転がった。

六

「そのなりは？　なんの真似ですか」

馨之介が茶の間に顔を出すと、波留は眼を瞠《みは》り、詰るように言った。

「母上」

馨之介は入口で、腰に下げた手拭いで着物の裾をはたくと、部屋に入って道楽息子のように畳に胡坐をかいた。

波留は眉をひそめ、縫物を下に置いて背筋をのばした。

「水垣にある嶺岡の別業というのは、景色のいいところだそうですな」

波留はぴんと背筋をのばしたまま、身じろぎもしなかったが、行燈の光に照らされた顔が、みるみる血の気を失って、仮面のように表情を無くしたのを馨之介はみた。

絶望がどす黒く馨之介の胸を塗りつぶした。弥五郎が本当のことを喋ったことは疑いなかった。だが、いま母にそれを糺したとき、母がきっぱりそれを否定するか、あるいは巧みにとぼけてくれればいいと思う気持がなかったとは言えない。ところが水垣というひと言で、胸を射ぬかれた鳥のように、波留は青ざめてしまっている。

覆いようもなく、醜いものが眼の前にむき出しに投げ出されている。波留は弁解しようともせず、その中に坐り込んでいた。厳しい母のかわりに、一人の愚かしく、恥知らずな中年女がそこに坐り込んでいるのを、馨之介は感じた。

「やはり、噂は本当だったのですな」

波留が問いかけるように首をかしげた。鳥のようなしぐさだった。

「そうです。ひそかにそういう噂が流れていたのですよ。母上は知らなかったでしょうが」

波留の頬が、一瞬赤らんだ。だが顔色はすぐにまた白っぽく乾いた。

「何のためです？」

長い沈黙のあとで、馨之介は立上りながら言った。

「葛西家の家名のためですか。それとも私のためですか」

「……」

「それともご自分のためですかな」

部屋を出ようとして、馨之介は振向いた。異様な波留の容貌が眼に突き刺さってきた。波留の顔色はほとんど灰色で、眼の囲《まわ》りは黔《くろ》ずみ、黒い穴のような眼が馨之介に向けられている。波留は老婆のようだった。

唇がわななき、波留の低い声が洩れた。

「お前のために、したことですよ」

「ずいぶんと愚かなことをなされた」

馨之介は冷たい声で即座に言った。狂暴な怒りが心のなかに動きはじめていた。

「そのために、私は二十年来人に蔑《さげす》まれて来たようだ。我慢ならないのは、近頃それに気づいたことですよ」

馨之介はもう一度振返った。

「今夜、私は人を殺して来ましたよ」

外へ出ると、冷えた夜気と秋めいた月明りが躰を包んだ。背を丸めて馨之介は歩き出した。

足は坂下の徳兵衛の店に向っている。弥五郎の言葉を信じれば、徳兵衛も馨之介を欺いたのだが、それを責めるつもりはない。ただ酒を呑みたいだけだった。浴びるほど酒を呑んだら、苛立たしく募ってくる母への憎悪も、幾分紛《まぎ》れそうに思うのである。

母が命乞いしたことを責めるのではない、と思った。若い頃城下で評判の美人だったという母が、その美しさを命乞いの手段に使ったことが、やりきれなく惨めな思いに馨之介を誘うのである。

仮りに、それを嶺岡兵庫の方から出した条件だったとしてみよう。だがその弁護も、あの古い記憶のために、粉粉に砕かれるのだ。母が男を見送って、蠟燭の灯で足もとを照らしてやっている光景。その記憶の中で、母は、密夫を送り出す淫らな女の香を、隠すこともせず身にまとって立っていたのである。男が嶺岡兵庫ではなかったかという疑惑は、すでに動かしようのないものになっている。深夜、若く美しい寡婦の家に通うという大胆な行動も、当時の嶺岡ならばやりそうに思えた。

歩いて行く町筋の町家は、ほとんど店を閉めていたが、徳兵衛の店の障子には細細と灯の色が映っている。

中に入ると、奥に入る上り框《かまち》に腰をおろしていたお葉が、「あら」と言って立上った。

その声で、隅の方にいた商人風の男二人が顔を挙げたが、すぐに低い声で話に戻って行った。飲んでいるのは、その二人だけだった。

「酒をもらおうか」

飯台の前に腰をおろして馨之介が言うと、お葉は「はい」と言ったが、そばに寄ってきて、

「どうなさったんですか、若旦那」

と言った。探るようなお葉の視線を、馨之介はそっけなく外した。

「酒を持って来い、お葉」

「ここではいけません。若旦那」

お葉は囁いたが、不意に大きな声で「まいど、有難うさんです」と言い、きくちゃんお勘定だよ、と叫んだ。二人の客が立上っている。板場から前垂《まえだれ》をかけた年増が出てきて、馨之介をちらりとみて客の方に寄って行った。その背にお葉は、

「もうお店閉めてね」

と言った。

案内された二階の部屋は、狭いなりに床の間がついて、一見して安物の山水の軸がぶら下っている。軸の下には、陶磁のこれも安物らしい布袋《ほてい》の置物が、腹を突き出して笑って

いる。

酒を運んでくると、お葉は、

「お爺さんはもう寝ていますけど、ご挨拶させましょうか」

と言った。

「何の挨拶だ。酒だけでいい」

馨之介は盃《さかずき》を突き出した。

「お前も寝たかったら引き取っていいぞ。勝手に呑んで帰る」

「やっと呑みにいらしたというのに、何て言い方でしょ、若旦那は」

お葉は笑った。笑うと、軽い三白眼の眼が細くなって、頬から首筋のあたりに、匂うような色気が走った。お葉は前垂をはずして、手早く丸めるとなまめいた口調で言った。

「お相手しますよ、ひと晩でも。ご迷惑でしょうけど」

くく、と喉を鳴らして笑った。

馨之介は黙黙と呑み続け、お葉だけが喋った。お葉の話は、奉公に出された秋田城下の町の話だったり、店に来る常連の客の話だったり、とりとめもなく移り変る。

何度目か下に酒をとりに行ったお葉が、一升徳利を抱えて戻ってきた。

「まだ呑むんですか」

お葉は立ったままで言った。馨之介は青白い顔を挙げてお葉をみた。躰の中に重く酔いが沈澱しているのはわかったが、意識は冴えている。つき合ったお葉の方が、躰がふらついていた。

「まだ呑む」

「どうしたんですよう、一体」

どさりと馨之介のそばに躰を崩すと、お葉は三白眼めいた眼で、馨之介を睨むようにみた。膝前が割れ、そこから赤い下着と、白い膝頭が見えているのに気づかないようだった。胸を前に突き出すようにして、お葉は言った。

「何か面白くないことでもあるんでしょ。はじめから解っていたんですから。さ、おっしゃい。お葉ちゃんに何もかもおっしゃい」

「お前に話したところで、どうにもならん」

「人を馬鹿にしてんだから、若旦那なんか」

お葉は拗《す》ねたように言って、肩をぶつけて来る。馨之介の手が伸びて、その肩を摑んだ。自分でも思いがけない行動だったが、一度そうしてしまうと、馨之介は不意に盲《めし》いたように、お葉の躰の甘い香しか解らなくなった。あ、と口を開いてお葉は馨之介の眼をのぞいたが、その躰は急に力を失って、馨之介の胸に重く倒れ込んできた。

灯を消して、とお葉は囁いた。

鼻腔から肺の中まで、お葉の躰の香が溢れるのを馨之介は感じていた。探る指の先に、膨らみ、くぼみ、鋭く戦《おのの》きを返して横たわる女体がある。闇の中に、熱くやわらかに息づくものに、馨之介はやがて眼の眩《くら》むようなものに背を押されて埋没して行った。

鋭く眉を顰《しか》めたのは、まだ躰を離す前だった。嵐は一度通りすぎて行ったが、残りの風が草の葉をゆするように、女の躰に緩かなうねりを残している。

闇の中で女を抱いている己れの姿が、不快な連想を呼び起していた。耐え難いほど醜悪な妄想を振り払うように、馨之介は手を伸ばして女の胸を探った。

やめて、若旦那、とお葉は鋭く囁いた。馨之介の動きから、優しさが失われたことを覚ったようだった。力をこめて馨之介から躰を離すと、素早く身繕《みづくろ》いして畳に伏せ、荒荒しい息を闇の中に吐いた。

だが、行燈に灯を入れたとき、お葉の表情は穏やかなものになっていた。手を挙げて、髪の乱れをなおしながら、

「どうしたんですか」

と言った。

「もっと優しくしてもらいたかったのに」

「……」

「やっぱり今夜は何かあったんですね」

「すまん」

と馨之介は言った。お葉の躰に狂暴な力を加えようとした、狂気じみた感情は、水が退いたように跡形もなく消え失せている。馨之介は、お葉と眼を合わせられない気がした。

「いいの、謝ってもらわなくとも、あたしはそれでも若旦那が好きだもの」

立上った馨之介の背に額をつけて、お葉は、また来てくださる？　と囁いた。

家に戻ると、家の中は闇だった。

不吉な感じが胸をかすめたのは、やはり虫の知らせのようなものだったのだろう。闇には人の気配が死んでいた。

玄関を入ったときに血の匂いを嗅いだが、馨之介はいそがなかった。ゆっくり茶の間の襖を開いた。だが、そこには闇が立ちこめているばかりで、人の気配はない。馨之介は行燈に灯を入れると、それを提げて、奥の間との間の襖を開いた。

むせるような血の香がそこに立ち籠《こ》めていて、その中に、膝を抱くようにして前に倒れている波留の姿があった。

波留は穏やかな死相をしていた。冷たい掌から懐剣を離し、足首と膝を縛った紐《ひも》を解いて横たえると、馨之介はもう一度手首に脈を探ったが、やがてその手を離して立上った。
貝沼金吾に会って、嶺岡刺殺を引受けると言うつもりだった。

七

女が一人足早に歩いて来る。

持っている提灯の明りで、女が頭巾をかぶっているのが見えた。町家の者のようでなく、武家の妻女か娘のように見えたが、供はいないようだった。五間川の川縁と反対側の、屋敷の間の狭い土塀の隙間から、馨之介はそれをみていた。

場所は城の大手門前の一画で、このあたりは藩の上士の広大な屋敷が密集している。水尾家老の屋敷も、嶺岡兵庫の屋敷もその中にあった。

兵庫はまだ城にいて、五ツ（午後八時）に評議を終り、帰途につくと金吾が探ってきている。嶺岡兵庫は四半刻後には眼の前を通る筈だった。

提灯の女が近づいたとき、馨之介は土塀の間の闇に躰を沈めた。三尺ほどの隙間を提灯の明りが通りすぎた。父もこうして闇に隠れて嶺岡を待ったのだろうか、と思った。

（それにしても、金吾は遅い）

舌打ちして立上ったとき、塀の隙間に明りが射した。また人が通るようだった。

見つめている鼻先を、今度は反対側から提灯がゆっくり通りすぎた。あッと馨之介は立上った。さっきは気づかなかった提灯の紋が、貝沼の家の紋である。

「菊乃どの」

低い呼び声が、頭巾姿の菊乃に届いたようだった。立止って提灯の灯を吹き消すと、小走りに戻ってきた。

「どうしたのだ？」

菊乃はいきなり馨之介の胸に倒れ込んできた。

「兄は来ません」

漸く顔を挙げた菊乃は、顫《ふる》える声で囁いた。その顔をのぞきこんで、馨之介は鋭く言った。

「なぜだ？」

菊乃は首を振った。

「葛西さまひとりで十分だと言っていました。わたくし、ずーっと立聞きしておりましたの」

「誰がそう言った？」

「父ですわ。ご家老さまと野地さまがおられて、父はその前に今夜ここで嶺岡さまを襲うことに決ったと話していました」

「金吾は？」

「わたくしが出るまでは、兄も家におりました。馨之介さま、兄だけでございませんのよ。ご家中の若い方が、ほかに五、六人みえて、父たちとは別の部屋で、兄と何か相談をしていました」

「……………」

「お逃げになることは出来ませんの？」

不意に菊乃は怯《おび》えたように、もう一度馨之介の懐《ふところ》に入ってきた。仄白く浮び上った顔に表情は朧《おぼろ》だったが、菊乃の躰は細かく顫え続けている。

「おひとりに押しつけようなんて、父たちは何か企んでいるのですわ。だから逃げて。そうすれば……」

菊乃はぼんやりした口調で呟いた。

「わたくしもおともしますわ」

「馬鹿なことを言うものでない」

馨之介は言ったが、黒い疑惑が少しずつ胸を染めてくるのを感じた。

「菊乃どの」

馨之介は、菊乃の手をほどきながら言った。

「知らせて頂いて有難かった。しかし今夜のことは、ひとりでもやらねばならん事情がある。うまく仕遂げて命があれば……」

馨之介は言葉を切った。大手門前の闇に、突然提灯の明りが五つ、六つ浮び上ったのを見たのである。

「さ、行って下さい。人が来る」

「おやめになることは出来ませんの？」

「それは出来ない」

「それでは、あなたさまのお家へ行って、そこでお待ちしています」

「よろしい。さあ、急いで下さい」

菊乃の足音が背後の闇に消えるのを耳で追いながら、馨之介はゆっくり襷《たすき》をとり出してかけ、刀の柄《つか》を抱くようにして塀の陰に躰を寄せた。

提灯の明りが近づいてきた。五間川を渡るとき、明りは五つだったが、いま川岸をこちらに向って来る明りはひとつだけだった。

この道を来るのは、嶺岡兵庫のほかにいない。一瞬風に襲われたように背筋に寒気が走り、歯が鳴った。軽く足踏みし、頸《くび》を左右に曲げて緊張をやり過すと、馨之介は路に出た。

提灯はゆっくり近づいて来たが、三間ほど先で馨之介の姿を認めたらしく、そこで止った。明りを囲む人影は三人で、馨之介の方をみながら、短く私語を交したが、やがて長身の一人に提灯を渡し、その人間を庇うように二人が前に出て来た。提灯に嶺岡の定紋が印されているのを、馨之介は確かめると歩き出した。

一人が咎めた。

「何者だ？」

「少少無心がござる」

馨之介はずかずかと近寄った。

「嶺岡どののお命を頂きたい」

三人の人影が縺《もつ》れあうように後に退き、提灯の光が乱れた。その一瞬をとらえて、馨之介の躰は地を這うように走った。

「くせもの！」

叫んで、左側にいた男が刀を抜こうと躰を捩じったが、馨之介の抜き打ちが、一瞬早く胴を斬り裂いていた。

倒れかかってきた相手の躰を蹴倒すように躰を翻《ひるがえ》したとき、馨之介は耳もとにすさまじい刃風を聞いた。辛うじて傾けた頬を冷たい感触がかすめ、鋭い痛みがそこに残った。顔を振って体勢を立て直した馨之介の眼に、いまの一撃のあと、じっくりと青眼に剣をもどした敵の姿が映った。前に出てきたとき、右側に立っていた恰幅のいい侍である。

「殿、ここはおまかせ下さい」

その男は、冷静な声で嶺岡を促した。だが、嶺岡は動かなかった。提灯を高く掲げて、塀際で様子をみている。男の腕をよほど信頼しているらしい。

馨之介は、青眼の構えから、次第に剣先を上げて行った。嶺岡が動かず、正面の敵の構えが、思いがけなく堅固なのを知ると、こちらが隙を作ることで、この場に乱れを誘うしかなかった。

危険を計りながら、馨之介の肱が肩口まで上ったとき、果して敵は猛然と斬り込んできた。体重をのせた一撃は、誤りなく馨之介の隙を目がけて打ち込まれている。間一髪の差で横にはずすと、馨之介は敵の伸び切った体勢に鋭く襲いかかった。余裕をあたえない三撃目に、喰い破った皮膚の感触を剣先が伝えてきた。

「殿、はやくお屋敷へ」

漸く青眼に構えを固めた男が、大声で叫んだ。声に切迫した響きがある。男も、いまは馨之介が凡手でないことを覚ったようだった。嶺岡はまだ動かない。

その嶺岡にちらと視線を流すと、男は遠い距離から、再びするすると近寄ってきた。男の構えが一気に上段に変ったのを馨之介はみた。巌《いわお》が倒れかかってくるような迫力がある。男が勝負をつけたがっているのを馨之介は感じた。

馨之介も出る。夜気を裂いて、はじめて二つの気合いが交錯し、躰が烈しい勢いで擦れ違った。擦れ違う一瞬、男の剣は地を割る勢いで振り下ろされ、馨之介の躰は、しなやかに一度男の脇腹に吸いついてから、のめるように前に擦り抜けていた。

重く地を鳴らして男の躰が崩れるのを、振向きもせず馨之介は嶺岡兵庫に向った。左の袖が大きく切り裂かれている。

嶺岡兵庫は、馨之介が近づくのをみると提灯を投げ捨て、ゆっくり刀を抜いた。地上に落ちた提灯が勢いよく燃え、その光に、長身、白髪の海坂藩中老の姿が赤赤と浮び上った。

「誰の指金《さしがね》だ？　大倉か、水尾か、それとも田部か」

兵庫は落ち着いた声で言った。中老には敵が多いようだった。

「考え直した方がよくはないか」

兵庫は刀を構えたまま、ゆっくり言葉を続けた。老いた嗄れ声だが気力が籠っている。

「いま儂《わし》が死んだら、藩が潰れるぞ」

「私の恨みでござる」

「なに？」

「葛西源太夫の子、磬之介でござる」

兵庫は確かめるように磬之介の眼をのぞいたが、その顔には怪訝《けげん》な表情が浮んでいるばかりだった。

磬之介は一瞬にして覚った。この男はすべて忘れ去っている。父はもちろん、その記憶に怯え、それを知られたとき命を断った母のことも、この男の記憶には恐らく塵ほども留まっていまい。

地上の火の最後のゆらめきが、怪訝なままの兵庫の表情を闇に閉じこめた。

その闇に、途方にくれたような兵庫の声がした。

「葛西だと？　知らんな」

「ごめん」

磬之介の刃が、兵庫の胸のあたりを真直ぐに突き刺し、衝き上げて来る憤怒を加えて、剣先はさらに深く肉を抉《えぐ》った。刺されながら、兵庫は刀を振ったが、それは磬之介の躰にとどく前に、音を立てて地面に落ちてしまっていた。

膝をついて兵庫の死を確かめ、立上ろうとしたとき、突然闇の中に火光が走って、磬之介の凄惨な姿を浮び上らせた。

反射的に光に向って刀を構えた磬之介に、右横からいきなり斬りかかってきた者がある。

のけぞって躱《かわ》したが、気がつくと右も左も、牙を植えたように光る白刃の群だった。

「何者だ、貴様ら」

馨之介は油断なく構えながら、低く咎めた。敵はすべて覆面に顔を包んでいて、無気味な眼が馨之介の隙を窺っているばかりである。七、八人はいると馨之介はみた。

さっき躱した剣の打ち込みの鋭さと、手足の疲れが、馨之介を受身にしていた。（このままでは殺《や》られる）と思った。じりじりと廻り込んで背後に川を背負ったとき、不意に菊乃の言葉が甦った。

（父たちは、何か企んでいるのですわ）

これがそれだ、と思った。何のために、と首をかしげたとき、馨之介は思わず呻きを嚙み殺した。幕が一枚、二枚と続けざまに切って落されるように、みるみる水尾一派のいわゆる企みの全貌が見えてきたのである。

嶺岡兵庫を斃《たお》すことは必要だが、そこに水尾家老の手が動いた痕跡を残してはならないのだった。痕跡は消されなければならない。しかも馨之介の口を塞いでしまえば、今度は馨之介の死体自身が、父源太夫の横死に絡む私怨から嶺岡を刺したと、雄弁に語り始めるのである。

嶺岡兵庫を暗殺する人間として、馨之介以上の適任者はいまい。あとは汚れた手を洗うように、暗殺者を消すだけである。それで藩政の実権は、滞《とどこお》りなく反嶺岡派の手に移るのだろう。

（あるいは……）

父の源太夫も、水尾家老の画策に踊った一本の手だったのではないか、とちらと思った。新竿打直しの時、嶺岡兵庫と対立した一派が誰であったかは馨之介にはわからない。だが水尾家老がその中にいたことは確かなのだ。

最後の、薄く透けてみえる幕の奥に、暗い光景がみえる。手傷を負ったが嶺岡は遁《のが》れ、茫然と竚《たたず》む源太夫のまわりに、黒布で顔を覆った人数がひたひたと近づくのである。

「そうはさせんぞ」

馨之介は呟いた。噴き上げる怒気が、四肢に戦闘的な力を甦らせていた。

「金吾」

怒りとは裏腹に冷ややかな声になった。

「貴様らの腹は解った。さ、来い」

小刀を鞘《さや》ぐるみ抜くと、馨之介は躰をひねって龕燈《がんどう》に投げつけた。「お」という声と、龕燈が砕ける音がして、光が消えると、馨之介は猛然と右側の敵に斬り込んで行った。

左の上膊部に鋭い痛みを感じたが、そのまえに斬り下げた刃先が、鈍い肉の手応えを把《とら》えていた。背後に追い縋る刃を斬り払うと、馨之介はいきなり走り出した。

(お逃げになることは出来ませんの?)

菊乃の怯えた声が耳もとにする。この汚い企みにつき合う必要はないのだ、と思った。執拗な足音が背後にしているが、二人ぐらいのようだった。闇が逃げる者を有利にしている。

星もない闇に、身を揉み入れるように走り込むと、馨之介はこれまで躰にまとっていた侍の皮のようなものが、次第に剝げ落ちて行くような気がした。

馨之介は走り続け、足はいつの間にか家とは反対に、徳兵衛の店の方に向っているのだった。

相模守は無害

一

気配に気づいたのは、大名小路を抜けて、虎の御門外の御用屋敷に帰る途中だった。

御門までの間に商家はなく、道の右左は大名屋敷の高い塀並びである。歩いている人間も多くはない。武士のほかに町人も少少いたが、疎《まば》らだった。その間から、何者かが自分を見ている。そんな気がしたのである。

明楽《あけら》箭《や》八郎《はちろう》は眉をひそめた。やや傾いた日が斜めに道と塀を染め、右側の松平安芸守屋敷の塀の影が、道の半ばあたりまでせり出ている。

心当りはなかった。明方江戸に入り、呉服屋の大丸で百姓姿を捨て、侍に戻った。城中に入り、探索の結果を若年寄に報告した。若年寄は、箭八郎に海坂藩探索を命じた内藤豊後守信教が、すでに幕閣を退いていたが、増山河内守正寧が報告を聞きとり、労をねぎらった。十四年におよんだ隠密探索が終ったのである。

あとは休息が待っているだけの筈だった。深い疲労が箭八郎を把《とら》えている。それは遠い北の国から帰還した旅の疲れというよりも、その国で過した十四年の歳月の疲れのようだった。堆積した沈澱物のように、箭八郎はその疲労を感じている。この疲労のほかに残っているものはない筈だった。

だが、確かに見られていた。その感触は、死んだ父と一緒に昔信州の某藩を探ったとき、山道で狼に跟《つ》けられたときの無気味な感じに似ていた。

「振り向くな。気づかぬふりで歩け」

父の幸右エ門は、その時そう囁《ささや》いたが、箭八郎は、背筋がむず痒《がゆ》くなるような感触の中で、振り向きたい気持を押えるのに苦労したのだった。

その時の感触が、背後にあった。狼はほとんど足音をたてなかったが、時折り枯葉を踏んだ音や、体毛が道脇まで伸びた草の葉をこする音をたて、執拗《しつよう》な追跡を知らせたが、いま町の中で自分を把えている注視には、足音も草の葉のそよぎもなかった。執拗な眼だけが感じられた。恐らくその微かな気配を感じ取ったのは、箭八郎の疲労だったのだ。疲労のために、神経は常よりも鋭く繊細になっている。

外桜田の一帯は当然ながら辻番所が多い。大名屋敷がほとんどで、個個の屋敷にあらまし辻番所が附属している。

「恐れ入るが……」

箭八郎は、西尾隠岐守屋敷の塀を曲ったところで、辻番所に首を突っ込んだ。

「水を一杯振舞ってもらえまいか」

五十がらみの気難しそうな番人が、無言で突き出した柄杓《ひしやく》を受けながら、箭八郎は道に視線を走らせた。

城を退って来たらしい裃《かみしも》姿の武士が四、五人、大きな風呂敷包みを背負った町人、小僧に包みを持たせた商家の旦那風の男などが、箭八郎の横を通り過ぎた。だが誰も箭八郎を振り向いた者はいない。

水を飲み干して柄杓を返すと、箭八郎は歩き出した。背後の気配は消えている。そのことが、かえってさっきは確かに視られていたという感じを強めた。

虎の御門外の御用屋敷の中にある長屋に帰ると、箭八郎は呆然と部屋の中に立竦《たちすく》んだ。十四年前と変りない家具調度が、見覚えのある場所に納まっている。畳だけは最近替えたようだが、部屋の中に微かにものの黴《かび》る匂いが漂い、母親の加音《かね》の姿が見えないのが変ったといえばいえる程度である。加音は四年前に病いで死んだと、たったいま組頭《くみがしら》から聞いて来たばかりである。

箭八郎は仏壇を開き、そこに母親の位牌《いはい》があるのを確かめたが、すぐに茶の間に戻り、晩夏の光が、もの憂く畳を照らしている窓の下に横たわった。ひと月病んで死んだ、と組頭から聞いたとき、母親の孤独な死を思って、僅かな感傷が心を染めたが、すでに心は乾いていた。隠密という仕事は、いつも死を同伴している。明日知れぬ命を抱えて生きている身には、死に対する愕《おどろ》きは小さかった。

急速な睡気《ねむけ》が明楽箭八郎を襲い、袴も解かず横になったまま、箭八郎は引き込まれるように眠った。ここでは、何者も警戒する必要はないのだと、眠りに誘われながら思い、そう思うことで、眠りは一層深くなって行くようだった。

眼覚めたのは、微かな涼気を感じたからである。眼を開いて、障子にあたる光が色褪《あ》せ、日が暮れようとしているのを知ると、箭八郎は漸く起き上った。躰《からだ》の節節が痛み、疲労は、なお気怠《けだる》く四肢に溜っていたが、腹が空いている。眼が覚めたのは、そのせいもあるようだった。

箭八郎は立ち上って水屋に降りたが、すぐに当惑して佇んだ。水甕《みずがめ》は乾き、見馴れた米《こめ》櫃《びつ》はあったが、蓋を開くと空だった。先ず御用屋敷の隅にある井戸から、水を汲んでくることから始めなければならないようだった。

箭八郎が水桶を手にして土間に降りようとしたとき、戸の隙間に人影が動いた。

「ごめんくだされませ」

訪れたのは女の声である。

箭八郎の胸が一瞬波立った。ひっそりしたその声は、妻の喜乃に似ていて、夫の帰還を知った妻が、出先から駆けつけてきたかのような幻覚に襲われたのである。

だがそんなことはあり得なかった。喜乃は十七年前に死んでいる。

戸を開けた箭八郎の前に、三十前後の、武家の妻女風の女が立っていて、箭八郎を見るとつつましく頭を下げた。

「興津の家の者でございます。このたびは長年のお勤め、ご苦労さまでございました」

「………」

興津というのは組内の家である。女はその家の妻女でもあろうか。頭を下げたものの、曖昧な表情でいる箭八郎に、女は微笑をむけた。

「このとおり、もはやばば様でございますゆえお忘れでしょうが、印南の家の勢津でございますよ」

「おう」

箭八郎は声を挙げ、表情を緩めた。

印南というのは、組内の印南重兵衛のことである。重兵衛は死んだ父の幸右エ門と昵懇《じっこん》の仲で、非番の日は、二人でしきりに烏鷺《うろ》を闘わせ倦《あ》きることがなかった。娘が三人もいて、勢津は末娘だった。父親の使いで、よく幸右エ門を呼びに来たことを憶えている。

顔色が悪く、手足の細い娘だった、と箭八郎は眼の前の勢津を見ながら思った。箭八郎が知らないところで流れた歳月が、勢津を別人のように変えていた。どこかにその面影を探そうと、箭八郎は勢津の上に視線を走らせたが、陶器のように艶がある頬、落ちついて澄む黒眸《くろめ》、頸《くび》筋から肩のあたりから、匂うような色気をまとった中年の女を見出しただけだった。

「美しい女子《おなご》になられた」

箭八郎は眼を逸らして嘆息した。

「昔の勢津どのとは思えん」

勢津は抱えていた風呂敷包みから右手を離すと、口を覆って羞《は》じるように眼を笑わせた。

「重兵衛どのは達者か」

「年寄りましたが、元気でおりまする」

実は父の言いつけできた、と勢津は言った。明楽は帰ってきたが、一人きりで当惑しておろう。当分飯の支度をしてやれと重兵衛が言ったという。外から手軽に人を雇うことが出来ない組内では、相互に不便を助け合う習慣がある。

「それはかたじけないが……」

箭八郎は怪訝《けげん》な顔になった。

「そなたはいま興津の家の者。そう手軽には参るまい。そうして頂くとなれば、興津の家にご挨拶せねばなるまい」

「家には十二になる娘がひとりいるだけでございますよ」

勢津の顔を、一瞬暗い影が掠めた。

「いまは後家《ごけ》でございます」

それではよけいに組内の眼が憚《はばか》られよう、と言おうとして箭八郎は沈黙し、勢津を家の中に通すために躰をあけた。

勢津の夫が何で死んだかは知らない。だが自分も孤独なら勢津も孤独のようだった。それだけではない。薄闇が訪れ、その中に苛酷な使命に生きる家家が軒を沈めようとしている。ある家には非命に斃《たお》れた者があり、ある家には隠密探索に出たまままいまだに帰らないものがいる。箭八郎の眼に、ひっそりしたたたずまいの家家が満身創痍《そうい》に見えてきた。重兵衛の好意の中には、そういうことが解っていて、その上で箭八郎を含めた組に対する労《いたわ》りがある気もしたのだった。

「茶を召し上れ」

行燈《あんどん》の脇に所在なく坐っていると、勢津が茶を運んできて言った。

香ばしい炊飯の匂いが家の中に漂い、灯火は明るかった。父母がいて、妻が生きていた遠い昔が戻ってきているようだった。そうしたのは勢津である。

勢津は家の中に入ると、水を汲み、持参した米を磨《と》ぎ菜を刻んだ。行燈に、これも持参した油を入れ、竈《かまど》に火を焚きつけて、板の間を拭き掃除した。隙間のない働きぶりだった。

私もお相伴《しょうばん》します、と言って茶を啜《すす》りながら、勢津が笑いかけた。

「空腹でございましょう。間もなく出来ますすゆえ」

「いや、かたじけない。思いがけぬご雑作をかける。しかし……」

箭八郎は勢津の顔をしげしげと見た。

「手際がようござるな。女子はみなこうしたものかな」

「印南の家が人数が多うございましたので、子供の時分から仕込まれました」

「興津どのに嫁入られたのは、いつ頃のことかの」

「十六の年でございます」

勢津は遠いものを見るような眼をした。

「あなた様が遠いところに行かれたと聞いた翌年でございますよ」

「拙者が帰ってくるまでの年月に、勢津どのは子をもうけられ、連れ合いを亡くされたか」

「そして、このように老けました」

勢津は口に掌をあて、眼を伏せて笑った。

「興津どのは何で亡くなられた?」

「ご命令があって、南の国に入ったと知らせがあって、二年目に組頭さまに呼ばれ、もう戻らぬと言われました。八年前のことでございます」

箭八郎は黙って茶碗をとり上げた。月並みな同情の言葉は出なかった。それがこの御用屋敷の中に住む者たちの宿命なのである。

勢津も殊更な嘆きを見せなかった。さりげなく腰を上げて、台所に立って行った。

二

箭八郎は御用屋敷を出た。

ひと月ぶりだった。このひと月、ぼんやりと家に閉じ籠って過している。その間、晴れた日は狭い庭に降りて、伸び放題にはびこっている草を抜いたり、母が生きている頃に丹精したらしい菊の株をいじったりもしたが、大方は部屋の中にごろ寝していた。八月の日射しはまだ暑く、日に焼かれて閉口して家の中に戻れば、中も畳が熱かった。

その熱い畳の上に、昼も眠った。いくら眠っても回復しない疲れが躰の中にあった。

昨夜、雨が降った。久しぶりに市中を歩いてみる気になったのは、雨の後の空が紛れもない秋の色をしているのに誘われたのである。

御用屋敷を出て、どちらに行こうかと迷ったが、すぐに心が決まって、御厩《おうまや》の前を通りすぎ、濠《ほり》沿いに東へ歩くと土橋を渡った。海坂藩江戸屋敷を見に行こうと思ったのである。海坂藩に九年、その支藩山鳥領に五年、箭八郎は身分を隠して潜んだ。見に行こうとしている江戸屋敷は、終った孤独で長い仕事につながっている。

当分は非番の許しが出ていた。それを伝えた組頭は、増山様から特にご沙汰があったと言った。若年寄は箭八郎の長年にわたる探索を犒《ねぎら》ったのである。

箭八郎は山下町から真直ぐ東に歩く。やがて尾張町の繁華な人通りに出たが、そこを横切って一之橋を渡った。このあたりから、左右はまた大名屋敷、武家屋敷が塀を連ねる。

箭八郎はさらに堀割を東に渡った。

四方を堀割に囲まれたその一角は、巽《たつみ》の方角に西本願寺の高い甍《いらか》が見え、武家屋敷、大名屋敷続きで、人通りも多くない。

海坂藩上屋敷前を、箭八郎はゆっくり通り過ぎた。笠を上げて屋敷を眺めたが、閉ざされた門扉《もんぴ》を秋の白い日射しが洗っているだけであった。

堀割に沿って歩き、さらに橋を二つ渡って鉄炮洲《てっぽうず》まで出、佃島《つくだじま》を見、海を見た。海を渡って来る風が秋の涼気を含んでいる。

不意に心急ぐ気持になって腰を上げたのは、遠い海に落ちる日射しが、ひとときさらめいたあと急速に光を消したのを見たときだった。勢津が来る時刻だと思ったのである。

勢津は日暮れにきて、手早く箭八郎の食事の世話をし、朝の米を磨いで帰って行く。時には箭八郎が身につけた汚れ物を持ち帰り、洗って持ってくることもある。

初めはさすがに勢津の世話をうけるのが心苦しく、印南重兵衛に挨拶に行ったとき、それとなく遠慮したいと匂わせたことがある。

「遠慮も気遣いも無用だな」

重兵衛はあっさりと言った。十四年ぶりに見る重兵衛は、ひと廻り小さくなった感じに老けていたが、無表情でそっけない応対は昔のままだった。

「そういう気遣いは若い者のすることだな。おぬしも勢津も若くはない」

「それはおっしゃる通りながら……」

箭八郎は僅かに赤面した。勢津の美しさに拘泥《こだわ》った気持を見抜かれた気がしたのである。

「組内の眼もいかがかと思いましたので」

「なに、組頭には話してある。それに、これは言うつもりもなかったが、おぬしの母御が病いで臥《ふ》せられたとき、実は勢津が世話した。あれが死に水をとった」

「……」

箭八郎は眼を光らせ、やがてゆっくりうなずいた。勢津に対する遠慮が一度に消え、かわりに身内に対するような安堵に似た気分が生れて来るのを感じたのである。そのことに勢津が少しも触れようとしなかったことも、箭八郎をある感慨に誘った。

「そういうわけで、あれはおぬしの家のことなら万事のみこんでいる。おぬしの世話は自分でなければ出来ないと思い込んでおる。女子というものは利口なようでもそういうたわけたところがあるものでな。もしも何だ、よその家の若い娘でもおぬしの世話をする、などということになったら、あれは腹を立てるだろうて。いやいや、べつにおぬしに気があるということではないぞ。それとは別に、女子には奇妙なところがあるという話だ」

箭八郎は苦笑した。

「女中がわりに使われるとよろしい。別に先に望みがあるでもない後家だ。おぬしの家の世話をするのも張り合いということだろう」

「それではお言葉に甘えて差支えござらんか」

「一向に構わんな。ただし、おぬしに妻帯する気持があれば別だ。そうなれば、あれが出入りしては迷惑になろう」

箭八郎は首を振った。その気持は全くなかった。

勢津が後家であるように、箭八郎も一度妻帯し、その妻を喪《うしな》っている。蒼白い肌を持ち、口数も少なく陰気だった妻は、夫婦になって二月《ふたつき》後に、箭八郎が父と一緒に信州の或る藩を探りに行った留守に自殺した。

隠密は、表向きは江戸城内吹上御庭および内庭を監視するお庭番として勤めるが、一たん中奥と大奥にあるお駕籠《かご》台下に呼ばれ、秘命を受けると、そこから呉服商大丸に直行し、家へは寄らずに変装して旅立つ。

若い妻が、なぜ自殺したかは不明である。母の加音の話によれば、喜乃といったその妻は、箭八郎が家に戻らなくなった日から、日日陰鬱な表情になり、躰も痩《や》せて、ある夜自害したという。隠密という仕事を、家代代の生業《なりわい》とも使命ともする、苛酷な家柄に、喜乃は耐え得なかったと考えるしかなかった。

夫婦らしい語らいをした記憶も乏しく、夫婦という形にさえ、やっと馴染んできたばかりの時に突然妻を喪って、箭八郎は衝撃をうけたが、どことなく影の薄かった妻を哀れむ気持は、むしろ死後しばらく経ってから募った。

ある時、父母の名代《みょうだい》で、愛宕《あたご》下の檀家寺を夫婦で訪れたことがある。墓参を終って、境内の茶屋でひと休みした。茶をもらい、餅菓子を食べた。どういう話をしたか、その記憶は脱落しているが、その時何かの話をしていて箭八郎を振り向いて、不意に笑顔をみせた喜乃の表情が鮮やかに思い出されたりした。思いがけない華やかな笑顔だった。

家の中での喜乃は、寡黙で必要以上に小さな声で話し、笑うこともなかった。それだけに、茶屋の縁台にかけていて、不意に箭八郎を見て笑った喜乃のチラとのぞいた歯、透けるように白い頸、あわてて手で口をおさえ、それでもまだ可笑しいとみえて肩で笑ったしぐさなどが思い出され、箭八郎はそのとき何を言って喜乃を笑わせたかが思い出せないのがもどかしかった。喜乃の歯にはつややかに鉄漿《かね》が光り、喜乃が箭八郎の妻であることを示していたのだ。

死んだ妻に対する哀れみは、年月とともにやや薄らいだが、次に体験した十四年の長い隠密の仕事の苛酷さも、箭八郎から妻帯の気持を失わせていた。妻子持ちのする仕事ではない、と端的にそう思うのである。孤独な仕事には、孤独な境涯がふさわしい。

重兵衛に妻帯云云《うんぬん》と言われたとき、そう思った気持に嘘はなかったのだが、日が落ちるのを見て、さながら懐かしいもののように勢津を思い出したのはどういうことだろうか。

鉄炮洲を抜け、再び中川修理大夫《しゅりだゆう》屋敷横の橋を渡りながら、箭八郎はふとそう思い、微かに眉をひそめた。

勢津は日暮れの一刻《ひととき》、箭八郎の家に現われ、いそがしく立ち働いて去って行くだけである。その間言葉をかわすこともあるが、ほとんど無言で過ぎる日もある。その間勢津は気配にも狎《な》れ親しむ風をみせないし、箭八郎も勢津がすることを有難いと思う気持とは別に、何となく窮屈な一刻を過すのである。かりそめの縁《えにし》に過ぎないと思っていた日日の中に、意外に厄介なものが育っていたようだった。

首を振って箭八郎は眼を挙げたが、速めようとした足が不意にそこに釘づけになった。そこは高い塀をめぐらせた海坂藩上屋敷の手前で、屋敷の門前が人混みしている。国元から人が着いたという情景で、慌《あわた》だしく人が出入りし、馬が三頭おり、背が高く、笠をかぶった中年の武士が、馬から荷をおろしている者たちに指図している。

指示を終ると、武士は笠をとり、額の汗を拭いて門を入った。

箭八郎の眼が、静かに見開かれ、そのまま武士とその連れが入った門の奥に吸いつけられた。

決して見る筈がない男を、箭八郎は今そこに見たのである。男は奥州海坂藩家老神山相模守の嫡子神山彦五郎であった。この年の春、神山相模守は藩政を乱した廉《かど》で失脚、蟄居《ちつきよ》を命ぜられ、相模守に加担して神山党と呼ばれた一味はそれぞれ処分をうけ、藩政から遠ざけられた。そのとき組頭の職にあった彦五郎秀明も勿論失脚している。

箭八郎はそこまでを見届けて、十四年潜入していた海坂領を脱け、江戸に帰ってきたのであった。

三

「茶を淹《い》れなおしましたが、召し上りませぬか」

勢津の声に、箭八郎はおどろいて眼を挙げ、腕組みを解いた。台所で音もしなくなり、勢津はもう帰ったように考えていたのである。そう言えば帰りの挨拶を聞かなかった、と思った。沈思は深かったようである。

「や、かたじけない。頂こうか」

「なにかご心配ごとでも」

茶碗を差し出しながら、勢津の眼が深深と顔を覗《のぞ》きこんできたのを、箭八郎は微笑でそらした。

勢津は向きあって坐り、膝に手を置いたまま、真直ぐ箭八郎の眼を視ている。表情が曇っている。やむを得ず箭八郎は言った。

「さよう。少少合点ゆかぬことが出て参った」

「お勤め向きのことでございますか」

「さよう」

言ったが、さっき海坂藩上屋敷の門前で目撃した光景も、そこから触発された深い疑惑も、勢津に話すわけにはいかないと思った。

「お勤め向きのことなら、おうかがい致しませぬ」

勢津は膝の上で赤い襷《たすき》をまるめながら、うつむいて言い、腰を浮かせた。

「そなたも、茶を一服いかがじゃな」

「いえ、子供が待っておりましょうから」

勢津は不意にそっけなく言い、それではお休みなされませと言って立ち上った。

勢津が帰ると間もなく、箭八郎は床をのべて横になったが、眼は冴えるばかりだった。

十四年前、若年寄内藤豊後守が箭八郎に命じた海坂藩探索の内容は、次のようなものであった。

ひとつは、ただいま百姓一揆が起きている海坂藩の支藩山鳥領の始終を見届けること、とくに藩主神山相模守教宗の始末を見届けること。一揆が暴発して、相模守が自裁するような結果になれば、探索はそこで打ち切って引き揚げて来てよい。

次には、もし本藩の神山右京亮《うきょうのすけ》が、弟相模守を援護し、あるいは相模守を本藩に引き取り相当の身分を与える場合が考えられる。その時はひき続き海坂藩に行って探索を続け、相模守の動静を探ること。とくに右京亮嫡子新七頼保および夫人廉姫の身分に、何らかの危害が及ぶと判断したときは、極力これを防ぐ工作をなすこと。その場合藩内の相当の身分の者たちに近づき幕府隠密の身分を明かすことも止《や》むを得ない処置として認める。相模守が海坂藩にとって、一切無害であると判断した時、帰城報告する。

「要するに……」

豊後守は補足して言った。

「神山相模守という人物は、元来海坂藩の腫物《はれもの》ともいうべき人物でな。ところが、右京亮はその弟を溺愛しておる」

豊後守は、命令する者の威厳を、瞬時とりはずしたように舌打ちした。

「海坂は小藩といえども三河以来の譜代。言うまでもないが、廉姫は将軍家の縁につながるお方だ。相模守から眼を離すわけにはいかんのだ」

箭八郎は単身先ず山鳥領に潜入した。そこで信じられない暴政を見た。百姓の血を絞り取るように年貢を取り立て、頻繁に普請、作事を営み人夫を差し出させる、野で働いている女を城内に攫《さら》うという大時代な苛政の下で領内の百姓は喘《あえ》いでいた。江戸に訴え出ようとした試みはすべて潰され、小規模の一揆が頻発したが、それも根こそぎ潰された。

だが箭八郎が山鳥領に入って五年目に、ついに大一揆が起り、鍬、鎌をふりかざした百姓の大群が山鳥領を囲み、蝗《いなご》のように城壁を攀《よ》じのぼって城を陥した。城兵の半分が撲《ぶ》ち殺され、相模守は辛うじて遁《のが》れて海坂藩に奔《はし》ったが、幕府に政治不行届を咎《とが》められ、領地没収の処置を受けた。

箭八郎は海坂領に移った。右京亮親慶は、果して相模守を手厚く保護しただけでなく、藩内の一部に根強くある反対を圧《おさ》えて、やがて家老職に据えた。

箭八郎が、内藤豊後守の読みの深さに驚嘆したのは、さらにその七年後である。藩内に激しい抗争があることを耳にして城内を探った結果、箭八郎は相模守が世子新七頼保を廃して、己れの三男満之助俊方を後嗣に立てようとする陰謀をすすめていることを知ったのである。この陰謀を進めるために、相模守は神山党と称《とな》える徒党をつくりあげ、その実力を背景に藩政を壟断《ろうだん》しつつあった。

勿論相模守のそうした動きに反撥し、あるいは深い疑惑を持って見守る重臣もいたが、藩主右京亮との間はもちろん、それぞれ寄合って相談する程度の動きすらも、相模守の手によってことごとく潰された。そして右京亮は相模守に藩政をまかせ、進められている陰謀には全く気付いていないようだった。

最悪の事態が箭八郎の眼の前で進行しつつあった。箭八郎が単純な探索から激しい行動に移ったのはそれからである。

箭八郎は、先ず相模守が海坂藩に来るまでに筆頭家老の地位にいた、堀口土佐に会った。土佐が挙げた他の重臣との連絡をとり、反神山派をつくり上げることに成功した。正統派の会合の場所を斡旋《あっせん》したり、神山党の動きを探ったり箭八郎は精力的に動いた。その動きの中で、ある夜相模守の屋敷に忍んだとき、偶然に満之助俊方本人が、父や兄の進めている陰謀に反対していることを知ったのは収穫であった。

堀口土佐以下の正統派の重臣十四名が、総登城して藩主右京亮に会ったのは、今年の春である。土佐は衣服の下に白衣を着ていた。相模守を、頭から信用している右京亮が、素直に建白書の内容を受け入れるとは思われなかった。激怒し、重い処分が下ることが予想された。その時は藩主の前で腹を切るつもりだったのである。

だが結果は意外だった。その日神山党の妨害は全くなく、むしろ機嫌よく土佐たちに会った右京亮は、建白書を受け入れただけでなく、土佐たちの忠誠を犒《ねぎら》う言葉さえ口にしたのである。

表面化することなく、お家騒動は終熄《しゅうそく》し、箭八郎はなお三月《みつき》海坂領にいて、神山相模守以下が処分されるのを確かめてから漸く帰国した。

だが、江戸屋敷に相模守の長男彦五郎の姿を見たのはどういうことだろうか。

箭八郎の疑惑は尽きなかった。彦五郎秀明は、神山党の断罪の中で領外追放を命ぜられている。断じて江戸屋敷の門を潜ることが出来る人間ではない。

だが彦五郎は現実に十数人の供を従え、立派な身装《みなり》で、海坂藩江戸屋敷に姿を現わしている。江戸屋敷を探れば、恐らく事情はもっとはっきりするだろう、と思いながら箭八郎は一方で確信に似た結論を思い描いていた。

——神山相模守の復帰しかない——

相模守は恐らく藩政に復帰したのだ。どうしてそれが可能だったかは解らない。どこに春に行なわれた神山党の断罪を覆すような原因がひそんでいたのか。

推測の中で、箭八郎は正統派の中心である堀口土佐が、はじめから相模守と手を組んでいたのではないか、とさえ思った。だが、この推測には無理があった。春の重臣総登城のとき、土佐は屋敷を出るとき、ひそかに家の者と水盃《みずさかずき》を交している。そして何よりも、土佐は逆臣と呼ばれるような企てに加担するような人柄ではない。そしてまた相模守の陰謀に加担して土佐が得る利益は、その陰謀を阻止して藩を建て直したときの利益を上廻ることはないのだ。

——土佐は失脚したのだ——

悪くすれば腹を切っているかも知れない。箭八郎は小さく呻き、寝返りを打った。寝つかれなかった。若年寄増山河内守にした報告が躰を火照《ほて》らせる。海坂藩のこと終る。そう報告し、あとは情勢が変ったらしいと見ぬふりをしていいか。どこかに見落していることはないか。

箭八郎が、また寝返りを打ったとき、忍びやかに戸を叩く音がした。その音は微かで、隣家かと疑ったが、澄ました耳に、また紛れもない音を聞いた。

すでに深夜である。立つときに床の間から小刀を摑んで土間に降りると、箭八郎は用心深く声をかけた。

「どなたか」

答はなく、戸が外から開いて人影が滑り込むと、倒れかかるように箭八郎にしがみついた。噎《む》せるような女の香が箭八郎を包んだ。闇の中だが、その香りは解った。その香りに、箭八郎はいつの間にか馴染んでいる。

「勢津どの。いかが致した？」

重くもたれかかる躰を抱きとめながら、箭八郎は囁いた。とっさに勢津の家に何か異変が起きたかと思ったのである。

「ああ、おられたのですね」

と勢津が言った。

「あなた様が、どこか遠くに行かれて――もうこの家におられないような気がしたものですから」

勢津は乱れた口調で言った。勢津の躰はひどく顫《ふる》え、力を失って、箭八郎が支えなければばそこに崩れ落ちるかと思われた。

「大胆なことをされる」

女の躰を畳の上に引き上げながら、箭八郎は低声で叱った。

「人に見咎められたら、何とする」

勢津の躰は抵抗もなく、箭八郎に抱きかかえられたまま、よろめいて畳を踏んだ。

「灯りをつけよう」

坐ると箭八郎は言った。すると腕の中の勢津の躰が不意に硬くなった。

「灯をつけてはいけませぬ」

怯《おび》えた声で言い、勢津は箭八郎の胸にもぐり込むように、ひたと頬をよせた。

「お願いでございます。このまま、しばらく抱いて下さりませ」

勢津の躰は、まだ小刻みに顫え続けている。箭八郎はその背を深く抱き込んだ。豊かな肉感と温かみが、次第に全身に溶け込んでくるのを、箭八郎は頭が熱くなる感覚の中で捉えていた。異様なことが運ばれているという気持は少しもなく、女の躰の香、肉の手応えがすでに知り尽しているもののように感じられる。箭八郎は、抱いている腕に僅かに力をこめ、顔を近づけて深く髪の香を嗅いだ。

やがて勢津が顔を離し、静かに箭八郎の胸から躰をひいた。闇の中で、二人はしばらく沈黙した。

「おさげすみでございましょう」

勢津が打ちひしがれた声で言った。

「いや、さげすみなどせぬ」

「でも、私。考えもなく取乱してしまい……」

「……」

「あなた様のご様子が心配でならなかったものですから。それにしても私――何をしたのでございましょう」

「気遣われるな」

「私、物狂っておりました。お許し下さいまし」

「……」

「明日からは、もう参りませぬ」

勢津は身じろいで、ごめんくださりませと言った。

「待たれい」

腕をのばして、箭八郎は勢津の肩を摑んだ。あ、と声をあげて勢津は躰をひこうとしたが、箭八郎はその躰を荒荒しく引き寄せると囁いた。

「今度は、それがしが狂った」

箭八郎に抱き上げられると、勢津の躰はまた顫え出した。

「いけませぬ」

それをしてはなりませぬ、と勢津は顫える声で囁いた。構わずに箭八郎は勢津を床に運び、横たえると胸を開いた。闇の中にも仄白く浮かんだ膨らみは、箭八郎が握ると手に余った。その膨らみに顔を埋めると、勢津はまた呟くように「いけませぬ」と言ったが、手足は打ち倒されたもののように力を失って投げ出されている。

勢津の躰は柔らかく驚くほど滑らかで、箭八郎の掌の動きに鋭く戦《おのの》きを返した。やがて開かれた女体の中に、箭八郎はゆっくり躰を沈めて行った。闇の底に、勢津が小さく顔を左右に振るのが見えたが、言葉は聞えず、かわりに笛のような声が、か細く喉を鳴らしただけだった。

ひとつの記憶が、箭八郎の脳裏を横切ったのは、目も眩《くら》むような火を見ながら女体を抱きしめた後だった。それは、やはりひとつの女体の記憶だった。勢津の躰が、それを思い出させたのである。死んだ喜乃ではなく、東北の小藩海坂の城下町で会ったひとりの女の記憶だった。

そこで箭八郎は石置場の人足だった。

箭八郎の素顔を、堀口土佐をはじめ、正統派の重臣は誰も知らない。会うときはいつも頭巾で顔を包んでいたし、大部分の者は声だけしか聞いていない。そして石置場の人足たちも、佐平次といったそこの親方も、人足の弥之助の顔は知っていても、頭巾に包むもうひとつの顔を知らない。そう思っていた。

だがあの女はどうだろうか。一瞬心を掠めたのはその疑惑だった。あるいきさつから知り合ったその女と、忍んで会い躰を交えた。四、五度のものに過ぎない。城下で酌婦をしていたといったその女は、短い間石置場で飯炊きをしたが、間もなくやめて山奥の村に帰った。

「何を考えていらっしゃいます？」

胸の下で勢津の小さい声がした。声は羞じらいと、それに微かな甘えを含んでいる。

「はしたない女だとお思いになっているのでございましょう」

「いや」

箭八郎は勢津の顔を探り、滑らかな頰を撫《な》でた。

「そうは思わぬ。そなたを、何となく身内のように考えていたゆえ」

重うございます、と勢津が言ったので、箭八郎は女の躰から降りて、仰向けに並んで寝た。

「母はそなたに死に水をとってもらったそうな」

「………」

「他人の心では出来ぬことだ」

「それならば申しあげます」

勢津は躰を横にし、箭八郎の肩に額をつけて言った。熱い額だった。

「嫁入る頃に、あなた様に心惹《ひ》かれておりました。あなた様は喜乃さまを迎えられましたゆえ諦めましたが、辛うございました。母上さまがご病気になられましたとき、私、自分から父に願って看取《みと》らせてもらったのでございます。母上さまに、明楽の家の嫁のような、と言われました。嬉しゅうございました」

勢津は深い吐息をついた。

「いまも、嬉しゅうございました」

勢津をひそかに帰らせたあと、箭八郎は床に戻って、仰向けに寝ると、闇に眼を開いた。

勢津の残り香が鼻を打った。すると速やかに海坂の女に対する疑惑が戻ってきた。

石切人足弥之助の素顔をのぞいた者は、誰もいないと思っていた。だがあの女は、弥之助の中に、石切人足でないものを見なかっただろうか。戻ってきた疑惑はそのことだった。

おつねといったその女を、そういう意味でこれまで思い出したことはない。行きずりの、薄い縁だと思い、これまで忘れていたのである。

しかし今日の日暮れ、海坂藩上屋敷前で、神山彦五郎秀明の姿を見かけて以来、箭八郎はひそかな懼《おそ》れに苛《さい》まれている。彦五郎の出現が、推測するように神山党の復帰、正統派の失脚を意味するとしても、それが然るべき藩情勢の変化で出てきた逆転であれば、箭八郎のあずかり知らぬことである。増山河内守にした報告は正しく、正統派の非力を嘆くだけでよい。

懼れは、いつからか神山党、わけても神山相模守が、領内に潜む隠密の暗躍を探知し、石切人足弥之助を突きとめた後、その躍るがままにまかせ、弥之助が使命を終り、領外に出るのを待って、一挙に情勢を覆したのではないかということだった。

そういうことがあり得るか。この自問を箭八郎は日暮れから、幾度も繰り返している。答は、あり得る、だった。

海坂藩は小藩ながら、三河以来の譜代大名だった。外様の多い奥羽の地に、ぽつんと投げ入れたように海坂藩を置いたのは、藩祖海坂備後守に対する幕府の厚い信頼があったからだと言われている。

のみならず外様ではあるが、現将軍家の縁につながる廉姫が、藩主右京亮の嫡子新七に嫁している。

この立場から、海坂藩が隠密と知っていながら抹殺しなかったことはあり得る、と思った。外様なら有無《うむ》を言わさず消すところである。それをしないのは、譜代の領内に隠密を入れた幕府の立場の悪さに、知らぬふりをよそおったということになろう。

だが、その一方で隠密の働きを徒労なものとすることで、海坂藩は幕府に対する痛烈なしっぺ返しをしたとも言えるのだった。藩主神山右京亮、弟の相模守教宗の陰険な性格からみて、それはあり得た筈だった。

――もし、見抜かれたとすれば、いつだろうか――

海坂領の北に荒倉山という山がある。高さはそれほどでもないが、深山幽谷をそなえて懐がひろく、山伏修験《しゅげん》の山として知られ信仰を集めていた。遠国からもお山参りと称して参詣の人人が絶えない。

箭八郎はお山参りの信者として海坂領内に入り、後につてを求めて石置場に住み込んだ。そこには他領の者も多数入り込んで働いていたし、怪しまれることはなかったと思っていた。にもかかわらず箭八郎の嗅覚は、隠密の身分を見破った者の匂いを嗅いでいる。

「おう」

不意に箭八郎は低く唸って躰を起すと、床の上に胡坐《あぐら》を組んだ。

勢津を抱いたとき、突然脳裏を切り裂いてきたものの正体が解ったのである。それは単純にひとつの女体の記憶でもなく、人足弥之助としてその女体を扱ったかどうかということでもなかった。

女の動きが、勢津に酷似していたのである。官能の波に洗われながら、勢津は傷ましいほど躰の戦きを押えようとしていた。それでも白い喉が幾度かのけぞり、耐えかねて豊かな腰が揺れたが、ついに呻き声を立てず、箭八郎の躰に腕を投げかけることもしなかった。その動きの慎ましさが、箭八郎の記憶を喚《よ》び起したのである。その記憶は、遠い日の喜乃にも重なる。

——あの女は、酌婦のようでなかった——

口数が少なく、いつも控えめに振舞い、肌を合せたときの動きは慎ましかったのである。

箭八郎は闇に眼を瞠《みは》った。

おつねというその女を連れて来、城下で酌取りをしていたと言ったのは、人足頭の佐平次である。もしおつねが酌婦でなかったら、佐平次も嘘をついたことになるのだろうか。

おつねが、推測したように武家の躾《しつけ》を身につけた女で、人足弥之助に不審を抱いた者に命じられて探りに来た、と考えることは妄想のようだった。

しかし人足弥之助らしくない顔を、もしも人に見せたことがあるとすれば、それはおつねを抱いたとき以外に考えられないのだ。

——海坂に戻るしかない——

箭八郎は立ち上り、行燈に灯を入れると、ほとんど物音をたてずに、すばやく旅支度を調えた。刀を掴んで、灯を吹き消そうとして、ふと箭八郎は暗い顔になった。明日も来るだろう勢津を考えたのである。刀を置いて、紙と矢立てを探した。「余儀なき事情之《これ》有《あ》り、北へ参り候。必ず必ず戻るべく候。他言無用になさるべく候」と書いたが、暫く考えて、必ず必ず戻るべくという文句を黒黒と塗りつぶした。

御用屋敷の塀を乗り越えると、箭八郎は路上に立った。遠く北国に続く路に闇は濃く、寒い風が流れていた。

四

柿色の忍び着に躰を包んだ箭八郎は、辛抱強く縁の下に蹲《うずくま》っていた。

頭上の部屋で、時折り短い話し声が洩れるのは、土佐の居間に、家の者か、家臣かがまだいるのである。土佐は御役ご免、隠居を命ぜられ、その上中風を病んで病床にいるということを、すでに探っている。

縁の下に、時折り吹き込む夜の風が冷たい。北国の季節の移りの慌しさを、箭八郎は知っている。秋が終り、冬が始まろうとしているのだった。

縁側の障子が開閉し、咳払いが聞えたあと、ひとつの足音が母屋《おもや》の方に遠ざかるのを箭八郎は聞いた。縁の下を這い出すと、雨戸をこじ開け、屋内に入った。薬湯の香が、強く鼻腔《びこう》を衝いてきた。部屋の灯は消えている。膝でにじり寄って障子を開いた。

「誰じゃ」

闇の中で、不意に弱弱しい声が咎めた。

「お静かに。怪しい者ではござらぬ」

とりあえず箭八郎は言った。

「それがし江戸より参った明楽でござる」

「おう」

土佐はすぐに思い出したようだった。だがその声音は気力を欠き、一種投げやりなそっ気ない口調を含んでいる。

「灯を入れてくれぬか。わしがしたいが躰が自由にならんのでな」

「灯は無用でござる」

「そうか。そなたは隠密じゃったの」

「取りいそぎおうかがいしたい儀がござるが、差支えござらんか」

「相模のことじゃろ。何なりと問え」

土佐は無気力に言った。かすかに身じろぐ気配がしたのは、顔をこちらに向けたらしかった。

「それがしご城下で探りましたところによれば、相模守殿の一党はすべて旧職に復帰。また土佐殿をはじめ同心の皆さまはすべて御役御免、あるいは閉門、籠居、郷入りの処分を受けられたということでござる。間違いござりませぬか」

「そのとおりじゃな」

「しかし仮りにも一度右京亮殿のご裁決があったことが、何故にこのように変ったか、それがし不審に耐えませぬが」

「早い話が、お上は相模と結託しておられたのじゃな。なぜか、わしにも解らぬが、相模と意志を通じて、我我の言うことは一度は取り上げた。いや、取り上げたふりをなされたということかの」

「………」

「真相は知りもなさらんで、相模の肩を持ちなさる。それを考えると寝ていても肚《はら》が煮えるが、もはやどう致しようもないのう」

「それはいつのことでござるか」

「九月じゃ。九月の末じゃな」

不意に土佐は欠伸《あくび》をした。長い力ない欠伸だった。正統派の中心にいて、相模守に対抗していた頃の気力は脱落して、そこに横たわっているのが、小柄な病弱の老人に過ぎないのを箭八郎は感じた。

「いまひとつお伺い申したい」

「……」

「新七さまのご身分に、その後何ぞ変った節はござらぬか」

答えたのは鼾《いびき》だった。土佐は問答に疲れ、眠りに陥ちたようだった。苦笑して箭八郎は畳を這って退き、侵入した場所から外に出た。土佐の鼾は高くなり、外まで聞えてくる。

途中にある神社裏の床下で、箭八郎は忍び着をぬぎ捨て、掘り出した油紙の中から小間物の行商人の衣類を出して着換えた。忍び着は油紙に包んで、丁寧に土に埋めた。

曲師《まげし》町の旅人宿に戻ると、箭八郎は女中を呼んで酒を頼んだ。

「この先の角にある津軽屋に、前に一度泊ったことがあるよ」

女中が酒を運んでくると箭八郎は言った。海坂領内に入る前に、都築の代官所に寄り、髷《まげ》も着るものも町人風に改めてきている。女中は箭八郎の町人言葉を疑う様子もなかった。

「そうですか」

女中は夜の遅い酒に、不機嫌さを隠そうともしないでぶっきらぼうに答えた。お義理のように徳利を持ち上げて酒をつぎ、あとはお膳を箭八郎の前に押してよこすと、これもお義理のように聞いた。

「いつ頃のことですか」

「三年前だったかな。ま、一杯どうだい」

「あたしは酒は飲みませんから」

中年の女はぴしゃりと言い、腰を浮かせた。

「津軽屋の亭主は、相変らず元気かい」

「死にましたよ」

女はそっけなく言った。え？　と箭八郎は眼を瞠った。この前はお山参りの信者として海坂領に入り、荒倉山の霊場で知り合った信者たちと一緒に、山を降りて津軽屋に泊っている。宿はそういう信者たちで繁昌していた。ここで働きたいからと言って、石置場の人足に世話してもらったが、話を運んでくれたのは津軽屋の亭主である。多兵衛という名で、頑丈な躰と、人の好さそうな笑顔をもつ四十男だった。病気持ちのようには見えなかった。石置場に住み込んでから、津軽屋を訪ねたことはないが、死んだというのは意外だった。

「元気な男だったが、何で死んだんですかい」

「捕物《とりもの》で怪我して、それがもとで死んだんですよ」

「捕物？」

「知らなかったんですか。あの親爺《おやじ》さんは目明しだったんですよ。このあたりじゃ嫌われていましたよ」

女中が立って行った後、箭八郎は腕組みをして茫然と行燈の灯を見つめた。海坂藩という、山奥の小藩を甘く見たかも知れない、と思ったのである。

力仕事さえ嫌いでなければ、石置場の人足がいいでしょう、と言ったのは多兵衛である。あそこは他所者《よそ》も沢山働いているから、とも言った。

だが多兵衛が、考えがあって石置場に送り込んだとは思えなかった。疑われるようなことは何ひとつなく、そう言ったときの多兵衛の口ぶりも、笑顔もごく自然だったのである。

だが、やはり問題は石置場にある、という気がした。突然きて、突然去って行った女。そして女を連れてきた親方の佐平次。佐平次は無口な大男の老人で、年寄りのくせに時おり人が眼を瞠るような膂力《りよりよく》を見せ、荒くれた人足たちに一目も二目も置かれていた。もしも人足弥之助でない別の顔を見られたことがあれば、その場所以外にないという気がした。

おつねが石置場に来たのは、箭八郎が正統派をまとめるために精力的に動いていた頃である。それまで飯炊きをしていた老婆が病気になった、と言って佐平次が連れてきたのである。やや円顔だが、眼にぞくりとするような色気があり、美貌だった。

その美貌が災いした。ある夕暮れ、すでにしたたかに酔っていた人足、石工《いしく》が五、六人、箭八郎の眼の前でおつねに襲いかかったのである。地面に押倒されたおつねの脚が、白く空を蹴るところまで、箭八郎はほかの者と一緒に笑いながら見ていた。だが男たちがおつねを担ぎ上げ、遠い草叢《くさむら》に運んでいこうとしたとき、箭八郎は男たちを殴りつけ、鑿《のみ》をふりかざして襲いかかってくる石工たちを投げとばした。

その翌日、誘ったのはおつねの方からだった。河原の間や、道脇の小祠の堂内などで、五度ばかり、箭八郎はおつねを抱いた。

おつねを助けるために乱闘したとき、箭八郎は思わず力を出している。自分も腕に怪我をしたほどで、周囲の眼を気にするゆとりはなかったからである。だが人足たちの殴り合いは日常茶飯事であった。そのときは別に気にかけた憶えはない。

だが、一度女を疑い、佐平次を疑ってみると、そこには罠《わな》の匂いがした。佐平次は弥之助が深夜ひそかに小屋を出入りしていたことに気づき、不審を持ったのだろうか。佐平次というあの老人は、そういう立場にいる人間で、なお深く箭八郎を探るために、女を呼んだとは考えられないだろうか。

目明しだったという津軽屋が、他所者である箭八郎を、無造作に石置場に送り込んだのは、石置場が身分のはっきりしない他所者をよせ集め、ひそかに監視する場所だったからではなかったか。

箭八郎は盃を伏せた。意外に巧緻な罠の気配を嗅いだ気がしたが、それは明日の夜、佐平次に会えば解ることだと思い、考えをそこで打ち切ったのである。

大手門前の屋敷町を影のように擦《す》り抜けると、箭八郎は町端れに走った。

海坂の城下町は、町の中心部を五間川が北から南に貫き、町は樹から岐《わか》れた枝のように川の周辺に密集している。石置場は、川が町を脱け出し、遽《にわ》かに広さと深さを加える場所の川岸にあった。

周辺の山から切り出して来る石を貯え、城の石垣の修理、秋になると決まって氾濫《はんらん》する五間川の川岸の修理などに使う。灰色の石の堆積は、遠くから見ると奇怪な砦《とりで》のように、異様な眺めだった。石と石の間に挟まれたように、草葺きの細長い小屋がある。切り出しや運搬の人夫、石工などが泊る小屋である。三十人ほどの男たちがそこにいて働いていた。半分は領内の人間だったが、素姓の明らかでない他国者も雇い入れたりする。仕事の激しさが、男たちの尻を長く落ちつかせないのである。

時折り城から係りの役人が見廻りに来たが、佐平次が仕事を差配していた。箭八郎はここに十年近くいた。人が不足のときは、石工の真似もしたが、大方は石の切り出しと、城や川の石垣積みで働いた。房州とも呼ばれ、弥之助とも呼ばれて、怪しまれることはなかった。

箭八郎は石置場に立った。空は曇って暗い夜だったが、仄白く石の面が見分けられる。小屋は真暗で、中の人間は寝ているらしく、ひっそりして、その周りを虫の声が細細と包んでいる。

箭八郎は小屋の前に立った。宿を忍び出るときに百姓姿になっていた。

「親方」

箭八郎は呼んだ。踏みこむと、小屋の中の饐《す》えたような空気が鼻を衝いた。嗅ぎ馴れた匂いだった。

もう一度呼んだ。佐平次は、家も妻子もなく、この小屋に寝泊りしている。藩から下りる手当てを、そっくり小屋に隠している、という噂があった。その噂に唆《そその》かされて、仙台領から稼ぎにきていた源吉という若い男が、こっそり佐平次の身辺を探し廻ったことがある。

だがこの男は半殺しの目にあった。眼は腫れ塞がり、腕を一本折られて石置場から叩き出された。やったのは佐平次である。これだけのことを、犬の子をあしらうようにやってのけ、表情ひとつ変えない無気味な年寄りだった。

「誰でい」

小屋の奥で佐平次の声がし、続いて喉を鳴らして欠伸をする声が聞えた。

「弥之助でござんす」

「………」

「房州ですよ」

「弥之だと?」

待て、いま灯をつけてやら、という声がして燧石《ひうちいし》が鳴った。

真中に土間を取り、左右に板敷きを揚げただけの細長い小屋である。左右に、汚れた掻巻《かいまき》や布団に蓑虫のように躰をくるんで人足が眠っている。中にはその上から更に莚《むしろ》をかぶっている者もいた。冬になり、雪が降りはじめると、石置場は鎖《とざ》される。いまが一番寒い季節だった。

一番奥の場所から、佐平次は手燭を掲げて箭八郎を透して視たが、

「なるほど、弥之に違えねえ」

と言った。

「先《せん》にはえれえ世話になっちまって」

「挨拶はええがな」

佐平次は手を振った。

「いま頃なんの用じゃい」

「少し聞きてえことがあったもので」

「………」

「おつねという女を憶えてますかい」

「おつねだと」

佐平次は唸るように言った。

「憶えてるが、それがどうした？」

「あの女が、そのあとどうなったか知りませんかね」

「弥之」

佐平次の眼が、冷たく光った。

「おめえ、そんなことを訊ねに、夜の夜中ここに来たのかえ」

「へ。あの女はじつはあっしとわけありだったもので、探しているもんですから」

「それで江戸から、わざわざ探しに来たたか」

「……」

「今度はなんだ。そのなりは百姓かい」

佐平次の顔に、無気味な笑いが浮かび上った。その眼を、箭八郎も冷たく見返した。佐平次がそういう態度に出るだろうことを、予想して来ている。佐平次はおつねとつながっており、どの程度かは知らないが、箭八郎の身分を知っていた。それがいまはっきりしたと思った。

「この前のように」

不意に佐平次の躰が床の上に跳ね上った。

「黙って帰すわけにはいかねえぞ」

箭八郎の手が、手燭を叩き落し、小屋は闇に包まれた。搾木《しめぎ》のような力で肩を摑んで来た腕を肩にかつぎ、躰を縮めて佐平次を投げ飛ばすと、箭八郎は小屋を走り出た。

佐平次の喚き声がした。

「野郎ども起きろ。弥之を生かして帰すな」

五

村の端れに木造りの古びた橋があり、そこから江守村滝石の村落がはじまっていた。ある夜おつねは、箭八郎に抱かれたあとで、滝石の孫右エ門というのが自分の家だと言い、間もなくそこに帰ると言ったのである。箭八郎は孫右エ門を訪ねるつもりだった。そこにおつねがいれば、箭八郎の推測は別のものになる。

四間幅ほどの川が、村に沿って流れ、枯れた葭原《よしはら》が白っぽく川べりを埋めている。葉が落ち尽した葭の間から川面が透けて見えたが、水は涸《か》れて、日に照らされた白い河床の隅を微かな音を立てて流れているだけだった。

箭八郎は額の汗を拭いた。

あらゆる疑惑は一点に絞られている。女と佐平次が相模守につながり、相模守は、領内に公儀隠密が潜入し、その隠密が石置場の弥之助であることを知っていたか、である。

一昨夜石置場に行ったとき、佐平次の口ぶりは、弥之助の別の身分を知っていることを示した。それで十分のようでもある。だが、そう思いながら、箭八郎にはまだ疑問が残る。佐平次はある程度知らされていたことに間違いはないが、弥之助が公儀隠密であり、海坂藩の秘事を探りに来たことまで聞いていたかどうか。

やはりおつねに会う必要がある、と箭八郎は思った。あの女が、いまもこの村におり、箭八郎が推測したように、ある時期わざと接触して来たのでないとすれば、疑惑の大部分は根拠を失う。

公儀隠密潜入の一件は、正統派の誰かの口から洩れることもあり得る。洩れたのは箭八郎が海坂藩を離れた後で、それを聞いた右京亮が激怒して正統派を処分したということになれば、事態は箭八郎の手を離れる。若年寄増山河内守に偽りの報告をしたことにはならない。

途中で擦れ違った百姓に、孫右エ門という家の所在を聞いた。滝石の村は奥が深く、丘に囲まれた静かな村の中を、曲りくねった道がわかりにくく続いている。

箭八郎は売薬商人の姿をしていた。背に柳行李《やなぎごうり》に売薬をおさめた風呂敷包みを背負っている。

忍んで泊っている曲師町の中の旅籠屋《はたごや》で、箭八郎はまだ若い売薬商人と知り合っておいた。海坂藩では、領内に入る売薬商人を取り締り、領内に薬草園を置く一方、越中富山領の売薬商一軒を指定して、領内に販売を許している。若い男は、柏屋というその売薬問屋から来ていた。

売薬商人は、年に一度、領内を隅隅まで廻る。去年置いた薬のうち使用した量を数え、金を受け取り、使った分を補充して歩くのが仕事である。数人が領内に入り、手分けして廻るが、それでも城下への滞在は三月以上にも及ぶ。

同宿の、徳蔵という売薬商人に、箭八郎は金を摑ませ、荷を借りると今日海坂の城下町から四里も離れている江守村滝石にやってきたのである。その旅籠屋に、箭八郎は小間物商人という触れ込みで泊っている。一度やってみたいと思っていた、と言った箭八郎の言い分を、徳蔵は必ずしも納得したわけでない表情で聞いたが、これまで酒をおごったり、いままた金を摑ませたりしたことが効き目を現わした。

「あんたも物好きな人やな。ま、それでは骨休めさせてもらいましょか」

そんな言い方で、徳蔵は箭八郎が売薬の荷を担いで出かけるのを見送ったのだった。

滝石の村の一番奥まったところに、孫右エ門の家を見出したとき、箭八郎は眼を瞠って、暫く門の前に佇んだ。それは百姓家には違いなかったが、豪農と言った構えの屋敷だったのである。屋敷の周りは低い石垣で囲み、門を入ると欅《けやき》や杉の巨木が頭上に枝をひろげ、そこを通り抜けて家の前に行くと、そこには凝《こ》った造りの庭が築かれていて、池には鯉が放されていた。

開け放した縁側に招かれて、箭八郎は売薬の仕事にかかった。もし柏屋の薬を置いていなかったら、勧めるつもりでいたが、その必要もなく、応対に出た五十過ぎの女房が柏屋の薬袋を持ち出してきた。江守村を受け持っている者が、まだ来ていなかったのも幸運だった。

柔らかい富山言葉で、ひっきりなしに喋りながら、仕事を終った後で、箭八郎は振舞われた茶を飲み干して言った。

「つかぬことをおうかがいしますが、おつねさんという人がこちら様においでございますか」

「いいえ」

円顔で福相の女房は、微笑をおさめて怪訝な表情をした。

「そういう者はおりませんがの」

「実はご城下で、おつねさんという女子と、ちょっと知り合いましてな。話のついでに、こちらさまのお生れだと聞きまして、滝石ならこれから廻るところだ、などと申しあげたものですから」

「妙なお話ですこと」

女房は一層怪訝な顔になって、まじまじと箭八郎の顔を見つめた。

「年は幾つぐらいでしたかいの。そのおつねとかいう人は」

「さあて」

箭八郎も小首をかしげた。

「女の人の年はなかなかに解りかねますが、ざっと二十過ぎぐらいですかな」

「容貌はどんな?」

「へい。ちょっと円顔で、おきれいな方でした」

「はて」

女房は眉をひそめ、このあたりに、と言って自分の右耳の附根を指でさした。

「黒子《ほくろ》がありましたかいの」

「へい、ございました」

思わず箭八郎は言った。河原の、昼の間の日の温もりが微かに残る枯草に横たわりながら、女の耳の附根に黒子を見た記憶が甦ったのである。

「あら、お佐代だ」

女房は不意に笑った。

「お佐代さんと申しますのは?」

「わたくしのところの二番目の娘で、ご城下で武家奉公に上っておりますがの」

「すると、どこぞのお屋敷にお勤めで?」

「神山相模さまと申されましての。お殿さまの弟さまでご家老をなさっている方の、このあたりはご知行地なものですから、そこにご奉公に差し出して、もはや五年になりますがの」

「そう言えば、確かに武家勤めの方のようでございました」

「しかし、何でまたおつねなどと他人の名を使ったものですかのう」

女房はまた不審そうな表情をした。

「武家勤めの方は、身分をお隠しになることがありますから」

「それで、薬屋さんとはどういう知り合いですかいの？」

「薬を持って廻っておりましてな。橘町の太物《ふともの》屋さんに参りましたときに、たまたま顔を合せただけでございますよ。ただあまりおきれいな方でしてな。いろいろお話申しあげているうちに、こちらさまの方だと承ったようなわけで」

本名をお佐代というあの女は、どういうわけか滝石の孫右エ門の娘という、ひとつだけ本当のことを言ったのだった。これではっきりしたと箭八郎は思った。疑いもなく神山相模守は、石切人足弥之助に不審を持ち、お佐代を接触させたのである。

孫右エ門の屋敷から急ぎ足に遠ざかりながら、箭八郎は屈辱と焦燥が熱く胸を浸してくるのを感じた。

江戸に帰った日、大名小路を御用屋敷に向って歩きながら、どこからともなく注がれてきた視線を感じたのは気のせいではなかった。恐らく神山相模守の監視は、あの日まで続いたのである。そのことに気づかなかった不覚が胸を抉ってきた。

箭八郎は立ちどまって、また額の汗を拭いた。道ばたの桑の大樹に、烏瓜《からすうり》の枯れた蔓が絡まり、点点と赤い実がぶら下っている。箭八郎は一瞬思案に暮れたようにそれを眺めたが、背中の荷を一揺すりすると、ゆっくり歩きはじめた。屈辱の思いは、胸の中で静かな決意に変質しようとしていた。

六

相模守の屋敷は城中三ノ曲輪《くるわ》隅にある。忍び込むには五間川を渡らねばならない。石置場で働いている間に、箭八郎は城中への忍び口は一箇所しかないことを確かめていた。その忍び口を使って、二度城中を探っている。その時は五間川を夜色に紛れて泳いで渡った。だが、九月も末に近いいまは、水に入れば躰はたちまち凍えて自由を失うに違いなかった。

城は大手門前を横貫する五間川を正面の濠に見立て、三方を幅はないが深い濠を穿《うが》って囲んでいる。大手門から川端まで真直ぐに橋を渡してあり、橋詰には木戸口があって、日夜番士が詰めている。門はいうまでもなく夜は閉じ、内側には警護の人間がいる。忍び口は、大手門から、左に巽櫓《たつみやぐら》の方に四間ほど寄ったところにあった。そこに渡り櫓越しに、不用意に太い松の枝が突き出している。

大手門前木戸の十間ほど手前で、箭八郎は石垣を伝って川面すれすれのところまで降りた。そこから指と爪先で隙間を探りながら、横に移動して行った。石垣は、不揃いな石を積み重ねてあり、移動は割合い容易だった。

だが橋に辿りつき、橋桁に躰を預けながら、箭八郎はしばらくの間、丹念に指を揉んだ。

「火を焚こうか」

頭上で突然声がした。それに答えた声は木戸番所の中にいるらしく、不明瞭だったがよせと言っているように聞えた。箭八郎は躰を固くした。

「しかし、寒くてかなわんぞ」

不満そうに言った声が、すぐに大きな欠伸に変って、声は絶えた。声の主も番所の中に入ったようだった。

箭八郎は緊張を解き、手探りで橋桁を摑み、城の石垣に向って進みはじめた。昼のうちからどんより曇っていた空は、夜になっても変らず、暗い夜だったが、音もなく流れる五間川の水面が僅かに白い。

城の石垣を横に伝って行くのは手間取った。石と石の間の隙間が小さく、石自体が大きく手に余るほどのものもあったからである。松の枝に鉤縄《かぎなわ》を投げ上げてからの箭八郎の身ごなしはすばやくなった。一瞬のうちに渡り櫓の壁を駆け上り、黒い姿は城内に跳んだ。

相模守の屋敷に、箭八郎は一度忍び込んでいる。離れの戸をはずして屋内に侵入すると、迷うことなく相模守の寝所を目指して進んだ。長い廊下は暗く、水屋の方で遠い話し声が聞えるばかりで、人の気配はなかった。

寝所の手前の部屋の襖《ふすま》を、箭八郎は静かに開けた。宿直《とのい》の武士が一人、行燈の下に腕組みして坐っていた。その若い武士は、はじめ箭八郎が入って行ったのに気づかないで俯いて坐っていたが、やがて気づくと驚愕した眼で箭八郎を仰ぎ刀に手を伸ばしたが、箭八郎は抱き込むようにその男の胸を刺していた。

口を塞がれた男の躰が、やがてぐったりと崩れかかってくるのを畳に横たえてから、箭八郎は寝所との間の襖を少しずつ開けて行った。

床が二つ敷いてある。ひとつには相模守が仰向けに寝ており、ひとつは空だった。多分夜伽《よとぎ》をする女のものだろう。女がいないのが幸いだった。二人いれば部屋の中は、一瞬の間に修羅場になる筈だった。

相模守は眠っているようだった。箭八郎は数度その顔を見ている。背は低いが小肥りで、一重の腫れぼったいような眼をし、厚い唇を持った五十男だ。

布団を剝ぐと、相模守は驚いて起き上ろうとした。その胸に刃先を突きつけて、箭八郎は相模守を片手で床の上に押えつけた。

「物盗りか」

辛うじて相模守は言った。さすがに顔色が変っている。箭八郎は首を振った。

「では、土佐に頼まれたか」

箭八郎は首を振り、覆面の鼻先の布を引き下げた。

「名前をお聞かせ申そう。お庭番明楽箭八郎と申す」

「……」

「石切人足の弥之助と言わぬと、お解りにならんかな」

相模守の眼が、一瞬驚愕で膨らむのを箭八郎は見た。相模守は、人足弥之助の名を知っていたのである。

何か叫ぼうとした口を、箭八郎の大きな掌が塞いだ。恐怖のため、信じられないほど大きく瞠《みひら》かれた眼に、箭八郎は凄じい眼光を当てた。

「よくも公儀隠密をお嬲《なぶ》りなされた」

跳ね起きようともがく躰を膝で押えつけたまま、箭八郎は相模守の胸に真直ぐ刀を突き刺した。長い痙攣《けいれん》がおさまり、相模守の躰がだらりと横たわるのを見て、箭八郎は立ち上った。

——これでこの男は海坂藩にとって無害になった——

このあとどうなるかは、箭八郎の推測の外にある。ともあれ若年寄内藤豊後守から受けた使命が、いま完了したのを、箭八郎は感じた。暗い廊下に出た。

曲り角で、不意に灯りをみた。左右は厚い杉戸で咄嗟《とっさ》に身を隠すのに間に合わない。僅かに気づくのが遅れたようだった。箭八郎は吸いつくように角の柱に躰を寄せた。

女が二人姿を現わした。ひとりは白い寝間着に躰を包み、ひとりは絣《かすり》の着物を来た腰元風の女である。瞬間箭八郎の黒い姿が蝙蝠《こうもり》のように躍って、寝間着の女に当て身をくれ、腰元風の女を抱き込むと、懐剣を抜こうとする手を押えた。手燭が下に落ちて、火が消えた。箭八郎は囁いた。

「静かになされ、お佐代どの。声を立ててはならん」

灯が消える一瞬前に、箭八郎は女が、石置場にいておつねと名乗った女であることを確かめていた。

「弥之助でござる。お解りか」

腕の中の躰が、不意にあらがうのを止めた。すると女の躰は柔らかさを取り戻し、箭八郎に過ぎた日のかりそめの交わりを思い出させた。

「こんなところで何をしておいでですございます？」

お佐代は、むしろ躰を擦りつけるように、箭八郎に身を寄せると囁いた。

「いま相模守どのを刺してきた。藩のためにならぬお人でござる」

お佐代は溜息を洩らした。しかし叫びもせず、箭八郎の腕の中から遁《のが》れようともしなかった。淡い感傷が箭八郎の胸を満たした。

「奇妙な縁だったが、もはやそなたに会うこともあるまい」

「私をお恨みになってはいないのですか」

「恨んでなどおらぬ。ではこれで」

箭八郎はお佐代を腕から解き放った。

「お気をつけなさいませ。いずれ追手がかかりましょう」

「気遣いはいらぬ」

「あの……」

向けた背を、お佐代の囁きが追ってきた。

「あなた様のお名前を」

「明楽箭八郎と申す」

答えると、箭八郎は風のように音もなく、廊下を走り出した。

追手に囲まれたのは、国境いの峠を目の前にした斜面まで来た時であった。箭八郎は間道を選び、もっとも短い道を走った積りだったが、馬で来た追手の一群についに追いつかれたのである。

馬を捨てて、一斉に刀を抜いて迫ってきた武士は六人だった。

——正念場だな——

足場を測って、迎え撃つ姿勢をとりながら、箭八郎は思った。追手はこの後にも続いていると思わなければならなかった。その前にこの六人を倒して国境いを越えることが出来るかどうかが鍵だった。

日が昇ろうとしていた。雲は夜の中に晴れて、枯れ草が金色に夜露を光らせはじめている。

武士たちは、箭八郎が刀を抜いてゆっくり枯れ草の斜面を下りて来るのを見て、たじろいだように後に退ったが、すぐに声を掛け合って斬り込んできた。

右から肩先を襲ってきた刀は力の籠った一撃だったが、無造作に過ぎた。躰を沈めると、箭八郎は一ぱいに足を送って、伸び切った敵の胴を払った。隙間なく正面から斬り込んで来た敵を、鍔元《つばもと》で受けとめると、鍔競り合いになったが、右足が岩にかかった一瞬をとらえて後に飛びのくと、僅かに前にのめった敵の顔面を鋭く割った。斃れる敵を見向きもせず、箭八郎は第三の敵に向った。

その時左顔面に鋭い刃唸りを聞いた。躰をひねって向き直ると、刀を斬りおろした構えの敵が、体勢をととのえようとするところを、空いた頸根に刀を撃ち込んだ。次の瞬間箭八郎の長身は大きく翻転し、襲いかかろうと背後で刀を振りかぶった敵の胸を真直ぐに刺した。同時に敵が撃ちおろし、ほとんど相打ちの形になったが、箭八郎は肩先を浅く斬られただけで、敵は声もなくのめったまま、再び起き上らなかった。

——あと二人だ——

凄じい刀捌《かたなさば》きに、顔面を蒼白にした二人が、なお隙をうかがって左右から迫るのを抑えながら、箭八郎は思った。

肩先のほかにも、二、三カ所斬られたらしく、躰が火で焼かれるように熱い中に、刺すような痛みが走り抜ける。すでに全身は綿のように疲れ、口は渇いていた。

——だが、あれが待っている——

勢津は、箭八郎がいまここで命を落したら、一生明楽の家で箭八郎を待ち続けるだろう、という気がした。

箭八郎は気力を奮い起し、剣先を上段に上げるとじりじりと前面の敵に向って行った。

前にいた敵が一気に斬り込んできたのをはずすと、箭八郎の躰は大きく飛んで、続いて斬りかかろうと刀をふりかぶっていた側面の敵に、鋭い突きを入れた。切先はガラ空きになった敵の喉に突き刺さった。すさまじい絶叫が斜面を滑って下の杉林に谺《こだま》した。

最後の敵は、それを見て不意に恐怖に襲われたようだった。刀を構えて、じりじりと後退したが、身をひるがえすと、石塊《いしくれ》につまずきながら逃げ出した。

その男が、馬に乗って駆け去るのを箭八郎は虚脱した眼で見送った。下の道に人影はない。どうやら死地を抜け出したようだった。枯れ草で刀の血をぬぐい、鞘におさめるとうつむいて斜面を登った。

「見事な腕だな」

突然頭の上で声がした。ぎょっとして挙げた眼に、尾根の上に腕組みして立っている巨軀を見た。佐平次である。

「意外かな。そうだな、名乗ろうか」

佐平次は踞《かが》んで、足もとから太い樫の棒を拾い上げると言った。

「隠し同心の仙崎佐兵衛というものだ。長年お前さんのような他所者を取り締っている」

「……」

「相模守は死んだそうだが、あれは悪党だ。それでどうこう言うわけではない」

「……」

「だが役目でな。この峠を越えさせるわけにはいかんのだ」

「勝負だな、佐平次」

箭八郎はもう一度刀を抜きながら言った。

さっき切りかかって来た者たちとは、くらべものにならない強敵の匂いを嗅いでいる。

「行くぞ」

じわりと佐平次が足を踏み出してきた。棒は八双に構えられていて、つけ込む隙は全くなかった。

佐平次の皺だらけの顔が真赤に染まり、歪んだ。

「それ、行くぞ」

長大な棒が、唸って頭上を襲ってきたのを、箭八郎は辛うじて避けた。息つくひまもなく次の棒が襲ってくる。軽軽と佐平次は棒を扱っていた。眼はひたと箭八郎に吸いついたままである。

手が出ない。青ざめる思いで箭八郎はそう感じた。襲ってきた鋭い撃ちこみに、顔を割られると思ったとき、箭八郎は思わず刀で受けた。だが受けたことにならなかった。一瞬感じた痺《しび》れの中で、刀は手を離れ、遠く飛んで草むらに落ちた。

箭八郎が胸もとに飛び込むのを、待っていたように佐平次も棒を捨て箭八郎の頸根を摑んだ。万力のような指の力が喉を締めつけてくる。みるみる顔が充血し、眼球は重く血を噴き出すかと思われた。

——勢津……——

箭八郎は叫んだ。必ず必ず戻るべく候という文字と、それを消した不吉に黒い墨が網膜に躍った。

死力を絞って佐平次の腕を押し上げ、ついに弾《は》ね上げた。躰を入れ替えて、佐平次の背に廻ると、摑まえた腕を逆に担いで腰を入れ、背越しに投げた。ポキリと骨が折れる音がし、佐平次の躰が宙を飛んで草に落ちた。駆け寄ると、執拗に伸ばしてくる手を足で蹴り、頸筋に幾度も手刀を叩き込んだ。

よろめいて箭八郎は立ち止った。足もとには思案するように首を垂れて坐り込んだ佐平次の姿がある。松の枝のように、赤黒く太い腕を、箭八郎はうとましいものを見るように見つめ、やがて顔をそむけた。

喘ぎながら峠に登ると、白い道が下りになっているのが見えた。

——もう、この道を来ることはあるまい——

箭八郎は枯れ草を分け、道に出るとゆっくり歩き出した。道が、確かに江戸につながっているのが感じられた。

唆《そそのか》す

一

神谷武太夫の日常は、はた眼にも退屈に映るほど変化に乏しい。

朝起きて顔を洗うと、武太夫は甲斐甲斐《かいがい》しく襷《たすき》をかけ、内職用の前垂れをしめて仕事にかかる。襷は内儀の腰紐《こしひも》のお古であり、前掛けは内儀が厚い木綿の生地で縫った。朝飯を食べると、武太夫は再び襷、前掛けで内職に戻り、没頭する。

仕事は筆作りである。入口脇の三畳は、竹の束、糸でくくった兎の毛、馬の毛などが雑然と散らばり、そのほかに細い鑿《のみ》、五、六本の形が違う小刀、薄刃の鋸《のこ》、細工台などが置いてある。神田橘《たちばな》町にある渡海屋という問屋から仕事をもらっているほかに、神田明神下、金沢町の筆屋遠州屋から誂《あつら》え仕事を頼まれる。細工道具一式は、遠州屋の注文がある時に使うのである。

筆作りのほかに、春には団扇《うちわ》の紙を貼《は》り、冬には楊子《ようじ》を削る。神谷武太夫は裏店《うらだな》住まいの浪人であり、ほかに勤めがあるわけではないから、これが仕事である。内職という言い方は当たらない。事実武太夫は仕事に熱中し、筆作りは結構いそがしい。

家の内の仕事が一段落したあと、内儀の竜乃が仕事に加わることもある。仕事をしている間、夫婦はほとんど言葉をかわさない。黙黙と筆作りにはげむ。

七ツ（午後四時）の鐘を聞くと、武太夫は仕事を片寄せて立ち上がる。前掛け、襷をはずし、身じまいを繕うと奥に行く。出てきたときは両刀を腰にたばさんでいる。

武太夫は長身で肩幅が広い。毎朝丹念に髭《ひげ》をあたるから、剃《そ》りあとが青青として、威厳のある眼鼻立ちを引き立てる。

「では、行ってまいる」

「行っていらっしゃいませ」

竜乃の声に送られて、武太夫は深川六間堀町の裏店の軒を出る。

その時刻、裏店の井戸のまわりには大概かみさん連中が三、四人いて、お喋《しゃべ》りに励んでいる。武太夫はここで声を掛けられる。

「あら、先生お出かけですか」

「先生、まあちょっと聞いて下さいな。うちの餓鬼が近頃……」

極めつきの低音で、口寡《くちすく》なに武太夫が答えるのを、竜乃は仕事の手を休め、じっと耳を澄まして聞く。

やがて武太夫が解放されて去った気配を聞くと、竜乃はまた仕事に手を戻す。馬の毛をそろえながら、小さく溜息《ためいき》をつく。

武太夫が先生と呼ばれるのは、月に一度を仕事の休みと決めて、その日裏店の洟《はな》たれどもを集め、手習いをさせるからである。汚いなりをし、手足の真黒な子供たちが七、八人、目白押しに六畳の部屋に集まり、武太夫が与えた筆、紙で文字を習う。無償である。

親たちははじめ恐縮したが、やがて洟たれがどうやら文字らしいものをおぼえはじめたことに感嘆し、感嘆はすみやかに武太夫に対する尊敬に変わった。

何かと相談を持ちかけられることが多くなった。娘が男にだまされた、親爺《おやじ》が博奕《ばくち》に手を出した、亭主が両国の見世物小屋に入りびたり、といった訴えから、昨年の暮れなど熊太夫婦が駈け込んできた後から、血相かえた借金取りが追いかけてきて、武太夫の家の土間まで入り込んだ、などということまであった。

武太夫は、そのひとつひとつに、実直につき合う。喋り方は流暢《りゅうちょう》とは言えない。考え考え、押し出すように話す。もとは北国のさる藩に勤めていたという噂《うわさ》のとおり、重い訛《なまり》がある。だが博奕に足を突っこみそうになった日傭《ひよう》取りの忠蔵という親爺のために、中川に近い深川古元町にある賭場《とば》まで出かけ、親分と掛け合いもした。こういう人柄に加え、仕事熱心である。裏店の評判がいいのは当然だった。

一刻《いっとき》（二時間）ほど後、武太夫は家に戻ってくる。その頃には裏店の露地は薄暗くなっている。家に入ると、武太夫は行燈《あんどん》の下に坐り込み、手にしたものをひろげて読む。武太夫が手にしているのは、両国広小路で買いもとめてきた一枚刷りのかわら版である。

安房《あわ》のなにがしの村の孝行娘の話、替え歌、北国の海岸に出た光り物、常州沖にマンボウという珍魚が浮かんだ、などということが書いてある。武太夫は絵入りで書いてあるマンボウの記事をじっと見つめる。

内儀の声に促されて夜食を喰べると、武太夫はまた襷、前掛け姿に戻り、さらに一刻ほど筆作りに励む。その間に内儀の竜乃は後を片づけ、少し縫物をした後奥の部屋に寝《やす》む。

武太夫が仕事を片づけて寝るのは、大概五ツ半（午後九時）過ぎである。

六間堀町の裏店は寝るのが早い。日傭取りの忠蔵や、木場人足の儀助が、深夜酒に酔って帰ることがあるが、裏店の者がその声を気にかけるなどということもない。

武太夫は竜乃が敷いた布団の中に、ゆっくり躰《からだ》を横たえる。隣の部屋に、いっとき耳を澄ますが、襖《ふすま》の向こうには寝息も聞こえない。

武太夫は闇の中に眼を開き、さっきみたマンボウという怪魚の摺《す》り絵《え》を、もう一度眼の裏に描き出してみる。あれは以前にも一度みたな、と思う。

不意に眠気が襲い、武太夫は声を立てずに大きな欠伸《あくび》をすると、夜具に四肢をゆだねて眼を閉じる。

神谷武太夫の一日がこうして終る。

二

「では、行ってまいる」

「行っていらっしゃいませ」

竜乃の声を後に、武太夫は家を出た。

井戸端に、忠蔵の女房と多七の母親がいて、顔をくっつけるようにして話し込んでいる。おはつという忠蔵の女房は、背が低く肥っている。おまけに腹《はら》に四人目の子供を孕んでいて、樽《たる》のような躰つきをしていた。両袖に子供が二人ぶら下っている。

左官をしている多七の母親は、連れ合いに早く死に別れ、後家である。色の黒い、長身の痩《や》せた女で、この二人は裏店きってのお喋りだった。

武太夫は、この二人につかまると長いな、と思ったが、おはつはちらと武太夫をみて、

「あら、お出かけですか」

と愛想笑いを送って寄越しただけだった。

おはつはすぐに多七の母親に顔をもどし、手をひっぱる子供を邪険にふり払いながら、

伸び上がるようにして多七の母親の耳に何か囁《ささや》いている。よほど耳よりな噂話を仕込んできたもののようだった。

木戸を出て、武太夫は六間堀にかかる中之橋を渡る。堀の岸に並んでいる柳が、小さく芽を吹いているのが見える。日は暮れかけていて、柔らかい光が、灰色の柳の枝と薄緑の点のような木の芽を包んでいる。

胸がゆるやかに開かれて行くように、武太夫は感じる。通り過ぎる人も、町の中も話したり笑ったり、ざわめいているのが快い。

橋を渡ると右側は町屋、左側は籾蔵《もみぐら》の長い塀《へい》になっているが、武太夫は八名川町の角を曲がり、六間堀町に突き当たってから、左に武家屋敷の方に曲がる。大日如来の角を出ると、御船蔵に突き当たる。

その通りにも人がせわしなく往来しており、町のざわめきがある。武太夫はゆっくり歩いて両国橋の方に向かう。

――情の強《こわ》い女だ。

と思う。竜乃のことである。

七年前の安政六年。武太夫は羽州海坂藩を追放されている。追放されて、とりあえず江戸にきて住みついたのは、藩の江戸屋敷に、むかし三年ほど勤めたことがあったからだ。

海坂領をのぞけば、知っている土地は江戸しかなかった。江戸には諸国から人が集まる。混雑し、どこの誰かを詮索《せんさく》することもない。追放された者が住む場所にふさわしかった。

江戸に行くと決めたとき、竜乃を離縁しようとした。

領内から追放されたのは、百姓一揆《いっき》を煽《あお》った疑いをもたれたためである。藩の大目付笹目藤右衛門の訊問《じんもん》に、武太夫は沈黙を守ったが、否定はしなかった。領外追放の処分にも逆らわなかった。

だが、江戸に竜乃をともなって行くことにためらいがあった。百十石の神谷家を潰《つぶ》すことになったが、肉親のいない身分には、家名に対する未練はなかった。

だが、竜乃には両親も、兄弟もいた。追放人に係累は無用である。無用な重荷を置いて出たかった。そう思った武太夫の心に、追放人の屈辱とは別に、身軽なひとり身の境涯への願望が潜んでいたことも否めない。

一揆の煽動《せんどう》人となれば、これは札つきである。諸藩に忌み嫌われる。再仕官の道はまずない、という判断が武太夫にはあった。浪浪の境涯が目に見えている。そうでなくとも世間体を気にし口喧《くちやかま》しいたちの竜乃が、そういう境涯で、どういう女になるかは容易に想像できた。恐らく夫を叱咤《しった》激励して、仕官の道を求めさせようと躍起となるだろう。それも元の百十石取りで勝気な竜乃は満足しないだろう。それ以上の身分を得て、旧藩の者を見返してやる。そう望むだろう。

そして再仕官などということが容易に出来るわけはないから、竜乃は焦燥と失望を日日繰り返して、年を取って行くだろう。これは勘弁してもらいたいという気持ちが、武太夫にはあった。

人は日常の規矩《きく》で自分を縛るかわりに、その代償として平穏な暮らしを保証されている。だが、一度保証された平安を捨てる気にさえなれば己れを縛っていたものを捨てることに何のためらいも持たないどころか、かなり徹底した裸になることも厭《いと》わないものなのだ。ただの素浪人に、竜乃のような女は厄介な存在でこそあれ、好ましい同伴者ではなかった。

だが竜乃は離別を受け入れなかった。たって離縁するというなら自害すると脅した。やむを得ず江戸にともなった。だが武太夫の予想ははずれた。竜乃は仕官を催促することもなかったし、裏店住まいに不満をとなえることもしなかったのである。

ただ次第に無口になった。近頃は止《や》むを得ない用のあるとき以外は口を利かないと決めているようだった。竜乃は細面《ほそおもて》で、眼が細く鼻の形もよい。口が少し大きめだが、武太夫と六ツ違いの三十二という体は、年相応の稔りを示し、醜くはない。だが国元にいた時は、日頃こまごまと文句を言い、活発に動いた口が、むっつりと引き締められ、視線をかわすのもなるべく避けようとしているのをみると、武太夫は時折りうっとうしい気分になる。あれは十八のときに嫁にきた、とひょいと思うことがある。可憐《かれん》な嫁だった。だが十四年経ち、子供がいないために竜乃はどこか意固地な女になったと思う。

たまに妻を抱いても、石を抱くように味気なかった。いつとはなく、夜は別別の床に寝るようになった。ひとつ屋根の下に暮らしていて、一日の間にかわす言葉は数語に過ぎない。

――要するに。

竜乃は、百十石の神谷家を潰し、その家の嫁の座から、裏店の浪人の境涯に自分を落とした男を許すことが出来ないのだ、と思う。そういう自分を武太夫の眼の前に示すことで復讐《ふくしゅう》しているつもりだろう、と思うしかない。

「旦那、ここですぜ」

若い男の声で呼びとめられた。呼びとめておいて男は、声を張り上げて客を呼んでいる。

「さあ大変だよ、子をひり出すは女子《おなご》の仕事、とはいうものの生まれ出たる、子供がなんと熊娘、蜆《しじみ》のうちから毛があっては、こりゃなんとする、さあ買った、買った」

男は棒縞《ぼうじま》の袷《あわせ》の肩に、左右から手拭いをかけ、編笠をかぶっている。左手にひろげて持ったかわら版を、細い字突きの竹でいい音をさせて叩きながら呼びかけている。

両国広小路の橋寄りの場所である。広場は見世物小屋が終った時刻で、小屋掛けから出てきた人が、ぞろぞろと四方に散って行くところだった。

曲独楽《きよくごま》、手妻《てづま》、祭文語りなど、軒をならべた小屋掛けは、大方葭簀《よしず》囲いの中に縁台を並べただけのもので、客が小屋を出た後は、あっという間に葭簀を巻き、縁台を積み上げて、丸太組みだけになってしまう。

男の声に釣られて、かわら版を買う客も少なくなかった。いなせな恰好に惹《ひ》かれたらしい町娘が三人寄ってきたかと思うと、一人が買う間に、二人が腰をかがめてすばやく笠の中をのぞいた。

娘たちがきゃっきゃっと笑いながら遠ざかった後で、武太夫も一組買った。

「また熊娘か」

「またかはないでしょう、旦那」

と若い男は言った。新八という、猿若町の芝居に出てくるような名前で、きりっとした顔立ちの男である。鋭い目つきをしている。武太夫とは顔馴染である。

「しかし、これはつくり物だろう」

「それを言っちゃいけませんや。あんまりほんとのことを書いちゃ、手が後ろに廻るご時世ですぜ」

「それでほんとの方は、何か聞いておらんか」

「また米が上がりますぜ」

と新八は言った。米価は万延元年頃からじりじり上がってきて、京で禁門の変があった一昨年には安政四、五年頃の二倍になった。

それが幕府と長州藩の間が再び険悪になった昨年六月には、一石につき銀四百匁《もんめ》とさらに二倍に暴騰していた。

「また西の方で騒いでいるのか」

「よく知らねえけどよ」

新八は声をひそめた。

「長州の立石というのが、倉敷の代官所を襲ったって話だぜ。いよいよ征伐があるって話も聞いた。こちらのお城の旦那が、その支度のために、大坂の商人衆から二百五十万両借りたとよ。豪儀な話だが、そんなことは……」

新八は字突きで、パチンとかわら版を鳴らした。

「ここには刷れねえしよ。せいぜい熊娘でも売るしかねえよ」

新八は、さあ驚いた、驚いた。読んでびっくり、腰が抜けること受け合いだ、と声を張り上げたが、また武太夫に顔を寄せると、

「押し込み浪人のことを聞きやしたかい、旦那」

と言った。

勤皇浪人と名乗り、軍資金を借りるととなえて、市内の裕福な商家から金を奪うものが出没していた。だが武太夫には興味がない。時勢に便乗して悪いことを考え出す連中は、いつの世にもいるのだ。

それよりも、武太夫の心は新八が言った、いよいよ征伐がある、という一語に奪われている。幕府が長州征伐を諸侯に号令したのは一昨年の元治元年である。幕府は、中国、四国、九州二十一藩に出兵を命じ、征長総督に紀州藩主徳川茂承《もちつぐ》（後に前尾張藩主徳川慶勝《よしかつ》と交代する）、副総督に越前藩主松平茂昭を決めた。十一月十八日を攻撃開始日と定めて、上旬漸《ようや》く攻撃態勢をととのえたが、長州藩追討の朝議が決定した七月から、それまで四カ月もかかっている。

参加した諸藩は、一応出兵はしたものの、全く気乗り薄で、あるいは長州藩への同情、あるいは自藩の利害という打算から、形の上でともかく征長軍に加わったという感じが強かった。中には従軍の辞退を申し出る藩まであり、長州包囲の形を整えるまで、時間がかかったのである。幕府の威信の低下は、目を覆うものがあった。

この時の長州征討は、長州藩内で保守俗論派が藩論を押さえ、国司信濃、福原越後、益田右衛門介《すけ》の三家老を切腹させ、宍戸《ししど》、竹内、佐久間、中村の四名の参謀を野山の獄で斬ることで、禁門の変の責任をとらせ、幕府に謝罪したことで収まっている。

西国が、また火を噴きはじめたのだ、と武太夫は思った。遠い雷鳴のようなものを、武太夫の耳はとらえている。

将軍徳川家茂《いえもち》は、いま大坂にいた。長州藩に再び不穏な動きがある、として家茂が長州再征を触れ、大坂城まで進んだのは、昨年五月である。だが、今度の再征については、前にも増して諸藩の反対があった。前回の総督であった徳川慶勝、副将を勤めた松平茂昭まで反対を表明した。

諸藩は従軍にともなう出費によって、藩財政が疲弊することを恐れ、また貢租負担の増額、米をはじめとする物の値上がりで、領民が離反することを恐れていた。

戦争がはじまるとなると、従軍する藩は、江戸、大坂でも米、味噌から乾魚、乾物のたぐいまで争って買い占めようとする。戦いが短期間で終るという保証はない。この先何が起こるか解らないという不安も手伝って、領内に米穀を貯蔵する。その動きを好機とみて値を釣り上げる商人が暗躍し、物の値段は暴騰するのである。

長州再征は、むしろそれ自身が人心不安の火種となった感じで、態勢が整わないままに、ぐずぐずと今年に持ち越されていた。

――ひと騒ぎ起きるな。

と武太夫は思った。それもなみの騒ぎではない。規模が大きく、押さえがきかないような騒ぎが、やがて起こる予感がした。むくりと、胸の中で何か動く気配がした。それは、武太夫の中で、長く眠っていたものだった。

「押し込みですがね、旦那」

新八の声に、武太夫は夢から覚めたように顔を挙げた。あたりはだいぶ薄暗い。広小路の人混みは、ほとんど消えて、疎《まば》らに人が歩いているだけである。

「ゆんべは明神下の遠州屋という筆屋がやられたそうですぜ」

三

竜乃は繕い物をしていた。

武太夫はかわら版を買いに出たまま、まだ戻って来ない。

――なぜ、あんなものを毎日読みたいのだろうか。

と思う。

買いためてあるかわら版を、夫の留守にのぞき見たことがある。四ツ谷で起きた火事の絵入り記事、やっちょる節という卑猥《ひわい》な替え歌、白蛇の話、狐にだまされた男の話などがのっていた。武太夫が飽かず眺めていたマンボウという怪魚の摺り絵もみたが、竜乃には何が面白くて首をひねりひねり見ていたか、と思うようなものだった。

かわら版だけではない。江戸に来てから、武太夫がいったいに以前と少し変わったという気が竜乃はしている。

一度浪人してしまえば、再び主取《しゅうど》りすることが難しいぐらいは竜乃も心得ている。武太夫の尻を叩くつもりはない。かと言って、裏店の女房で終りたいとは、さらさら思わなかった。武太夫にいつか聞いたように、尊皇だ攘夷《じょうい》だと騒がしい世の中である。何かのつてが出来て、武家に戻る日があるかも知れない、と漠とした希《のぞ》みを持っていた。

だが、武太夫はその期待を裏切った。

内職をもとめて来、せっせと筆作りに精出したのはよい。そのために、裏店住まいながら、夫婦二人が着て、喰うことにはこと欠かなかった。だが武太夫は、竜乃が江戸深川六間堀町の裏店に落ちついた、その日からひそかに期待したように、仕事のひまには仕官先をたずねて歩くなどということを一度もしていない。じつに一度も、武太夫がそうした形《けい》跡《せき》がない。せっせと内職にいそしむばかりだった。

竜乃の期待は裏切られたまま、日がたち、月が経過した。ある日辛抱が切れて、というよりもあまりに不審で、武太夫に問いただしたことがある。

だが夫の答えはにべもないものだった。

「仕官の口など、そう手軽にあるものでない」

「いいえ」

竜乃は抗弁した。

「仕官をいそいでくれと申すわけではありませぬ。ただあなた様をみておりますと、その気があるのかどうか、疑わしゅうございます」

「裏店住まいに倦《あ》いたか。それならそなたは国に帰ってもいいぞ」

竜乃は口を噤《つぐ》んだ。頭に血が昇るほど怒りがこみ上げていたが、いまさら国元の実家に帰れるものではなかった。

以来竜乃は、武太夫がいたずらに内職の腕を上げるのを眺めてきた。

——夫はもともと武家暮らしを嫌っていたのではないか。

まるで昔からそれで飯を喰っていた人間のように、器用に指を働かせて、せっせと筆作りに励んでいる夫をみると、竜乃は近頃そう疑うことがある。すると、あの疑惑が還ってきた。

——あの噂は、ほんとうだったのではないだろうか。

海坂領で、空前の百姓一揆が起こったのは、七年前の安政六年である。

その二年前からの不作で、藩の財政は窮乏の極に達していたが、藩政を預かる重臣たちは全く無能で、これといった対策もないままに、百姓から厳しく年貢を取り立てることだけに、腐心していた。潰れ百姓が出れば、町家、家中《かちゆう》屋敷に奉公させ、不納米の分を給金から差し引いて納めさせた。

この中で赤石郡代の滝口四郎兵衛がした穀物改めは、鬼滝口と憎悪をこめた陰口をきかれたほど徹底したもので、百姓は屋敷裏、縁の下まで改められた。米はおろか、大豆、小豆、黒豆、蕎麦《そば》、粟《あわ》一袋に至るまで、滝口四郎兵衛の眼を遁《のが》れることは出来なかったのである。

滝口は容赦なく取り立て、年貢を納めずに穀物を隠し持っている者を摘発するために、ついに密告まで奨励した。

安政六年も、こうした凶作のあとに暗澹《あんたん》と明けたが、雪が少なく、土は象皮のように固く乾いた冬が過ぎても、雨は降らなかった。苗代をつくり、田を耕したが、田植えに困るような日が続いた。僅かな雨が落ちてくることがあったが、田畑をうるおすほどもなく空はすぐに晴れ、植えられた苗は黄ばみはじめていた。

そして六月、不意に雨がやってきた。百姓は狂喜したが、雨は三日天地を闇に閉ざして降り続き、未曾有《みぞう》の豪雨となったのである。川はすべて溢《あふ》れ、田畑はその下に隠れた。

希台、赤石、山田の三郡に不穏な動きがあると囁かれたのは、その豪雨の後である。溢れた川は濁り、音立てて流れ、その水は植えたばかりの苗、豆苗を浮かべて矢のように走った。真夏のように暑く強い光が、渦巻いて流れる水を照らしていた。

辛抱強く、容易なことでは望みを捨てない百姓の心に、もし虚無が忍び込むとしたら、このような光景に立ち合った時であろう。

土に対する望みを捨てた百姓の一群が、最初に襲ったのは赤石の郡代役所であった。そこには滝口四郎兵衛がいた。百姓達は、土から何も得られないと覚《さと》ったとき、鬼滝口が持ち去った一袋の大豆、一袋の粟を思い出したのである。滝口は重傷を負ったが、辛うじて城まで遁れ走った。

暴動は急速にひろがり、希台、山田、赤石三郡をつなぐ、大規模な一揆にふくれ上がって行った。郡代役所が襲われ、村の富農が襲われ、一揆は海坂の城下を目指して動きはじめていた。

藩が不納米の一切免除、備荒籾《びこう》の放出などを発表し、漸く城下への一揆進入を防いだのは八月の初めだった。

一揆に係《かか》わりあった者が処分されたのは、十月になってからである。百姓が土に戻ったのを見届けたあと、藩は迅速に手を打ったのであった。主謀者五人が捕えられ、牢《ろう》につながれた。

処分の中に、神谷武太夫の追放が含まれていた。

——暴徒停止に相勤めるべき処、逆さまに使嗾《しそう》したる疑い有之《これあり》——

そう記した藩の出頭令書を、竜乃は眼にしている。

武太夫は赤石の郡代役所に勤務していた。赤石は一揆が最初の小さな火を噴き上げた土地である。武太夫は滝口四郎兵衛の助役を勤めていた。

藩の取り調べの間も、また追放の処分を受けたときも、竜乃は武太夫の無実を信じて疑わなかった。たとえば百姓の窮状を見かねたとしても、滝口郡代、あるいは、藩の為政者に意見書を出すとか、藩士としてとるべき方策は別にある筈だった。一揆を煽るという行為は、禄を喰《は》むものがすべきことではない。まして使嗾の二字には冷たい響きがある。竜乃の理解を阻むものがあった。夫がそれをしたとは思われなかったのである。

だが、裏店の暮らしに自足したように腰を据えている武太夫をみると、武家勤めを嫌った夫が、処分を承知で百姓を煽り立てたかという気もしてくるのだった。

加えてかわら版である。

毎日出かける。あまりに不思議で、竜乃は一度後を跟《つ》けたことがあった。四十近い男に、それもいかつい顔の浪人者に女が出来たとは思わなかったが、まるで人と約束があるように、日暮れ近くなると出かけるのが気にいらなかった。初めのうち、仕官の口を探しに出ると誤解したことがある。そうでないと解ると、不審が募ったのであった。

両国橋を渡り切った広場で、夫は編笠をかぶった粋《いき》ななりのかわら版売りと話しこんでいた。買ったばかりの刷りものを指でつつき、親しげに喋っている。家にいるときとは、うって変わって機嫌のいい顔をしているのが、竜乃の癇に障った。

——あの訥弁《とつべん》で、恥ずかしげもなく。

と思うと、よけいに腹が立った。

そのときは腹が立っただけだったが、やがて武太夫のかわら版好きが、たとえば仕事のひまに釣りに出かけたり、発句をひねったりという道楽とは、少し種類が違う気がしてきた。行燈の下で、黙黙とかわら版に眼を走らせている武太夫をみると、竜乃は、夫がその粗末な刷りものの向こうにある、得体の知れない世界を覗《のぞ》き込んでいる気がしてくる。

そういうとき、少し離れた位置から、危惧《きぐ》の眼で夫を眺めながら、竜乃は漠然とした懼《おそ》れのようなものが、心の中に動くのを感じる。

もちろん竜乃には武太夫が覗き込んでいる世界は見えない。竜乃の懼れは、その竜乃には窺《うかが》い知ることが出来ない世界が、どこかで国元追放の理由とされた一揆使嗾の疑いにつながっている気がするときに生まれる。

そうだとすれば、武太夫の興味は、一貫して何かに向かっているのだ、と思う。江戸にきて人柄が変わったのではなく、もともとそういう人間だったのを、最近になって竜乃が漸く気づいたということのようだった。

一度そう思うと、竜乃には、十八のときに嫁入り、二十五の時に遥《はる》ばる江戸まで随《したが》ってきた夫を、ふと理解し難い人間のように感じることがあった。武太夫が竜乃にはわからないものを抱え持ち、しかもそれを世間の眼からも、竜乃からも隠しているように思えてならない。夫が響きのよい低音で、裏店のものと応対したり、子供たちに文字を教えているときなどに、竜乃は強くそれを感じる。

ある夜、夫に抱かれていたとき、竜乃はふと、武太夫の心が全く自分に向いていないことを感じた。

夫は竜乃が知らない場所に、うつつなく心を遊ばせていた。闇で表情は見えなかったが、竜乃には夫が笑っているような気がした。それがもちろん竜乃のことではなく、筆作りのことでも、明朝のおかずのことでもなく、遠州屋の美しい後家のことでもないことが解った。もっと遠いところで、武太夫はひとりで充ち足りているようだった。

そのときほど、夫を得体の知れない人間に感じたことはない。腹が立った。次の夜から、竜乃は夫と床を分けた。

――こうして一生裏店の女房で終るのだろうか。

と竜乃は歯で糸を切りながら思う。仕官は望み薄で、夫は別のことに心を奪われている。竜乃は半ば世の中を諦《あきら》めたような気持ちで、時には自分も内職を手伝っている。そういう夫を許したわけではないが、夫婦の縁を切るまでは考えが及ばないのである。

「ご免下されませ」

誰かが呼んでいる。竜乃はうろたえて立った。二度ほど訪《おとな》う声がしたのを、上の空で聞き流した気がする。

「いらっしゃいませ」

「これは神谷さまの奥様でございますか」

相手は丁寧に腰をかがめた。髪の白い、町家の隠居のような風采《ふうさい》の男である。

「さようでございますが」

「手前は金沢町の遠州屋の者で、番頭の嘉兵衛《かへえ》という者でございます」

男は誂え仕事をくれる筆屋の番頭だった。

菓子折りを手土産にした番頭は、武太夫が留守だと解ると、ひどく気落ちした様子を見せた。

「留守と申しましても、ほどなく戻って参りますが、あの、御用向きを承って置きましょうか。仕事のことでございますか」

「いえ、それが仕事のほかのことでございましてな。ご本人が居られないと用向きのことも申し上げにくいんでございますよ」

不意に嘉兵衛は眼を光らせた。

「つかぬことをお伺い申しますが」

「……？」

「こちらの旦那さまは、これの方はお出来で？」

嘉兵衛は人さし指を突き出し、剣を振る真似をしてみせた。それが声をひそめ、何やら芝居じみて見えて、竜乃は呆気《あっけ》にとられた。

「さあ」

「ご存じありませんか。もっともお武家さまと申しましても、こちらは全く不調法という方も、近頃はおられるようでございましてな」

むっとして竜乃は言った。

「どれほどの腕かは、私からは申し上げられませんが、主人は柏木流を遣いますよ」

「お遣《や》りになる」

嘉兵衛は竜乃の険しい表情には気づかないようだった。愁眉《しゅうび》を開いたという顔になった。

「それではまことに申し上げ兼ねますが、少少お頼みしたいことがございましてな。今夜遠州屋の方にお越し願えないかと、奥さまからお頼みして頂けないものでございましょうか」

四

武太夫は遠州屋の茶の間に通されている。喜久という女主人が自分で茶を入れ、武太夫と、少し下って控えている番頭の嘉兵衛に茶をすすめた。

「お話はうかがったが、しかしこの場合、それがしが間に立つというのも、妙な気が致すのう」

喜久と嘉兵衛は、黙って武太夫を見つめている。喜久は三十前といった年頃で、中高の彫りの深い顔立ちをしている。渡海屋の世話で、この店の筆を作るようになってから、武太夫は二、三度店先で喜久と顔をあわせている。だが、こうして向き合って言葉をかわすのは初めてだった。向き合ってみて、あらためて美しい女子だと思う。瞳《ひとみ》が黒黒と濡れている感じで、紅をひいた口もとが小さく、それもぼってりと厚い。さっきから、いい匂いが喜久の身辺から押し寄せてくる。

――これで後家とは気の毒だ。

と武太夫は思った。遠州屋の主人は、喜久の美貌に見劣りしない、役者のように整った顔をした男だったが、一昨年の秋、癆痎《ろうがい》で死んでいる。

「つまり、こういうことは町方の役人に届けるのが筋だと思うがの」

「お言葉ですが神谷さま」

嘉兵衛が膝《ひざ》をのり出した。

「泥棒に入られたのとはわけが違います。へたにお役人に届け出て、後でどんな仕返しがくるかと思いますと、恐ろしゅうございましてな」

押し込み浪人は二人連れだったという。ずかずかと茶の間まで上がり込み、何ごとかと青ざめて竦《すく》んでいる喜久に、勤皇のために働いている者で、資金を集めている。何がしかの金子《きんす》を拝借したい、と言った。丁寧な口をきいたが、嘉兵衛が一人一両あて、小判二枚を出すと、とたんに狂暴な顔になり、我我を合力《ごうりき》のたぐいと見くびったな、とどなり刀をひきつけて脅した。

遠州屋では、結局十両とられている。

「それにこの店では初めてですが、近頃こうしたことはちょいちょいございますそうで。みんな泣き寝入りだそうですよ、はい。お役人と申しましても、近頃はあまりあてになりませんのでな。こういうことがはやって来ると、届け出ても守って頂けるという保証はございませんようで、はい」

「またくると申しましたんですよ。こわいこと」

と喜久が言った。

「あんまりおとなしくお金を上げたのが悪かったかと、嘉兵衛とも話したところです。でもそうかと言って、さっき申し上げたように、お役人に届け出るのも、なおさら恐ろしくて」

喜久は、縋《すが》るような視線を武太夫に絡ませてきた。

「近頃はわたし、夜もろくに眠っておりません」

「いかがなものですかな」

嘉兵衛は、商談をすすめる具合に手を揉《も》んだ。

「連中が来た時に、ひとつうまく掛け合ってもらえないものでしょうか。いえ、手ぶらでとは申しません。さよう、もう五両奮発致しましょう。これはご新造さんとも相談の上で決めましたんですが、もう五両で手を打って頂く。以後この店には参りませんという具合にして頂く。そんなふうに掛け合って頂きたいのでございますよ」

「つまり穏やかに話をつけろ、と申すのだな」

「さようでございますが、当家としては、神谷さまにお縋りするしかないと……」

「難しい話だのう。事情はよく解るが……」

　武太夫は腕を組んだ。

「先方がうんと言わないと、少少面倒なことになるのう。こういう掛け合いは、それがし初めてじゃし、正直のところ、自信が持てんのう」

「なに、神谷さまなら大丈夫でございますよ」

　嘉兵衛は、品定めをするように、武太夫をじろじろ見廻した。

「押し出しはご立派でいらっしゃるし、物言いはじっくりしていなさるし。おう、忘れておりました」

　嘉兵衛は手を拍《う》った。

「もちろんお礼はさせて頂きます。うまく片づきましたら、失礼ながら十両差し上げたいと相談致しましたので。なに、ろくでもない押し込み浪人に持って行かれることを思えば、十両のお礼は決して高くはございません。決して」

「ともかく、会ってみるか」

　と武太夫は言った。十両の謝礼に心が動いたわけではなく、瞬《まばた》きもしないで武太夫の返事を窺っている喜久に同情したのである。風体のよくない浪人どものようだが、会ってみれば何とかなる気もした。

「ありがとうございます、神谷さま」

と喜久が言った。初めて笑顔になっている。笑顔に含まれている喜久の信頼が、武太夫には快い。

「ところで、その者どもはいつ参る」

「いつくるものかさっぱり解りませんので」

と嘉兵衛は言った。

「申し兼ねますが、二、三日は日暮れから当家に詰めて頂きたいので。いかがなものでしょうか」

十両の謝礼にはその手間も含まれているな、と思ったが、武太夫はいまさら後にひくことも出来なかった。

七ツの鐘を聞くと、武太夫は内職をやめて家を出る。途中両国橋のきわで新八からかわら版を買い、そのまま明神下の遠州屋に行く。遠州屋では、何もすることがない。茶の間で女主人の喜久を相手に茶飲み話をする。時には酒を馳走になることもある。武太夫は酒で乱れるということがない。酒を呑みながら、喜久にかわら版を読んで聞かせることもある。町木戸が閉まる四ツ（午後十時）前に、遠州屋を出て家に戻る。

こうして日が経った。

「いつまでお通いになるおつもりですか」

竜乃が尖《とが》った声でそう言ったのは、八日目のことである。武太夫は刀を腰に差しながら、

「さあて、様子を見なくては何とも言えんな」

と言った。上がり框《かまち》に出ようとした武太夫の前に、竜乃が立ち塞《ふさ》がった。

「押し込みなど、どうでもいいのでございましょ？　ほかの楽しみがあって、遠州屋においでになるのではありませんか」

竜乃の細い眼が吊《つ》り上がっている。ほほう、と武太夫は思った。竜乃が遠州屋の女房を嫉妬《しっと》している様子なのが珍しかった。竜乃はそういう女ではない筈だった。

「押し込みは来る。武士が一たん約束したからには、決着をつけねばならん」

「それならば、どうしてお酒など召し上がりますか。商人の後家と毎夜酒くみかわして、みっとものうございます」

竜乃の瞼《まぶた》が薄赤くなり、涙がにじみ出るのを武太夫は見た。

「こっちへ来い」

武太夫は竜乃の肩を抱いて、茶の間にひき入れた。茶の間に入ると、竜乃は不意に強い力で武太夫にしがみつき、胸に顔をふせて啜《すす》り泣いた。

「亭主、嫉《や》くほどもてもせず、と下世話に申すが」

武太夫は竜乃の背から臀《しり》のあたりを、そろそろと撫《な》でた。

「それは、そなたの妄想《もうそう》というやつだ。後家相手にヤニ下っているほど、武太夫は落ちぶれてはおらん」

「でも、遠州屋の女房がきれいな人だぐらいは、私も存じております」

竜乃は町方の女房のような口を利いた。

「殿方というものは油断ならぬものだからと、嫁入るときに母に言われました」

「それをいまごろ思い出したというわけか」

武太夫は竜乃の顔をひき離した。竜乃は化粧が流れてすさまじい顔になっている。ただ眼の光だけが、昔にかえったように優しい。みっともない顔だ、と武太夫は思った。が、そのみっともない顔の下に、ひさしぶりに鎧《よろ》っていない竜乃の表情があった。

夫婦というものは、他愛ないところがあると思いながら、武太夫はここは竜乃の機嫌をとり結んでおく方が無難だと思った。

「つまらぬ詮索は無用だ。わしには遠州屋の女房より、そなたの方がよほど美人に見えるがのう」

「いくら思案しても」

竜乃はもう一度武太夫の胸に顔をふせると、満足げな声で囁いた。

「旦那さまのほかに、頼る人はおりませぬ」

五

押し込みは、十日目にやって来た。

気配で喜久は奥に逃げ、武太夫一人が二人連れの浪人を迎えた。ずかずかと入ってきた、と嘉兵衛は言ったが、その日もそうだった。未《ま》だ宵の口で、店には客こそいなかったが、後片づけをする店の者が、四、五人は働いていたのである。

その間を、二人は案内を乞うでもなく、店先からどしどし足音をさせて茶の間に来たのである。大胆なものだ、と武太夫は思った。

「貴公は何だ」

茶の間の入口に突っ立ったまま、一人が言った。二人とも険しい表情で武太夫を見おろしている。

「貴公らと同業、と言いたいが、それほどの度胸はないただの浪人者だ」

「その浪人が、何の用でここにいる？」

もう一人が口をはさんだ。

「貴様、この店に雇われた用心棒か」

「似たものだが、用心棒というわけではない。ま、坐らんか。少し話を聞こう」

答えながら武太夫は、俺は落ちついているな、と思った。これに似たことが、昔一度あったという気がした。あれは赤石の郡代役所に勤めて二年目。海坂城下で、人を殺害した浪人を、国境まで追跡して斬ったことがある。そのときの浪人は狂暴な男で、話すひまもなく斬り合いになった。いま眼の前にいる若い二人連れなどの比ではなかった。

「話を聞くということは、この店の者になり代わって話合うということか」

「ま、そういうことだ」

二人の浪人者は、顔を見合わせると、眼くばせし合って畳に胡坐《あぐら》をかいた。肩が突っ張って、虚勢を張っているのがありありと見える。二人とも月代《さかやき》を伸ばしているが、着流しではなく、袴《はかま》をつけている。

年嵩《としかさ》の方が二十五、六。もう一人は、まだ二十過ぎに見える。武太夫のように追放されたなどということではなく、尊皇攘夷の熱に浮かされて脱藩してきた若者でもあろうか。近頃こういう手合いが多くなった、と武太夫は思う。尊皇で飛び出してきて、その後の暮らしはどうなっているのだろうか、と老練な筆作りとしては思わざるを得ない。若く、頭の中ばかり熱い連中が、腰を据えて内職をするとも思えぬ。

武太夫は改めて、若いくせに荒《すさ》んだ容貌をしている二人の浪人者をみた。

「さて、話をうかがおうか」

「われわれは勤皇のために働いている者だ」

「それはこの家の主に聞いておる」

「軍資金がいる」

「だろうな」

「不当に儲《もう》けている連中から、われわれは金を借りることにした」

「この遠州屋などは、実直な筆屋でな。コツコツと溜《た》めたかも知れんが、米商人などのように、あくどい儲けなどということはしておらんぞ。筆を買い占めても、一文にもならん」

「貴公はそう言うがな」

若い方の浪人が口をはさんだ。

「筆屋といえども、安い手間賃で内職させて、それで儲けているのだ。商人というものはそうしたものだ」

「なるほど」

武太夫は苦笑した。遠州屋の誂え仕事は、仕事が面倒なわりには確かに手間が安い。

「しかし、だからと言って無体に金を強奪して行くというのは感心せんな」

「強奪はせん。暫時拝借するだけよ。やがて新しい世の中になれば、倍になって返る」

「ははあ、そういう理屈か。しかし……」

武太夫は胸を張って二人を見た。

「世間では、その理屈は通らんだろうな。げんに遠州屋では、貴公らは押し込み強盗並みの扱いだ。家中恐れ戦《おのの》いている」

「それでは聞くが……」

年嵩の方が粘りつくような口調で言った。

「おとなしく、これこれの金子を拝借したいと申したら、金を出すか」

「出さんだろうな」

「そうだろうが。われわれは金を集めるのをいそいでいる。この際手段を問うてはいられない」

「金を集めてどうする」

「京にのぼって働く。貴公は知らんか。西の方では天下がひっくり返ろうとしているのだ。のんびりと何かの内職で、日を過ごしている場合でないぞ」

どうやらこれは本物の勤皇かぶれだ、と武太夫は判断した。

「しかし、こういうやり方を続けていると、いずれ役人の手が廻るぞ」

「役人だと？」

二人は顔を見合わせた。それから薄笑いを浮かべて武太夫を見た。妙に腹の据わった表情を二人は見せている。

「役人など恐れてはいない。あいつらに何が出来る」

「わかった」

武太夫は言うと、懐から金包みを取り出した。

「ここに五両ある。これで引き取ってもらおう」

「少ないな」

と言ったが、年嵩の男が手を伸ばして金を取った。二人はすぐに立ち上がった。

「もうひとつ」

武太夫は坐ったまま言う。低音にちょっぴり凄《すご》みを利かせた。

「これでおしまいにして頂く。今度来たら、ただの押し込み強盗とみなして、それがしが相手になる」

二人はじっと武太夫を見つめたが、荒っぽい足音を残して店の方に出て行った。

酒が出て、武太夫はもてなされた。

「あたしが見込んだ通りでございますなァ、神谷さま。さすがはお武家さま、度胸が据わっておいでなさる」

お相伴《しょうばん》した嘉兵衛は、酒が廻ると何度も同じことを繰り返した。喜久は微笑するだけであまりものを喋らないが、時時長い凝視を武太夫にあてて放心しているようなことがあった。

「では、これで失礼しよう」

武太夫が腰を上げかけたとき、不意に喜久が言った。

「お待ち下さいませ。差し上げたいものがございます」

「いや、謝礼ならさきほど遠慮なく頂いておる」

「刀を差し上げたいのですよ。死んだ主人が好きで、五、六本ございます。蔵《しま》っておいても宝の持ちぐされ、神谷さまに貰って頂けば嬉しゅうございます」

喜久は嘉兵衛に、土蔵の鍵《かぎ》を持ってくるように言った。鍵を持って、嘉兵衛が土蔵の方に行こうとするのを、喜久は呼びとめた。

「わたしが神谷さまを、ご案内してみてもらいます」

嘉兵衛は妙な顔をしたが、急にいかめしい表情になって、鍵を喜久に渡して言った。

「あたしはこれで寝ませてもらって。神谷さま、それではお見送りは致しませんが、今夜は有難うございました、はい」

提灯《ちょうちん》を持つと、喜久は先に立って土蔵に向かった。細い渡り廊下を行くと、土蔵の入口が見えてきた。

蔵に入ると、喜久はすばやく格子戸を閉め、柱の釘に提灯を下げた。くるりと振り向くと、喜久は不意に言った。

「二人きりになりたかったのですよ」

はすっぱに言葉を続けた。

「嘉兵衛ったら、気がきかないったらありゃしない」

武太夫は喜久の豹変《ひょうへん》ぶりにも驚いたが、それよりも竜乃の直感の鋭さに感嘆した。竜乃は家の中にいて、この場の情景を二日前に言いあてたようなものではないか。

そう思うと、眼の前に触れなば落ちんばかりの風情で胸に掌をあてて立っている若後家が、何となくうっとうしかった。

「わたしが、お嫌いですか」

喜久は武太夫のためらいを、敏感に覚ったように言った。

「恥ずかしいこと。わたしの思い違いかしらね」

喜久は掌で顔を覆った。羞恥《しゅうち》が、喜久を打ちのめしたように見えた。喜久は掌で顔を隠したまま、細かく躰を顫《ふる》わせて立っていた。

「そんなことはない」

武太夫は喜久の肩に手を置いた。

「おかみのように美しい女子は、めったにあるものではない」

ああ、と溜息《ためいき》をついて喜久が倒れかかってきた。武太夫は仰向いて、そのしなやかな躰を受けとめたが、その眼に、蔵の奥にうずたかく積まれたものが映った。積まれたものは、おぼろな灯の光に米俵のように見える。

「おかみ、おかみ」

武太夫は喜久の肩をゆすった。

「奥に積んであるのは、あれは何の俵だ?」

「俵?」

喜久は顔を上げ、薄く眼を開いたが、すぐに眼を閉じた。

「米ですよ」

「大層な米だの」

「抱いて。神谷さま」

喜久はもどかしそうに身を揉んだ。

「米は店の者が喰うのか」

「米ですって？」

喜久は顔を武太夫の胸からひき離すと、今度はまじまじと武太夫の顔をみた。

「店の者が喰べるかって、あたり前でしょ」

「しかし多すぎる」

「買い置きですよ」

喜久は少し邪険に言った。

「もっと高くなるというし、それにいまに江戸の町から米が無くなるという噂じゃありませんか」

「………」

「二階も米だらけですよ。いかが？　それで気がすみました？」

「どこの家でもそうしているか」

「よそさまのことは、くわしくは知りませんよ。だけどどこでもそうしているという噂ですけど」

喜久はついに武太夫から躰を離して言った。

「米が、どうだって言うんです、神谷さま。やっぱり気が乗らないんですか」

武太夫は答えずに、腕組みをすると蔵の奥の米の山を凝視した。武太夫の眼の裏には、江戸の商家の蔵という蔵に、累累と積み重ねられている米俵の数が浮かんでいる。

武太夫は、胸の中でむくりと顔を持ち上げるものの気配を聞いた。

六

「何を考えていますか」

竜乃は闇の中で、武太夫の胸毛をもてあそびながら言った。三日前に抱かれたばかりなのに、また今夜も抱いてもらって、竜乃はまだ武太夫とひとつ床の中にいる。

武太夫の毛だらけの脛《すね》に足を絡ませていると、自分がひどく堕落した女のように思えてくる。心底裏店のおかみになりさがったような、うらぶれた気分になってくる。だがその気分の中には不思議な安らぎがあった。

床の中で武太夫に裸にむかれたときは、恥ずかしさに声を挙げた。だがその羞恥は、武太夫のひどく情熱的な行為に消された。武家暮らしの昔には考えられないようなことをしているという思いが、ちらちらと頭を掠《かす》めたが、同時に天地に二人という気もした。

武太夫が、いま何かを考えている様子なのが、竜乃には解る。だが、そのことも不思議なほど気にならない。武太夫には、やはりどこか得体が知れないようなところがある。そのことを、竜乃は仕方ないことだと思うようになっている。男というものは、そういうものかも知れないと思いはじめていた。

長屋のかみさんで朽ちようと、それが私のさだめなら仕方ない、と少し大げさに思う。武太夫の話によれば、やがて武家の世の中は大きく崩れるというではないか。先のことはわからない。

「ねえ？　何を考えていますか」

竜乃は少し若やいだ声音で囁きかける。

「今日、新八に会ったが……」

武太夫は、さっき竜乃の乳房に喰らいついた人物とは思えない重重しい声で言う。

「昨日の夜、品川で騒ぎがあったそうだ」

「どのような騒ぎでございますか」

五月二十八日の夕刻七ツ頃に、南品川本覚寺の境内で太鼓を鳴らしたものがあった。太鼓は御嶽《みたけ》町のお稲荷《いなり》さまのものを持ち出したのである。

この太鼓の音にみるみる人が集まり、やがて膨れ上がった群衆は、南品川馬場町の油屋を打ちこわしたのを皮切りに、南品川から北品川歩行《かち》新宿、東海寺門前にかけて走り廻り、町家四十軒ほどを打ちこわして消えた。

「どうだ。ところが新八はこれほどの騒ぎをまだ刷っておらん」

「こわいこと」

竜乃は小さく欠伸をした。すると、また少し自分が堕落したような気がした。昔は、夫の前で欠伸など決してしなかった。だが快い睡気が、すぐに気泡のような欠伸を運んでくる。四肢が気だるいのを竜乃は感じる。男というものは、どうしてこのように奇妙なことを、夜も眠らずに考えたり出来るのだろうか。竜乃は胸毛をいじるのをやめ、かわりに体をすり寄せて言う。

「このまま、眠らせて頂いてようございますか」


次の日の夜、武太夫は珍しく一杯やってくると言って家を出た。五ツ（午後八時）頃だった。遠州屋で謝礼にもらった十両は、まだ手つかずで残っていて、竜乃も文句は言わない。

行く場所は決まっている。堀に沿って北に進むと、町は右に折れて、深川森下町と境を接する。そこに赤提灯を下げ、酒を飲ませる店がある。忠蔵、儀助に、苗売りの弥次郎、大工の手間取りで、なかなかうだつが上がらない熊太とか、同じ裏店の住人の、そこは溜まり場である。裏店の暮らしが、窮迫していることを武太夫は知っている。だが連中がそのために赤提灯通いをやめることはない。武太夫は今夜彼等に会いに行くのである。

「よう、先生」

暖簾《のれん》をわけて中に入ると、目ざとく見つけた忠蔵が大きな声で呼びかけた。そのくせ忠蔵が一番酔っているようだった。蛸《たこ》のように飯台や、隣に坐っている熊太にしなだれかかるかと思うと、ひょいと立ち上がったりしている。今夜忠蔵の家ではひと騒動あるだろう。

しばらく、黙黙と武太夫は飲んだ。

「珍しいじゃありませんか、先生。一杯注がせてくだせえ」

苗売りの弥次郎が寄ってきた。武太夫の猪口《ちょこ》に酒を注ぎながら、弥次郎は頭を下げた。

「伜《せがれ》がいつもお世話になりやしてね、先生。嬶《かかあ》が喜んでまさ」

弥次郎は三十過ぎの、細身の体がいなせな感じの男である。苗籠をになって、江戸の町を美声で触れ売りして歩くが、家に帰るとおとらという女房の尻に敷かれている。いつぞやは女房の腰巻まで洗っていたというので、裏店の顰蹙《ひんしゅく》を買った。女房も女房だが、亭主も亭主だというわけである。

――この男がいいだろう。

と武太夫は思う。武太夫の胸の中で、舌なめずりする感じが動く。弥次郎のように、気が小さく、多少生真面目なのがいい。忠蔵は出来上がり過ぎているし、熊太は鈍だ。

「品川宿で、騒ぎがあったのを知っているか」

武太夫は弥次郎にお返しの盃《さかずき》を持たせながら、重重しく言う。

「何か、こうちらっと聞きましたがね」

弥次郎は律儀に頭を下げて、盃を受けながら言った。

「家をこわしたとかいう話で、へい」

「わしは今日、品川まで行ってみてきた」

「へーえ？」

弥次郎の顔に好奇心が浮かぶ。そう、初めはこの調子なのだ、と武太夫は弥次郎の顔をみながら思う。

——赤石の百姓たちも同じだった。

希台郡の百姓が集まって話している。どうもそれが一揆の相談らしいと囁いたとき、武太夫の話相手をしていた若い百姓の顔に浮かんだのは、ごく単純な好奇心だった。自分と同じ窮地に追い込まれた連中が、ついに何かをはじめたのだと理解しながら、そのときまだ若い百姓と一揆の相談という具体的な行動の間には距離があった。

だが好奇心は行動の芽だった。それは欲望からとり残される不安、動きに遅れまいとする焦りなどを呑みこむと、途方もない暴動にふくれ上がる。希台、赤石、山田三郡を捲き込んだ一揆のひろがりは、枯れ野を焼く火に似て迅《はや》かった。それを、武太夫はこの眼でみている。

「騒いで、何をやらかしたんですかい」

「喰いものを奪っているのう。米、味噌のたぐい。それに薪だ」

「米？」

弥次郎は眼を光らせた。

「先生とこはどうか知らねえが、裏店じゃ近頃満足に米なんぞ喰っていませんぜ」

「昨日は芝、四ツ谷、麻布が騒いだ」

武太夫はゆっくりした口調で言った。弥次郎は全身が耳になったように身動きもしない。盃を運ぶことも忘れて、武太夫の顔を見つめている気配が、弥次郎を見なくとも武太夫にはわかる。

「やっぱり米、味噌をとっちまったんで？」

「裕福な町家は、かなりの米を隠しているからのう」

「しかし先生」

弥次郎は言った。

「米を取っちまってもよ、お役人に捕まったら何にもなりませんぜ」

武太夫は弥次郎に視線を戻した。弥次郎の眼には狂暴なものと怯《おび》えが同居している。武太夫は微笑し、老練な医者のようにその怯えを消してやる。

「わしが見たところ」

裏店一番の信用おける人物は、微笑しながらゆっくり言った。

「お上もお手上げのようだの。考えてもみろ、弥次郎。仮りにだ。騒いでいる連中をみんな捕まえたら、小伝馬町が幾つあってもたまるまい。ん？」

「ちげえねえや、先生」

弥次郎は嬉しそうに笑った。

武太夫は飲み屋を出た。ここには種子を埋めるだけでいいのだ。それがすぐに芽をふいた証拠に、背後で「おい、聞いたか。品川で騒ぎがあってよ」という、弥次郎の浮き浮きした声が聞こえる。武太夫は立ち止まってその声をきいたが、そのままぶらぶらと歩き出した。

夜道は暗く、僅かに道の白さが見えるだけだった。その闇に向かって、いま武太夫が胸の中から解き放ったものに、足が生え、羽が生え四方に走り、飛び去ろうとしている気配が感じられた。

赤石で最初の火種になった、藤次郎という若い分別の確かな百姓のことが思い出される。

藤次郎が、麦一俵を隠しているという密告があって、武太夫は出かけた。一人で行った。

初めから気が乗らない仕事だったが、その気分と探す仕事は別で、綿密な探索の末に、武太夫は竹藪《たけやぶ》の中に木箱につめて埋めてある麦俵を見つけた。

藤次郎の女房がそれをみて泣き崩れた。女房と、膝に抱いた子供の憔《やつ》れようが哀れだった。鍬《くわ》を抛《ほう》り出すと、武太夫は藤次郎に言った。

「もう少しうまく隠すことだな」

そのまま帰るつもりだった。滝口郡代には麦はなかったと報告すればよい。滝口は妾《めかけ》を二人も囲っている。二人とも年貢を納め切れなくて潰れた百姓の娘で、滝口は女中に雇い入れたのだが、手をつけたあとは給金も払わずこき使っていた。藤次郎の麦を見逭《みのが》す気になったのは、郡代に対する日頃の反感やら、藤次郎の女房、子供に対する憐《あわ》れみやらが胸に衝き上げてきたためである。たかが麦一俵ぐらい、と思った。しかし、このままではどうにもなるまいという気もした。その気持ちが希台の郡代役所から来た男が話した、不穏な話を藤次郎にしてやる気を引き出した。

唆《そそのか》すという気持ちはなかった。追いつめられている藤次郎をなぐさめるほどの気分だった。

だが話している間に藤次郎の眼に、不意に狂暴な輝きが生まれたのをみたとき、武太夫はぞっとした。藩の禄を喰むものがすべきでないことをした後悔が胸を走った。

数日、武太夫は息をひそめるようにして、百姓の動きをうかがった。山戸村と青瀬村で深夜百姓たちの寄り合いがあったと報告してきた者がいた。村を見廻りに行った足軽からの、その報告を武太夫は握りつぶした。青瀬村は藤次郎が住む村である。百姓たちの動きが眼に見えてきた。

ひとりの百姓は、今夜郡境を越えて希台に向かうだろう。青瀬村の使者は、明日は山田郡に走るだろう。

武太夫の心の中に、百姓たちの暴発を恐れる気持ちとは別に、押さえきれない喜びのようなものが動いたのはその頃からである。自分が播《ま》いた種子が、確実に育ち、枝葉をつけ、実って行く感覚が快かった。

武太夫は青瀬村の百姓たちを押さえに行くことも、滝口四郎兵衛に、足もとに一揆が動きつつあることを報告もしなかった。ひたすらに結果を待った。

先ず希台郡で一揆があった。すぐに青瀬、山戸、沢渡の赤石郡三村で打ちこわしが起きた。それが山田郡の数カ村を捲き込んで、大一揆が始まったのは瞬く間のことだった。

やってくる一揆にそなえて、郡代役所の守備を固めながら、武太夫は、青瀬村の百姓たちが捕まれば、多分俺にもお咎《とが》めが及ぶだろうと思っていた。しかし不思議なほどそれに対する恐れは薄く、胸に快感が疼《うず》いた。

暑い夏の日射しが野も道も灼《や》いていた。塀の外に、高く土俵を積み上げた上に突っ立って、武太夫は白く乾いている道を眺めた。その道の向こうから、やがて蓆旗《むしろばた》を押したて、凶器に変わった鍬、鎌をふりかざした百姓の群れが寄せてくる筈だった。武太夫はそれを見たい、と思った。

——大きな騒ぎになるだろう。これまで江戸で起こったことがないような、途方もない騒ぎがひろがるだろう。

いま、六間堀沿いの道を歩きながら、武太夫はそう思った。

武太夫にはそれが見える。弥次郎も、忠蔵も、左官の多七も、手間取りの熊太も、七年前の赤石の百姓に似ている。火を待っている沸《たぎ》った油だった。

彼等はやがて仕事を放り出し、血相を変えて流れの中に加わるだろう。

遠州屋も、そこからもらう仕事のことも、いま武太夫の念頭を占めていない。隠微な喜びだけがあった。人人が雪崩《なだれ》をうって狂奔にまきこまれて行くからくりが、自分に見えている喜びが、深く心をくすぐっている。

武太夫は低く笑った。闇の中の笑いを聞いたものはいなかった。

江戸に窮民が暴発し、町町の町家を襲い、喰い物を奪って騒いだのは、慶応二年五月末から九月にかけてである。暴動に加わった人数は延べておよそ八十万人。のちにこの騒ぎをお粥《かゆ》騒動と称した。

潮田《うしおだ》伝五《でんご》郎《ろう》置文《おきぶみ》

霧がある。

その中で葦《あし》は、枯れたまま直立していた。骨のように白く乾いていた。葦は河原の上では、二、三十本ずつの、間隔を置く塊《かたまり》になって点在し、緩やかな岸の傾斜を這《は》いおりると、そこではじめて密集する枯葦原となって、その先は浅い川の中ほどまで延びている。

男がひとり、河原に佇《た》っている。白い霧のために、男は影のように見えた。男の耳に川水の音が聞こえている。川は男が顔をむけている方角にぼんやりと見えている橋の下あたりから、急に浅くなっていた。流れが向こう岸に片寄り、浅いところでは水苔《みずごけ》に黒ずんだ石が透けてみえる。葦原の先端はそこまで延びていた。水はその周辺で絶えずざわめく音を立てている。

夜は明けていたが、霧のために明るくなるのが遅れていた。葦の塊の根もとのあたりには、夜の暗さが残っていた。

男が身動きした。橋を渡ってきた者がいる。橋を渡ってきた者は、ゆっくり河原に降りてくると、待っていた男との間に五間程の距離を置いて立ち止まった。羽織を脱ぐと、その下から白い襷《たすき》が現われた。

霧の中で、二人の男はほとんど同時に刀を抜いた。しばらく睨《にら》み合った後、二人は気合いを掛けながら撃ち合った。技倆《ぎりよう》に差がみえ、闘いはそう長くは続かなかった。一人が足を斬られ、膝《ひざ》をついたところを、ひとりが肩口から斬り下げた。

潮田伝五郎は、井沢勝弥の躰《からだ》を這う痙攣《けいれん》がすべておさまり、勝弥が一塊の骸《むくろ》となって横たわっているのを眺めたあと、ゆっくりと襷、鉢巻をはずして捨てた。それから少し湿っている粗い砂の上に坐り、着物をくつろげ、袴《はかま》を押し下げると、ためらいなく小刀を腹に突き立てた。

小刀を突き刺すとき、伝五郎が発した激しい気合いが、一瞬川音を切断したが、川はすぐにざわめきを取り戻した。

日がのぼり霧が霽《は》れたとき、河原に二個の骸が横たわっていた。

一

それがし十二の年の春、道場の稽古から戻って、家の裏の流れで土に汚れた袴を洗っていて、母上に見咎《みとが》められたことがござった。恐らく母上にはご記憶がござるまい。あの人に会ったのはその日でござる。

　潮田伝五郎が、井沢勝弥に勝負を挑んだのは、道場を出て城下端《はず》れの野道を歩いている時だった。

　神道無念流を教える塚本才助の道場は、城下町から十丁ばかり南に離れた村落にある。観音寺と呼ばれるものの、定まった住職もいない荒れ寺があって、才助は村役人からその寺を借りうけ、道場の看板を掲げていた。

　才助は変わった人間で、どこからともなく飄然《ひょうぜん》とやってきて、その荒れ寺に棲《す》みついたのである。神道無念流の道場という噂《うわさ》を聞いて、市中の野瀬道場で師範代を勤める作間という若侍が試合を挑んだが、手一本足一本動かす間もなく打ち据えられた。野瀬道場は、城下でもうひとつの戸川道場と評判を分ける大きな道場である。作間はあまりに不思議で、再度立ち合いを所望したが、結果は同じだった。

　作間について行った同僚が噂をひろめたために、塚本道場の名が挙り、城下から藩の子弟が通うようになった。七年前のことである。潮田伝五郎は四年前からそこに通っていた。

　伝五郎が井沢勝弥に真剣勝負を言いかけたのは、道場の帰り道である。

　理由は、井沢が伝五郎の粗末な衣服を嗤《わら》ったためである。伝五郎の家は、僅か十七石の軽輩だった。その上父の角左衛門が長年病臥《びょうが》している。母の沙戸《さと》は、夫の医薬を購《あがな》うために倹約に倹約を重ねていた。それでも伝五郎の道場稽古を休ませることはしなかったが、着る物も袴も丹念に継ぎをあてた。

井沢は三百石の上士の跡取りである。いずれ小姓組に召し出され、さらに父の職を継いで物頭《ものがしら》にもすすむ家柄の人間だった。伝五郎より二つ年上の十四で、躰も大きかった。

「刀は抜くな。素手でやれ」

声を掛けたのは広尾という少年だった。

「俺は真剣でもいいぞ」

井沢は、伝五郎を睨みつけて言った。底冷たい感じの美貌が蒼《あお》ざめている。

「生意気な奴だ。ガキのくせして」

「いや、刀は抜かん方がいい。事が大きくなる」

広尾も井沢と同じ十四だった。彼等には半ば大人の分別が具《そな》わっている。

「いいか潮田。抜いてしまえば生きるか死ぬかだ。先生にも迷惑が及ぶし、喧嘩《けんか》口論で刀を抜いたではお上に申し訳が立たん」

広尾は伝五郎にむき合うと、諭すように言った。

「それに、親たちが嘆くぞ」

後から追いついた連中も加わって、十人余りの少年達が見守る中で、井沢と伝五郎は袴の股立《ももだ》ちを取り、組み合い、撲《なぐ》り合った。

勝負は初めから解っていたようなものだった。真剣勝負を言いかけられたとき、一度は蒼い顔になった井沢は、組み合うことにきまると余裕のある笑いを浮かべ、忽《たちま》ち獰猛《どうもう》な力をふるいはじめた。

伝五郎は何度か地面に叩きつけられ、顔からも手足からも血を流したが、立ち上がると執拗《しつよう》に組みついて行った。少年達は伝五郎が投げられるたびに歓声を挙げた。

「何をしていますか、多喜蔵」

不意に鋭い声がした。

「あ、姉上」

一斉に振り向いた少年達の中で、広尾が言い、頭を掻《か》いた。

「喧嘩ですよ」

その間にも、伝五郎は必死に井沢に組みついていた。眼が眩《くら》んだようになっていた。腰を入れて相手を投げようとし、たちまち井沢の重い躰に押し潰《つぶ》されて、顔から地面にのめった。

「やめさせなさい、多喜蔵。勝弥さんも何ですか」

女の声が言ったのが、伝五郎の耳にも聞こえた。若く澄んだ声音だったが、口調は厳しかった。

「おい、これまでだ」

広尾が二人の間に躰を入れてきた。強引な手が二人を分けた。井沢を真中に包むようにして、少年たちが笑いながら立ち去ったあとに、伝五郎はひとり取り残された。

伝五郎はしばらく少年たちを見送ったが、やがて道から田の畔《くろ》に降りた。腕も胸も、脚も痛く、頭は熱を持ったように熱い。田植前で、田は一面に水を張っていて、その間を細い水路が走っている。水路の水は畔の草に溢《あふ》れて澄んでいる。

水を掬《すく》って顔を洗った。泥と血を洗い落とすと、すり傷が急に痛んできた。

「これを使って下さい」

不意に声がした。深く澄んだ声音に、伝五郎は思わず顔を挙げた。

十五、六と見える若い娘が立っていた。娘の後に三十前後のもうひとりの女がいる。二人とも武家の女と解る着付けと髪をしている。二人とも手に摘草を入れた籠を下げていた。

娘は手に鼻紙を持って、伝五郎に差し出していた。

「わたしは広尾多喜蔵の姉です」

娘はしっかりした口調で言った。

「どういうわけから、こんなひどい喧嘩をしましたか」

伝五郎は黙って紙を受け取ったが、娘の質問には答えなかった。黙って顔を見返しているだけである。

伝五郎の顔は、額と頬が大きく擦りむけ、血が滲《にじ》んで紫色に腫れ上がっている。年上の方の女は、娘の後から伝五郎の方を怯《おび》えた眼で覗《のぞ》き込んでいる。

「言いたくないのですね」

「はい」

と伝五郎は言った。

すると娘の顔に、不意に微笑が浮かんだ。黒眸《くろめ》がいたずらっぽく光り、白い歯がちらとみえた。娘の頬に刻まれた笑くぼを、伝五郎は瞬きもしないで見つめている。

「仕方がないひとですね」

娘は畔に降りてきた。裾をつまんでしゃがむと、伝五郎の着物と袴をはたはたと手ではたいた。埃《ほこり》を落としたのだった。

「お嬢さま」

年上の女が咎めるように声をかけたのに、娘は振り向かないで、しゃがんだまま首を傾けて言った。

「あの人たちは躰が大きいのですから、組み打ちをしてもかなう筈がありません。ね？もうやめなさい」

娘と連れの女が立ち去ったあとも、伝五郎はしばらく茫然と畔に立ち続けた。娘の着物からにおったいい匂いに、まだ全身を包まれている気がした。その香りに、伝五郎の頭は痺《しび》れて、井沢と組み合った躰の火照《ほて》りを忘れている。

二

六年ぶりに七重どのと顔をあわせたのは、盆踊りの夜のことでござった。それがし十八で家督を継いだあの年のことでござる。

海坂《うなさか》城下の盆踊りは、大がかりな結構と、華麗さで近隣に聞こえている。仕組み踊りと言い、それぞれの町内が早乙女、傘飾猿、ぬれ髪、菊慈童、力弥などと名付け、踊りの趣向を凝らす。一町内からひと組、百五十人から二百人の踊り子を揃《そろ》えて、八ツ（午後二時）から夜の八ツ（午前二時）過ぎまで、延延と踊り続けるのである。

世話役、拍子木役、唄揚げ、提灯《ちょうちん》持ち、踊り子で一組をつくる。世話役は数人いて、踊りの進退を指図し、唄揚げは唄い手である。歌の文句は、毎年城下で文才を知られる人物に頼んで作ってもらった。

唄い手は一番から四番までいた。一番揚げと呼ぶ最初の唄い手には、高く太く、よく通る声の持主が選ばれ、二番揚げは細い声の人、三番揚げは芸者衆が唄い、四番は一番揚げの人物が再び唄う。

このようにして町町をめぐり、店店の前で踊る。

盆踊りの初期には、藩は風俗の乱れを心配して、たびたび禁止の触れを出したが、元禄以降には公に許し、文政年間に入ると藩主自ら御用屋敷に踊りを呼んで見るようになった。初めは昼踊りだけ見たが、後には三十五組の踊りを見終って夜の八ツに及んだ。

こうした藩の取り扱いの寛容さは、豪華な仕組み踊りの評判が他国にも聞こえ、盆踊りの時期には他国から人が集まり、海坂城下に落とす金が無視できない額にのぼったからである。

踊りが始まった三日目の夜に、伝五郎は見物に出た。希世《きよ》が一緒だった。希世は伝五郎と同じ御旗組に属する加納五郎左衛門の娘である。年内に祝言を挙げることになっていた。希世を同道するように勧めたのは、母の沙戸である。

長い間重い胃病で倒れていた、父の角左衛門が春先に死に、伝五郎が家督を継いでいた。希世との縁談は、角左衛門の生前から内内で話があったが、死後、話は急にまとまった。

希世は伝五郎よりひとつ年上だった。おとなしい女である。

「来た。間にあってよかったな」

と伝五郎は言った。

北陸屋という海産物問屋の店先である。店先も向かい側の商家の軒先も、真黒な人だかりだった。人は二階の窓からも顔を出し、屋根の上まで、上がっている人影が見える。重なり合った人影を、北陸屋で店先に出している高張提灯が照らしている。

伝五郎が希世にそう言ったとき、人人がどよめいた。鍵《かぎ》町の角を曲がって、盆踊りの行列が姿を現わしたのである。

「布引町が先頭だぜ」

と誰かがそばで大きな声を出した。行列の先頭に二張りの高張提灯が立ち、ゆっくりと近づいてくる。高張提灯には町名が太く墨書きしてあった。

踊りは大踊り、中立、ドサの三種がある。大踊りは踊り子二百人が男女それぞれ揃いの衣裳《いしよう》で装い、奴踊り、御所車と趣向を凝らした唄と踊りを披露する。中立は人数が多少落ちるが大踊りに準じたものであり、ドサは下級武士の一団が紙の仮面をつけて踊った。ドサは衣裳も所作も道化て、これはこれで人気がある。

伝五郎もドサに誘われたが断った。しつこく誘われたが、踊りは性分に合わない。

踊りは布引町の大踊りから始まった。

踊り子が揃ったのをみて、拍子木が鳴ると踊り子が一斉に掛け声をかける。北陸屋の前につくった高い台の上で、一番揚げが唄い出した。何年も唄っているらしく渋い喉《のど》である。中年の男だった。

女は白地に大輪の花模様、男は藍《あい》染めに白く波を染めぬいた揃いの着物を着ている。列を作った踊り子が、唄につれて踊り出すと、派手な衣裳が波のように動き、地を摺《す》る草履の音が鳴った。

一番揚げの唄が終ると、再び拍子木が鳴った。すると踊り子たちはまた威勢よく声を挙げた。男の掛け声を女の踊り子が受ける。そして次の瞬間、若い男女の踊り子たちは一斉に上衣の片肌を脱いだ。下は男女とも、夜目にも眼を刺す緋《ひ》の襦袢《じゅばん》を着込んでいた。見物の人人がどっと声を挙げる間に、二番揚げが唄い出し、踊りは次第に熱気を孕《はら》んできていた。

「きれいですこと」

希世が囁《ささや》いた。希世は人に知れないようにして、伝五郎の袂《たもと》先を握っている。

白く、どちらかといえば表情に乏しい希世の顔が、火明りに照らされて少し興奮しているように見える。伝五郎は母の沙戸が、希世を連れて行けと言った理由が、初めて解ったような気がした。

希世は無口で、ひっそりした性格の女である。縁談がまとまった後でさえ、伝五郎と顔をあわせても、それらしい親しみを表情に出すということもなかった。無表情に丁寧な辞儀をして通り過ぎるだけである。

今夜の希世は、いくらかふだんと違っていた。唄と踊りに押し出されて、伝五郎に寄り添ってきている。

だが伝五郎には、くすぐったいような感覚があるだけだった。希世が握っている袂を、そっと引っ張った。薄暗がりだから、こんなに寄り添っていいものではあるまい。

――人眼がある。

と思った。

縁談が決まったあとも、希世にはことさらな変化がみられなかったが、それは伝五郎の方も同様だったと言える。

親が選び、親同士が運ぶ縁談を、黙って眺めていただけである。同じ御旗組の長屋うちのことだから、希世本人のことも、希世の家のことも、日頃見聞きしていて大体わかっている。もの珍しいことは何もないという気がする。

縁組みの話が持ち上がったころ、伝五郎の胸の中に、悲哀と呼んでいい痛切な思いが動いた時期があったが、その一人の女性を想った感情は、恥ずべきもののように、底深く隠され、いまは思い出すこともない。

母が、希世を気に入っていた。それだけで十分だった。縁組みというものは、このようにして運ばれ、夫となり妻となるのだろうと、伝五郎は思うだけである。

踊りは中立が過ぎ、ドサが廻ってきていた。僅かな人の隙間を見つけて、伝五郎は前に出た。伝五郎は小柄で、希世と並ぶと背丈が同じぐらいである。

胡粉《ごふん》を塗った仮面をつけた集団が、踊り狂っていた。手を振り、腰を突き出し、滑稽で達者な踊りだった。見物の人たちが笑うと、踊りは一層卑猥《ひわい》に、誇張した動きを加える。

「おい、伝五」

激しい勢いで、地を踏みならし、体を廻しながら、伝五郎の前に来た踊り子が、仮面の下から声をかけた。汗が匂った。

「女連れとは隅におけんぞ」

言ったかと思うと、仮面の踊り子はハッ、ハッと掛け声をかけながら、体をくねらせ、差しあげた手を振りながら、踊りの渦の中に戻って行った。

「どなた様ですの？」

と希世が訊《き》いた。

「樋口だな、あの声は」

苦笑して伝五郎は言った。

眼の前で踊り狂っているのは、うだつの上がらない下級武士の一団だった。日頃の鬱屈を発散させるように、唄の文句も踊りも思いきり崩し、猥雑な空気を撒《ま》き散らしている。

町人の仕組み踊りが上品で華麗なのと対照的だった。

だが、十八の伝五郎は醒《さ》めた眼で踊りをみている。

——子供の頃はあった。

と思う。眼の前で踊っている連中が抱えている鬱懐、別の言い方をすれば、志といったものが、である。絶えず心を焼くものに衝き動かされて、剣を学び、漢籍を学んだ。

だがあるとき、内部で何ものかが折れた。そのことを伝五郎は誰にも言うことが出来ない。以来押し流され、いま傍らにどこか愚鈍な感じさえする希世がいる。希世は、それとない伝五郎の合図にも気づかぬように、まだ袂の先を握っている。希世が言った。

「戻りましょうか」

踊ったまま、ドサの後尾が遠ざかり、小さくなっていた。

三

人垣が崩れ、動き出していた。

人の動きは、踊りを追って次の町へ行く者と、家へ帰る者とがぶつかり合い、広い路《みち》にとりとめないざわめきを生んでいる。

その雑踏の中で、不意に声を掛けられた。

「潮田さまではございませんか」

希世の手を摑《つか》んだまま、伝五郎は茫然と立ち竦《すく》んで女の顔をみた。

女は広尾多喜蔵の姉七重だった。小女をひとり連れている。七重はいま六百四十石の上士菱川《ひしかわ》家に嫁いでいる。菱川家の当主多門は、二年前組頭から中老職に進み、藩政を動かしている実力者だった。七重の夫である多門の子息庫之助《くらのすけ》も、いまはまだ小姓組にいながら、次の藩政を担うものと嘱望されている人物である。七重は聡明で美しい容姿にふさわしい家に嫁入っていた。

「……」

「お忘れですか。広尾の七重ですよ」

「いや、忘れてはいません」

伝五郎はあわてて言った。頭が少し混乱していた。七重に会うことはもうないものと思っていたし、それに七重が自分の名前をまだおぼえているとは夢にも思わなかったのである。

「あまりに思いがけないもので」

伝五郎は無器用に言って、手で額の汗を拭いた。体が石のように硬くなっているのが解る。

七重は笑った。ちらりと見えた鉄漿《かね》で染めた歯が、七重が紛れもない人妻であることを示している。七重は以前にくらべて、いくらか肉づきが豊かに変わったようにみえたが、黒く濡れたような眼、笑ったとき頰に刻まれた笑くぼは昔のままだった。

声も娘の頃のように澄んでいる。

「お連れの方は……」

ついと体を寄せてきて、七重が小声で囁いた。いい匂いが伝五郎を包んだ。

「奥さまかしら？」

「いや、違います」

伝五郎は思わず言った。惑乱が続いていた。七重の大胆な挙措《きよそ》と近近と迫る匂いが心を乱している。

「これは親戚の娘で」

「私、よく思い出すのですよ」

七重はまた頬に笑くぼを作った。瞳がからかうようないろを帯びて、伝五郎を見つめている。

「あなたが井沢の勝弥さんと喧嘩したときのこと」

「……」

伝五郎は眼を逸らした。不快な名前を聞いたと思った。不意に惑乱から覚めた気がした。井沢のことを言った七重の言い方が、親しげに聞こえたからである。

「あれから喧嘩はなさいませんか」

「ええ、ま」

伝五郎はあいまいに答えた。

七重と別れると、伝五郎は希世と連れ立って狐町の組屋敷に歩き出した。

大通りには、まだ通りすぎた踊りの余熱のようなものが残っていて、あちこちに灯を点《とも》している家もあった。だが商人町から武家屋敷が密集する一角に曲がると、道は急に暗くなった。狐町は、この先にある。

「暗いな」

「はい。提灯をお持ちすればようございました」

暗い路で、二人は短い言葉をかわした。

春の野道で井沢と格闘してから、伝五郎は四、五回七重の家に招《よ》ばれて行っている。多喜蔵に招ばれたのである。

二つ年上の多喜蔵は、あの喧嘩以来伝五郎が気に入ったようだった。塚本道場でも眼をかけた。広尾の家は三百六十石で、多喜蔵の父郷右衛門は奏者《そうしや》を勤めていた。奏者は幕府や京都の御所に、藩の公式の使者として赴くのが役目である。そのため郷右衛門は始終家を留守にしていた。

広尾の家では、雙六《すごろく》、歌合わせ、郷右衛門の京土産だという賀留多《かるた》遊びなどをやった。七重や、多喜蔵の弟も加わり、自由な空気があった。郷右衛門の勤めが、城勤めでなく、また留守がちだったために、そういう家風が生まれたように見えた。

伝五郎は遊びにはあまり興味がなかった。むしろ苦痛なほどだった。人並みに出来るのは雙六ぐらいで、ほかはいちいち広尾に教えてもらわないと出来なかった。時どきしくじって、七重に笑われるのは辛かった。

家柄も育ちも違うことが、身にしみて解り、身の程知らずなことをしている気がした。それでも広尾に誘われると、伝五郎は行かずにいられなかった。七重のそばにいるだけで、言葉を交わさなくともしあわせだったからである。

ある日、広尾について行くと先客がいた。井沢勝弥だった。井沢は大人びた風にゆったり坐り込んで、七重と話していた。伝五郎をみると、

「おや、狐町か。こういう場所にも出入りするのか」

と露骨に厭味《いやみ》を言った。

「勝弥さん、あなたはまた喧嘩を売るつもりですか」

七重がきつい口調で叱った。

「いえ」

勝弥は丁寧に頭を下げた。

「そんなつもりはありませんよ。ご安心下さい。ただあんまり珍しい人物を見たものだから」

井沢の家と広尾家は、遠い姻戚《いんせき》関係にあると聞いていた。伝五郎は怒りを押さえたが、井沢の七重に対する自由な物言いが羨《うらや》ましい気もしたのだった。七重の前では、一塊の石でしかない自分にひきくらべたのである。

井沢勝弥と顔を合わせてから、伝五郎は広尾多喜蔵の誘いを断った。井沢は道場でも鎬《しのぎ》をけずる相手だった。初めは井沢の方がはるかに腕が上だったが、近頃は伝五郎が追いあ

げ、ほとんど並んでいる。そのことに井沢はこだわっていた。

そうしたいきさつのほかに、伝五郎は井沢の中に、軽輩の者を卑しむ気持ちがあるのを強く感じ取っていた。井沢は、ときに露骨にその感情を眼にみせ、口にする。

七重の前で蔑《さげす》まれるのは耐え難いと思った。まして、七重に対するひそかなもの想いを覚《さと》られたら、恥辱のために腹を切るしかないだろうと思った。その懼《おそ》れのために、伝五郎は広尾の家から遠ざかった。

だがその時期に伝五郎が、広尾の家から離れたのは賢明だったのである。年が明けた春、七重は当時組頭だった菱川家に嫁入った。

組頭は六百石以上の家柄の者が勤め、才幹のある者は中老にすすみ、やがて家老職にものぼる。菱川家の当主多門繁幸は、いずれ中老にすすみ、藩政に参画する人物と家中に思われていた。伜《せがれ》の庫之助倫幸《みちゆき》は、七重を嫁に迎えたときはまだ二十だったが、少年の頃から英才をうたわれ、藩中の若者の異常なほどの憧憬《どうけい》を集めている人間である。漢学の造詣《ぞうけい》が深く、剣は城下第一の道場戸川門で一刀流の奥儀を究めていた。小姓組に属していたが、庫之助が、父多門の跡を引き継いで、いずれ藩政の枢要の位置に坐ることを、疑うものはいない。

伝五郎は、七重の縁組みを聞いた日、狐町の背後を流れる赤目川の岸に出た。御旗組の長屋がある狐町は、城下の端《はず》れにある。赤目川の川向こうには、田圃《たんぼ》がひろがっている。田はまだ田起こしの前で、去年の草の枯色がひろがる中に、嫩草《わかくさ》の淡い緑が混じっていた。川は勢いよく流れていた。遠い山の雪解けの水を運んで岸に溢れ、葦の芽を水底に隠していた。のびやかな日射しが、水流と田の面《たも》を静かに照らし続けていた。

一刻《とき》ほど、伝五郎は赤目川の岸に蹲《うずくま》って、身動きもしなかった。菱川庫之助に対する嫉《しっ》妬《と》は不思議なほどなかった。庫之助は、伝五郎も日頃尊敬している人間だった。眉目《びもく》秀麗、長身の人だという姿も、噂に聞くだけで見たことはない。

七重どのには似合いの人物だろう、という気さえする。だがそれとは別に、断たれたもの想いの痛みが、胸の中にあった。七重に対して、大それた望みを持ったつもりはない。いえば菱川庫之助に対する憧憬と、そう変わりない感情を抱いただけである。

——それがこのように辛いのは、七重どのが女であるためだろう。

伝五郎は、痛みに耐え抜いた胸の空虚に、不意に風が吹き込み、通りすぎるのを感じながら、そう思ったのだった。

「おきれいな方でしたこと。さっきの方」

不意に希世の声が、伝五郎のもの想いを断ち切った。道は狐町に入っている。

「友だちの姉だ」

「どちらの奥さまでございますか」

「菱川中老の家の方だ」

と言ったが、伝五郎は不意に希世がひどく遠い距離にいる人間のように感じて、思わず振り返った。闇は深く、希世の顔は白い面輪《おもわ》がわかるだけで、表情はさだかでなかった。

四

辛卯《しんぼう》の大変があったのは六年前。さよう、天保二年の暮れのことでござったのを、母上もお憶えがござろう。それがしがそのことを聞いたのは、あの夜勤めを終って家に帰るべく、城を下る途中でござった。

御旗組は月に二度城中に勤務し、馬印を納めた長持を守護する。長持は昼夜守護され、朝の五ツ(八時)に勤務につき、夜の五ツ(八時)に交代するのである。

その夜伝五郎は、交代を済ませて同僚四人と大手門まできた。寒い夜で、寒気が衣服の上から肌に突き刺さってくる。

「降って来そうだな」

真島彦助という同僚がそう言って、大きなくしゃみをした。霙《みぞれ》か、悪くすると雪が降りそうな暗く冷えた空が頭上にひろがっていた。

「お、あれは何だ」

不意に一人が言った。四人とも眼を瞠《みは》った。

門の前に篝火《かがりび》が燃え、黒い人影が慌しく動いている。

近づくと槍を持った二、三人の武士に制止された。

「いずれへ参る」

武士たちは襷をかけ、白い鉢巻を締めている。立ち止まった四人のそばを、二十人ほどの一団が門の外へ駆け去った。異様な空気があたりを支配している。

「いずれへとはおかしいではないか」

平田という同僚がむっとしたように言い返した。

「家へ帰るに決まっている」

「身分とお名前を承りたい」

「おかしいな」

平田はますます膨れ面になって、一歩槍先に近づいた。

「貴公ら、どういうお役目か知らんが、少し無礼ではないか。そっちこそ先に名乗るべきではないか」

「まあ待て、平田」

年輩の真島が平田を押さえて言った。

「我らは御旗組の者で、いま勤めを終って城を下るところでござる。御旗組の真島彦助と申す」

「潮田伝五郎でござる」

次次に名乗ると、武士は「暫時待たれい」と言って、一人が篝火のそばに戻った。そこに床几《しょうぎ》に腰をおろしている人間がある。離れて行った一人が、床几の人物に何か話している間も、残った二人は油断のない眼を光らせて、四人に槍を突きつけている。

「どういうことだ。これは」

平田が腹立たしそうに呟《つぶや》いたとき、篝火のそばの人間が立ち上がって歩いてきた。小柄な老人だった。羽織を着て、この老人だけが平服である。

四人の前に来ると、老人は手をこすり、洟《はな》をすすって、

「今夜は冷えるのう」

と言った。四人はあっけにとられて老人を見つめている。

「いやお役目ごくろう。それがしは徒目付《かち》の曾根権兵衛でござる。大目付の芦野《あしの》様の指図で、門を固めておる。ちと事件があってな」

「……」

「そこで、まことにお気の毒だが、もうしばらくここにいて下さらんか。すぐに事情が知れ申そう。そうなれば帰して進ぜる」

「……」

「ま、火のそばにでもござれ。すぐに帰してやりたいが、芦野様の指図で、この門を一人も出入りさせてならんということでな」

「ご老人」

伝五郎が言った。

「何ごとが起こったのでござるか」

「くわしくは知らんが、上つ方で争いがあったようだの。菱川様のお屋敷、ほか二、三のお屋敷で斬り合いがあるらしい」

老人は洟をすすった。

「前代未聞のことじゃ。この寒い夜中に」

老人の呟きを、伝五郎は最後まで聞かなかった。

あ、待て、という叫び声を聞き流して、一散に門を走り抜けた。菱川家の屋敷は大手門から遠くはない。濠《ほり》を東南に曲がった場所にある。暗く静まり返っている濠を右側に見ながら走り続けた。

間もなく明るい光が見えてきた。菱川家の門前を固めている人数が持つ、提灯のあかりだった。高張提灯も二本立っている。近づくと提灯の光は濠の水面にも映って、昼のような明るさだった。

菱川家の門は、八文字に開かれている。門の内外には三十人以上とみられる襷、鉢巻の人数がいる。大目付の支配下にある徒組、足軽組の者たちであろう。

門を入ったところに、陣笠をかぶった人物が立ち、声を張り上げて叫んでいた。

「双方とも鎮まれ。刀を引け。お城そばで何ということじゃ。お上に相済まんと思わんか。刀を納めろ」

その声を弾《は》ね返すように、刀を打ち合う音が門まで聞こえてきた。

隙をみて門の中に飛び込むと、伝五郎は玄関から家の中に走り込んだ。後ろでどよめきが起こったのを構わずに、式台から廊下に上がった。庭の植込みの中で二人の武士が斬り合っているのが、提灯のあかりで見えた。あかりは暗い家の中まで射し込んで、ぼんやりと間取りが識別できる。

廊下に一人倒れている。茶の間と思われる部屋の障子を開くと、そこにも刀を握ったまま一人の侍が倒れていた。

座敷に踏み込んだとき、激しい刃交《はま》ぜの音が起こった。

「菱川どのに、ご助勢仕《つかまつ》る」

と伝五郎は言った。

「何者だ」

落ちついた声が言った。

薄闇に馴れた眼が、一人の長身の男を囲んで、三人の男が剣先を揃えて対峙《たいじ》している姿を映した。長身の男は、白い寝衣のままである。寝巻の胸が黒く汚れている。

「七重どのの親戚のものでござる」

咄嗟《とっさ》に伝五郎は言った。

「それは有難い」

庫之助と思われる長身の男が、やはり落ち着いた声で言ったとき、

「貴様」

突然一人が反転して伝五郎に斬りかかってきた。伝五郎は抜きあわせた。

ぐいぐいとすさまじい勢いで押してくるのを、茶の間に誘い込んで、伝五郎は反撃に転じた。同時に打ちおろしてきた、敵の刀身の唸《うな》りを耳のそばに聞きながら、伝五郎は体を沈めて二の太刀を打ち込んだ。

骨を斬り割った鋭い音がし、敵の体が突き飛ばされたようにのけぞって、背から壁に打ち当たった。伝五郎の刀は敵の膝を斬ったようだった。ずるずると壁を背でこすって尻から落ちた敵は、そのまま立ち上がれず、呻《うめ》き声を洩らしながら、必死に刀を構えている。

「ここはよい。水屋の方を見てくれ」

座敷に戻った伝五郎に、庫之助が声をかけた。

「女子どもは父上と一緒に逃がしたが」

斬り込んだ敵の刀を受け流し、大きく位置を変えながら、庫之助は言葉を続けた。

「七重が、逃げ遅れたかも知れん」

伝五郎は茶の間を駈け抜け、玄関から水屋に走り込んだ。

「誰じゃ」

弱弱しい声が、伝五郎の足音を咎めた。水屋の隅に蹲っている七重の姿を、伝五郎は明り取りを透してくる淡い火影の中に認めた。七重は小さく蹲ったまま、小刀を構えている。白い寝巻を着ていた。

「お静かに」

伝五郎は囁いて、そっと足をすすめた。

「潮田伝五郎でござる。助勢に参りました」

ああ、と嘆声を洩らすと、七重は小刀を板の間に落とした。そのまま柔らかく体が崩れる。

「ご安心めされ」

伝五郎は囁いて七重の体に手を触れた。しなやかな肉の感触が、伝五郎の手にまつわりついてきた。伝五郎は突然体が顫《ふる》え出すのを感じた。

「それがし、かくまって進ぜます」

寒気に襲われたように、歯を鳴らしながら言うと、伝五郎は七重の体を背負った。七重は、ぐったりと伝五郎の背に体の重味を預けたままだった。血が匂うのは、七重がどこかに手傷を負っているのである。だがそこまで心が届かないほど、伝五郎の心は上ずっている。

それでも水屋から裏庭に下り、塀《へい》の隅の潜《くぐ》り戸《ど》から屋敷の外に出た。冷たい夜気に頬を撫《な》でられて、伝五郎は漸《ようや》く気を取り直した。

――うかつな場所には運べぬ。

という気がした。

七重の様子の異常さも胸を衝いてきた。医者に運ぶのがよい、と思ったが、すぐに途方に暮れた。医者の家がどのあたりか、見当がつかないのである。何者が菱川家を襲ったのか、誰が敵かも解らない以上、近くの屋敷に駈け込むということも憚《はばか》られた。

暗い道を、伝五郎は急ぎ足に歩いた。左右の上士屋敷は固く門を閉じ、黒黒と塀をめぐらしているばかりで、明りの洩れている家はない。

――長屋へ連れて行くしかない。

ついに伝五郎はそう判断した。家まではかなり距離があった。七重の体は重い。だがその重みは、伝五郎の心を膨らませている。

冷たいものが頬を打った。まばらな雨だった。

「さむい」

背中の七重が呟いた。不意に襲ってきた七重の体の顫えが、伝五郎を驚かせた。

町は石榴《ざくろ》町に差しかかっていた。小流れがあり、橋が架かっている。その橋を渡ったところに地蔵堂があるのを伝五郎は思い出した。橋を渡って狭い境内に走り込んだとき、音を立てて驟《とお》り雨がやってきた。

堂の扉を開くと、伝五郎は黴《かび》くさい畳の上に七重の体を降ろした。

「どこを怪我された？」

伝五郎は手早く肌脱ぎになり、肌着を切り裂きながら訊いたが、七重はかすかに呻いただけだった。手探りして、伝五郎は七重の傷を改めた。白く地に飛沫《しぶき》を上げる雨が、僅かな光を手もとに運んでくる。手傷は左腕の付け根だけのようだった。袖が血に塗《まみ》れて、傷口に貼《は》りついている。

伝五郎は切り裂いた布で傷口を縛った。

「さむい」

また七重が呟いた。七重の歯が鳴った。手をあてると、火のように熱い額だった。不安のために、高い動悸《どうき》を打ち続ける胸をなだめながら、伝五郎は囁いた。

「ご安心めされ。伝五郎がおります」

裸の胸のまま、横たわって静かに七重を抱いた。伝五郎の腕の中で、七重の悪寒《おかん》は少しずつ納まって行くようだった。

五

七重どのが、榛《はん》の木の茶屋で、密《ひそ》かに男と会っていると聞いたのは、昨夜のことでござる。さよう、そのように知らせたのは希世でござる。その男が井沢勝弥であると希世が告げたとき、それがし即座に果たし合いを覚悟致し申した。これを男の妬《ねた》みとはお取りなされまい。七重どのは、それがしにとって神でござった。かくのごときものを宿命と申すべきでござりましょう。わが神を汚すものは、井沢であれ、他の何びとであれ、わが前に死ぬべきものでござる。また希世を責めてはなりません。希世は女の性《さが》にしたがい、なすべきようにしたまででござる。さて、この文をしたためる前に、井沢に果たし状を送り申した。ことがまことか否かは、明朝赤目川の河原に井沢が来るか否かで相わかることでござる。井沢も武士なれば、卑怯《ひきよう》未練な素振りは致すまい。


「男が先に出、しばらくして七重さまが茶屋を出られました」

「その男が井沢勝弥だというのだな」

伝五郎は暗い眼で希世をみた。

「はい」

「しかし、二人はその日何か相談があったのかも知れんな。両家は遠いながら親戚だ」

「二度や三度ではありませぬ」

「そなたは」

伝五郎は絶句し、漸く言葉を続けた。

「そのようなことを、自分で探ったのか」

「いいえ、人の噂でございますよ」

「……」

「ご城下で隠れもない噂です。殿方はご存じないようですけれど」

勝ち誇ったように希世が言った。その口調の確かさが、伝五郎を戦慄《せんりつ》させた。井沢勝弥によってもたらされた、七重の汚辱は、もはや疑いようがなかった。希世の眼に憎悪が燃えているのを、伝五郎は懼《おそ》れるように見た。

――希世は、地に堕ちた七重どのを土足で踏みにじりたがっている。

と伝五郎は思った。なぜもっと早くこのことに気づかなかったろうか、とも思った。しかしすぐに無力感が伝五郎をとらえた。希世を娶《めと》るはるか前から、伝五郎は七重の囚《とら》われ人だったのだ。

辛卯の大変と呼ばれる凄絶《せいぜつ》な政争があったのは、六年前である。

事情は後に判明したが、中老の菱川多門、筆頭家老浅沼宮内が手を結んで進める藩政改革に、終始反対を唱えていた保守派の次席家老本郷八郎兵衛、支城鐘ヶ井城城代河鍋《かわなべ》三左衛門、組頭朝海主馬《しゅめ》が、一挙に主流派を抹殺《まっさつ》し、藩政を握ろうとしたのが真相だった。しかし襲撃は、浅沼家老が重い手傷を受けて、半年ほど寝込んだだけで失敗し、反対派はそれぞれ切腹、閉門、蟄居《ちっきょ》、追放の処分をうけて潰滅《かいめつ》した。

城下を愕《おどろ》かせた事件は、いつとなく忘れられ、六年経ったいまは、筆頭家老の位置に浅沼の子息吉之丞が坐り、中老に菱川庫之助が就任して、改革派の藩政はゆるぎないものになっていた。

とくに弱冠三十四歳の中老がすすめる新田開拓は、長大な吉兵衛堰《ぜき》が完成して、疲弊の底にある藩財政を立ち直らせようとしていた。

辛卯の大変の夜、七重を屋敷から救い出してから、伝五郎は七重に会っていなかった。あの夜、地蔵堂の闇の中で、ほとんど肌を接するまで寄り添ったことも、事件が通り過ぎてしまえば、一ときの甘美の夢のようで、あったことが信じ難かった。

ただ余韻が残った。遠い鐘がひびくように、あの夜四肢をゆだねた七重の記憶が、伝五郎の胸の中に時おり微《かす》かに鳴りひびく。その記憶だけで伝五郎は満ち足りていた。

才幹のある夫がいて、七重はその妻だった。それでよいという気持ちが伝五郎にはある。七重が幸福であることを、遠くから眺めているだけでよかった。

「七重どのは、するとしあわせではないのか」

と伝五郎は言った。その疑念が、不意に心に射し込んだのである。七重が多情な女だとは思いたくなかった。

「よそさまのことは、存じ上げませぬ」

にべもなく希世は言った。希世は娘の頃にくらべて、幾分痩《や》せた。表情の乏しい顔の中で、眼だけが生きて、伝五郎を刺してくる。

この女を、愛したことはなかった。

「そなたは、七重どのを憎んでいるのだな」

「はい」

希世は眼をそらさずに答えた。伝五郎は沈黙した。希世の憎悪は正当だと思ったのである。ただ希世は的を間違えている。憎悪の矢は真直ぐ俺に向けられるべきなのだ、と伝五郎は思った。

七重に対する俺の感情を、希世がいつから気づいたのだろうかと思った。

六年前の雨の夜、七重を家に担ぎ込んだとき、希世は無表情に七重のために床をのべ、伝五郎が医者を呼んでくると、手当てする医者を手伝った。

――だが、あのときではあるまい。

そういう気がした。

不意に重い衝撃が、伝五郎の内部に動いた。十年も昔の盆踊りの夜のことが、不意に記憶に甦《よみがえ》ったのである。帰り道の、長い沈黙の後で、希世は自分から七重のことを話題にしたのだった。長い沈黙の中で、希世は夜の雑踏の中から、不意に話しかけてきた美しい女と、やがて夫になるべき男とのつながりを探っていたのだろうか。

長く荒廃した妻との日日が見えてきた。

「もうよい。そのことは誰にも言うな」

と伝五郎は言い、先に休めと言葉を重ねた。

行燈《あんどん》の灯の芯《しん》を剪《き》り、墨をすりながら、伝五郎は井沢勝弥に書きおくる果たし状の文句を案じた。その思考の中にも七重は姿を現わし、光り輝くようだった。


青岳寺の門を出ると、冬には珍しい温かい日射しに体を包まれた。七重は短い影を踏みながら、ゆっくり歩いた。

「奥さま、ちょっと」

女中のひさが軽く袖を引いたのは、青岳寺の塀が尽きる場所に来たときである。そこは四ツ角で、右に曲がると布引町の商人町に入る。

角の青物屋の前で、店に背を向けてこちらを眺めている老女の姿に、七重も気づいていた。老女の視線がきつく、眺めているというよりは注視しているように見えたからである。その見つめようは、明らかにこちらの身分を知っていることを示している。

「あれが、潮田の母親でございますよ」

とひさは言った。

二人は角を左に曲がって、青物屋を通り過ぎていたが、七重は思わず振り返った。伝五郎の母沙戸は、まだこちらを見つめている。その眼に憎悪のいろを見て、七重は訝《いぶか》しんだが、不意に腹が立った。

――潮田が果たし合いなど申し込まなかったら、勝弥は生きていた。

と思ったのである。

夫の立派さに、七重は倦《あ》きあきしている。夫の庫之助は、藩政の中枢に坐ることに、異常なほどの執着を示してきた男だった。庫之助の異常さは、そのために自分自身に苛酷な試練を加え、それをひとつひとつ着実に克服してきた立派さにあった。万巻の書を読破し、剣は一流の奥儀を究め、歴代の藩執政の治績の枢要を、ことごとく諳《そら》んじていた。

だが、庫之助のこのような努力は、要するに権力者の資格にふさわしい自分を作りあげることに目的があったのである。その資格を完璧《かんぺき》なものにするために、庫之助は立派な風姿、声音、笑いにまで気を配る努力を惜しまなかった。

夫の立派さの異常に気づいたのは、菱川家に嫁いで四、五年経った頃である。夫はそのようにしてつくり上げた自分を武器に、一歩一歩権力の座をのぼり、のぼるたびに、妻にその座を誇示し、尊敬を強いた。いま庫之助は家老の地位を手に入れることに熱中している。

これが藩内の尊敬を集めている男の正体だった。

——勝弥はだらしがない男だったが、正直だった。

と七重は思う。

七重は菱川家に嫁ぐ前、一度だけ井沢勝弥に肌を許していた。榛の木茶屋で忍び会ったとき、勝弥はふざけた口調で、

「たった一度の過去のために、いまだに嫁をもらう気になれないのだ」

と言った。勝弥は井沢家の跡取りなのに、まだ独り身で女遊びをしたり、悪友と酒を呑み廻ったりしていた。

勝弥がふざけ半分に言った言葉を、七重はことごとく信じたわけではない。だが言ったことの中に、何ほどかの真実が含まれていることを覚ったのだった。

——潮田は、どういうわけで勝弥に果たし合いなど申し込んだのだろう。

七重にはいくら考えても解らない。潮田伝五郎は、ある時期弟のまわりにいた男たちのなかで、一番目立たない人間だった。辛卯の年の暮れ、屋敷から救い出してくれたのが伝五郎だと知ったときは驚いたが、偶然だろうと思っていた。

果たし合いは、伝五郎の方から申し込んだと聞いている。どのような理由からそうなったかを語る者は誰もいない。七重に解っているのは、一人の男が、いまの七重にとって大切な人間の命を奪ってしまったことだけである。

――あのような眼でみられるいわれはない。

七重は、憎悪を含んだ眼で自分を見つめてくる潮田の老母に、憤りを感じた。

風もない、穏やかな日射しの中で、二人の女は、なおしばらくきつい眼でお互いを見合った。

鬼気

一

徳丸弥一郎の木刀が、見事に相手の胴に決まった。間合い一寸まで詰めてぴたりと止まっている。

「参った」

相手の斎田彦之進は、ふりかぶった木刀を引くと、軽く後に飛んで言った。

「それまで」

判じ役の加治五郎左衛門が宣告すると、見物の席からどよめきの声が挙がった。これで三年続けて、紅白試合は紅組の勝ちが決まったわけである。

城内二ノ丸塩手山に、藩祖泰明公を祠《まつ》る社があって、例年秋の祭祀のあと、紅白試合が奉納される。紅白試合といっても、実質的には城下を二分する雨宮道場と、鷲井道場の門弟の対抗試合になる。

それだけに、両道場の秋の試合に対する熱の入れようも大変なものだが、今年も雨宮道場側の勝ちに終ったのは、徳丸、鳶田、平野という三人の高弟が一人も欠けることなく健在だったためである。

三日ほど経って、三人は城下端《はず》れの青沢町にある料理茶屋で酒を飲んだ。平野作之丞は二十二で、まだ部屋住みの身分だが、徳丸弥一郎と鳶田勇蔵は城に勤めている。徳丸ら二人が城からさがる刻限を見はからって、青沢町の入口にある地蔵橋で落ち合い、茶屋にきた。

町の者は、このあたりを川向うと呼ぶ。幅二間ほどの大姫川が流れていて、昔は町名もなくまばらに人家が点在する場所だったのが、茶屋が三軒も出来、商家も出来、立派な町になった。

だが背後は丘で、丘にのぼる杣道《そまみち》のように細い道があるだけで、城下町はここで行きどまりである。茶屋の座敷に入ると、川音が聞こえ、風のある日は、背後の丘の樹木をわたる風の音が微《かす》かに聞こえる。町には、ほかに染川町の茶屋町という場所があって、料理茶屋から水茶屋、奥には遊廓も軒をならべているが、青沢町の料理茶屋は、閑静を好む町の人間に喜ばれた。藩中の者も、ここで密談をしたり、ふらりと一人きて清遊を楽しむ者が少なくない。

しかし三人が、青沢町の亀屋に上がって酒を飲んだのは、べつに密談というしかつめらしいものがあるわけでもなく、また清遊といった風流心からでもない。ただ紅白試合を顧みて、いささかオダをあげたかったに過ぎない。試合に勝った日、道場で祝盃を挙げているが、それは謹厳な道場主の雨宮新左衛門の「慢心することなく、一層はげめ」といった内容の訓戒まじりの挨拶つきで、酒の味も極上とは言えなかったのである。

「慢心するなと、先生はおっしゃるが、いささか向うところ敵なしという感想はあるわな」

と平野が言った。平野は独り身で年が若いせいもあり、言動にいくらか軽躁なところがある。使う剣も激しく、今度の試合でも鷲井道場の田村という男を、ほとんど業《わざ》を使うひまを与えないで押しまくり、一蹴している。

「ま、若手の中ではな」

鳶田が、平野の言葉に修正を加えた。

「若手？」

平野は不満らしかった。抗議するように言った。

「しかし年輩の連中の中に、剣が達者だという者が沢山いるというわけでもあるまい。御《お》納戸《なんど》組の原田良助とか、いま物頭《ものがしら》を勤めている保科弥五兵衛とかいったひとが、かなりの遣い手だったと聞いているが、それだって腕前はどの程度のものかわからんぞ」

「話は多少誇大に伝わるからな」

「そうよ。むろん、いや立ち合えば文句なしに我われの勝ちだろう。この三人の誰が出てもひけはとらんと思うぞ」

平野は言い切った。徳丸と鳶田はうなずきもしなかったが、敢えて反対もしなかった。原田は胃弱で年中青い顔をしている中年男だし、むかし兼平多四郎という一刀流の剣客が道場を開いていた頃、兼平道場の麒麟児《きりんじ》ともてはやされた保科も、四十過ぎてからは腹が出て昔の俤《おもかげ》はない。

「しかし、雨宮、鷲井両先生がおられるうちは、我われもあまり威張った口はきけまい」

二十八で、三人のうちで一番年長の徳丸が言った。徳丸は馬廻組に勤め、子持ちである。とどまるところを知らない平野の気炎に少し水をさすような口調だった。

「先生か」

平野は薄笑いした。

「そういえば、先生には久しく教えてもらっていないな。そのうち一手ご指南を、と願ってみるか」

「おい、おい」

鳶田が渋面をつくった。

「まさかお主、先生に勝てるというつもりじゃなかろうな」

「そう聞こえたか」

「これはひどい」

鳶田は苦笑して徳丸を見た。

「どうやらそういうつもりらしいぞ。これは慢心の見本だ」

「いや、はっきりそう言ったわけじゃないが……」

平野も笑った。だがすぐにその笑いを引っこめて二人の仲間を眺めた。

「むろん先生に教えて頂いて強くなった。だがここ二、三年俺は俺なりに剣に工夫を加えている。貴公たちもそうだろう」

「それはそうだ」

と鳶田がうなずいた。

「ここのところは、先生に仕込まれたのとは別の力がついたと。つまりいささか自得するところがあったと思うわけよ。だから今度の試合にも俺は自信があった」

「それで向うところ敵なしか」

鳶田は笑った。三人ともかなり酒が回って声が高くなっている。だが家中の者も、そうひんぱんに青沢町までは足を運ばないから、鷲井道場の者に聞かれるといった懸念は薄い。

「あのひとはどうかな」

ふと徳丸が呟《つぶや》くように言った。鳶田と平野が、同時に徳丸の顔を見た。

「誰のことだ？」

平野が言った。

「御旗組に細谷久太夫という人がいる」

「知らんな。どういう人だ？」

と平野は言い、鳶田はにやにや笑った。

「何者だ、その細谷というのは」

「隠れたる名人さ」

鳶田はやはり笑いながら、銚子を持ち上げて、平野の盃に酒を満たした。

御旗組にいる細谷久太夫は、剣の名手だという噂があった。その噂は、誰かが何かのおりにひょっと口にする、といったもので、言った者も、それを聞いた者も、じきにそのことを忘れるといった性質のものだった。というのは、噂をする者も大概誰かからの又聞きで、話はそうらしいといった形の話しぶりで、何かのときにひょっと細谷の名が出るだけである。だから問いつめられると、細谷が剣の名手だという証拠を挙げられる人間はいなかった。

何ゆえに名手であるか、その証拠は、細谷が若いころにあったらしいと推測されるだけで、実際には誰も見たことがなく、噂だけが伝説のように藩内に残っている恰好だった。当の細谷久太夫は、多分五十五、六になるだろう。子が四人いるが、娘ばかりでいまだに十年一日のごとく城に登り、日暮れに家に帰る勤めを繰り返している。中肉中背で、容貌もこれといった特徴のない平凡な外見をそなえている。年相応に顔に皺がふえ、鬢《びん》のあたりが白くなってきているところも人並みだった。寡黙で、温厚な人物とみられている。久太夫をみていると、そういう噂が藩内にあることを当人が知っているかどうかも疑わしいぐらいだった。

そしてここ四、五年。そういう噂を聞くこともなかったように、鳶田は思う。平野は部屋住みであり、また年も徳丸より六つ、鳶田より五つ下である。細谷の名前を知らないのも無理はなかった。

鳶田にそういう話を聞くと、平野は即座に、

「眉つばものだな、その噂は」

と言った。鳶田は首をかしげたが、

「しかし何の根拠もなければ、そういう話も伝わるはずがないぞ」

と言った。

「だがな、噂というやつは信用ならんからな。尾鰭《おひれ》がついたり、誇大に伝えられたりする。それに今はもう爺《じじ》いだろう。問題にならんな。それよりその細谷という家は娘が四人もいるのか」

平野は眼を光らせた。細谷の剣よりはそちらの方に興味が移ったようだった。平野は百五十石で作事方に勤める家の三男坊で、いずれどこかに婿《むこ》に入る心組みだから無理もない。

「それが妙な家でな」

鳶田は割合細谷家の内情を知っていた。久太夫は上から順順にさっさと嫁に出し、いま家にいるのは、十七になる早尾という末娘だけだと言った。

「その娘に、婿をとるわけだな」

「そこまでは知らん」

鳶田はそっけなく言い、二人のやりとりを聞いていた徳丸が失笑した。

「するとなにか、平野は細谷の剣を結局認めんというわけだな」

これまで黙って飲んでいた徳丸が、吹き出したついでのように言った。

「なにしろ証拠がないからな」

平野が言ったとき、隣室から声がした。

「証拠はあるよ」

三人はぎょっと顔を見かわした。

二

襖《ふすま》が開いて、一人の男が飲んでいる姿が眼に入ったが、部屋はいつの間にか薄暗くなっていて、窓に背を向けている男の顔は、襖越しにははっきり見えなかった。

「突然横から物申しては悪いと思ったが、その話なら、儂《わし》も一枚加えてもらおうかと思っての」

「や、物頭」

徳丸は気づくと、「おい、保科殿だ」と囁《ささや》いた。三人はとっさにバツ悪い顔を見合わせた。さっき胃弱の原田と並べて、往年の麒麟児保科もいまは大したこともあるまいと悪口を言ったばかりである。それを聞かれたとしたら具合悪かった。

「こっちへ来て飲まんか」

保科は気さくに誘った。三人はまた顔を見合わせたが、結局閾《しきい》を越えて、盃だけ持って隣室に移った。さっき襖を開けた女中が、行燈《あんどん》に灯を入れ、三人に酒をすすめた。卵形の顔に眼鼻立ちの彫りが深く、なかなかの美人だった。こちらは本物の風流の酒席だったようである。

「悪口を聞いたぞ」

保科は早速言った。意地の悪い笑顔になっていた。

「腹が出ているざまじゃ、大したことはないと申したのは平野か」

平野はさすがに赤くなって、神妙に首を垂れている。

「ま、気にせんでいい。先日のお主たちの試合を見ていると、確かに歯が立たんという気がするな」

「いえ、そんなことは」

「いまごろお世辞めいた言い方をしても遅いよ。だがな、全く歯が立たんかというと、そんなことはない」

「はあ」

「やってみなければわからんぞ、平野」

「はあ、申しわけありませんでした」

「いや、別に怒っているわけじゃないさ。だから細谷のことも決してばかになどは出来んという話さ」

「そのことですが……」

徳丸が興をそそられた表情になって口をはさんだ。

「証拠を見たという話は、本当ですか」

「うむ、一度見た」

「剣を使うところをですか」

「いや、そうではないが……」

三人は顔を見合った。

「まあ、聞け」

保科は三人の顔に浮かんだ猜疑の色には無頓着にこういう話をした。
十二、三年前の話である。保科はその頃兼平道場の師範代を勤めていた。剣には自信を持っていた。
ある日、城の大手門前で斬り合いが始まろうとした。というより、二人の藩士は、保科がそこまで来たとき、もう刀を抜いていて、斬りかけるきっかけをさがしながら睨み合っていたのである。二人は同じ近習組《きんじゆう》に勤めていて、その日城中で口論し、一たんは仲裁が入っておさまったが、下城して城門を出たところで突然抜刀したのであった。たちまち人だかりになった。

仲裁に入ろうかどうか、と保科はためらった。すでに刀を抜いている者のそばに寄るのは、きわめて危険である。二人は半ば錯乱状態にあるとみなければならなかった。見境なしに斬りかかってくる恐れがある。一人なら取り押える自信はあったが、錯乱状態が二人というところに、保科の一瞬のためらいがあった。

そのとき、保科は奇妙な光景を見た。あまり風采のあがらない中年の藩士が、人垣を抜けて二人に近づいた。あとで気づいたのだが、その藩士が二人に近寄って行くのを、保科は危いなとは少しも思わなかったのである。

その男は近づくと、一人の肱《ひじ》を無造作に横から押え、何か囁いた。すると抜刀の藩士は、素直に刀を腰に戻した。そして驚いたことに向かい合っていたもう一人も刀を引いて、すぐに鞘《さや》におさめたのである。

保科は、そのときになって初めて、その中年の藩士が噂の細谷久太夫であることに気づいたのであった。

「細谷が肱を押えたのが、二人のうち腕が下の方だということは、見ていた儂にもわかった。細谷がなぜそうしたかわかるかな」

「さあ」

「つまり腕に差がある場合、下手な方がよけい錯乱している。無我夢中というわけだな。うまい方には、僅かながらゆとりがある。そこで細谷は、先に錯乱のひどい方を押えたのだ、と儂はみた」

「ははあ」

「それだけですか」

平野が不満そうに言った。

「いや、後日談がある」

保科弥五兵衛は、その騒ぎがあってから二、三日後に、騒ぎの当人である二人の藩士に会った。むろん別べつに会って話を聞いたのである。

そのときの様子を、保科はつぶさに見ていたわけだが、二人があまりに簡単に争いをやめたのが不審でならなかった。ことに細谷久太夫が一人を押え、何か言って、その男が刀をおさめたのはわかるが、もう一方の相手が声をかけられたわけでもなく同じように刀を引いたのが気になっている。

細谷に肱を押えられた男は、保科の問いに、「まだ死ぬ覚悟は出来ていまい」と囁かれたのだと言った。

「それよりも、ちょっと押えられているようなのに、腕から力が脱けて、刀を握っていられないほどでした」

その若い藩士は、保科にそう答えながら、まだ首をひねっていた。

もう一人の藩士は、細谷の眼に射すくめられたようになって恐くなり、刀を引いたと言った。細谷は最初から最後まで、その男の眼から視線をそらさなかった。ひたと眼を据えたままで、相手の肱を押え、刀をおさめさせたが、それが済んだ瞬間、細谷に斬られるような気がして、いそいで自分も刀を引いたのだと言った。

「ま、儂が見たのはざっとこんなものだが、これだけでも細谷久太夫が、並みの人間でないことは、およそ納得がいったろう」

「しかし、そのときも刀は抜いていないわけですな」

と平野が言った。平野はまだ不満のようだった。

「まだ納得いかんか」

保科は苦笑した。それから匙《さじ》を投げた口調で付け加えた。

「そんなに刀を抜くところを見たかったら、自分で細谷に斬りかかってみることだな。ただし責任は持たんが」

「物頭」

徳丸が訊いた。

「細谷殿に名手の噂が立った、そもそものいわれは何ですか。若い時分に、平野の言い分ではありませんが、剣を抜いての働きがあったようにも聞きましたが……」

「儂にもわからん」

と保科は丸い顎を胸もとに埋めた。

「細谷が江戸詰めをしていた若い頃に、そういうことがあったらしい。だがその頃儂はまだ子供でな。くわしいことは何も聞いておらん。また都合悪いことにそのことを知っているのは、ごく限られた少数の人間で、あまり外に喋《しゃべ》らんという申し合わせをしていたらしい」

「外部に洩れることを憚《はばか》る。そういう事があって、そのとき細谷殿が剣の働きをみせた、ということですか」

「そうだ。恐らく唯一度、見た者が眼をむくような剣を使ったのだ。だから昔話のようにして残った。もういまは、そのことを知っている者はおらん。みんな死んでしまっての」

保科は残念そうに言い、女に盃を突き出して酒を注がせた。

亀屋の外に出ると、三人はしばらく黙って歩いた。遅い月がいま城下町の東にのぼったところで、町は暗かったが、空は黄色の光が天空の半ばまでひろがっている。その光を受けて、青沢町の背後になだらかに続く丘の起伏がはっきりと見えた。風はなかったが、肌寒いほどの夜気が、酔った肌を快く刺戟する。

「物頭はああいうが、俺はやはり自分の眼で見んことには信用出来んな」

と平野が言った。鳶田がからかうような口調で言った。

「そんなに気になるか。それじゃ物頭が言われるように斬りかかってみるか」

「まさか」

平野もさすがに臆した顔になったが、さっきから考えていたというように、立ち止まって二人に言った。

「何か試す方法があると思うんだが、どうだろう。やってみんか」

三

二ノ丸の西隣、濠際に米蔵がある。土蔵造りの巨大な蔵で、古びた黒板塀に囲まれている。籠城する場合にそなえて、米麦ほかの穀類、乾燥した山菜などを備蓄しておく場所で、年に二度戸を開いて中に納めた品物を点検し、廃棄補充するだけで、ふだんは人気《ひとけ》もない。板塀の外は深い雑木林で、中は昼なお暗い藪である。

徳丸、鳶田、平野の三人が、この藪の中に潜んだのは、青沢町で物頭の保科に会ってから十日ほど経ったあとだった。

平野があることを聞き込んできた。細谷久太夫が、矢面町の浮田という家で、月に二度開かれる謡《うたい》の会に通っているという話である。矢面町は米蔵の北側にある武家町で、細谷は、行き帰りに米蔵の前の濠に沿った道を通るというのである。

「一度脅してみよう」

平野は勢い込んで言った。

「どのぐらいの人物か、ひと眼でわかるぞ」

初めの間、徳丸も鳶田も相手にしなかった。慎重な性格の徳丸は、とくに気がすすまず、苦い顔で平野をたしなめたが、鳶田が、

「試すとなれば、そんなところだろうな」

と折れると、徳丸もしまいにはしぶしぶながら賛成した。徳丸にしても、細谷の剣については二人に劣らない好奇心を抱いている。

米蔵の周辺は、夜になると全く人通りがない場所である。荒れた雑木林の中は、人が足を踏み入れた形跡もなく、夜分はとくに物淋しい感じになる。ある闇の夜、止むを得ない用でその前を通りかかった人間が、林の奥に宙に懸けつらねたように陰火《いんか》が燃えるのを見たとか、林の中から何者とも知れないものの長い哄笑を聞いたとかの怪談話が昔から流布されている。

平野の考えも、そんな怪談話から思いついた節があった。細谷の胆を試すというわけである。

「俺一人でやろうかと思ったが、米蔵脇の藪は、一人では気味が悪いしな。おう、それか

らな」

平野は二人の顔を見くらべながら、嬉しそうに笑った。

「細谷の家の娘だが、確かめたところ、なんと大層な美形だ。親爺に似ないで、母親に似たらしい」

だが平野の笑いは二人に無視された。徳丸も鳶田も家庭持ちで子供もいる。

「ま、それは係わりのないことだが、大丈夫だろうな。相手はとにかく名手の噂のある人間だ。危いことになっては困るぞ」

鳶田が、少し仏頂面で念を押したが、平野は大丈夫だと請け合った。

そして今夜が、細谷の謡の会に行く夜だった。すでに細谷が浮田の家に行ったことは確かめている。

月夜だった。杉の樹立の間から、四間ほど先の道が白く光って見えている。だが林の中は真暗だった。藪の中に潜んでいると、お互いの顔が見えなかった。すぐ近くで、虫の声がしている。もう秋で、そうしていると首のあたりが涼しいほどなのに、まだ藪蚊がいて、時どき三人の腕や首を刺した。

「あまり気分はよくないな」

と平野が小声で言った。

「どうも後の方が気になって仕方がない。奥に入ったことはないが、この林はよほど広いのか」

「このままずーっと西に行って大姫川の岸まで続いているらしい。藩でも多少手入れすればよいのだが、そのままにして置くからな」

と蔦田が答えた。背後にある濃密な闇が首筋を圧迫してくるような気がする。これでは前の道を、夜分通る人間はあまりないはずだった。

「おい、来たらしいぞ」

徳丸が囁いた。徳丸はこのときになって、やや平野の軽率な提案に乗ってこんなところに潜んでしまったことを悔みはじめている。中身はどうであれ、やはり一種の悪戯である。女房子供を持つ武士のやることではない。

「ほ、ほ、ほう」

平野が巧みに夜鳥の声を真似た。

道に細谷の姿が見えてきた。少し俯《うつむ》き加減に歩いてくる姿が、月明かりにはっきり見える。むろん一人だった。

ざわざわと平野が藪の笹を鳴らした。徳丸も蔦田もそれに倣《なら》った。眼の前を、細谷が通り過ぎようとしている。平野が不意に笑い出した。高い哄笑で、闇の中で聞いている徳丸と鳶田も一瞬肌に寒気が走ったほど、気味悪く出来た笑い声だった。

行き過ぎようとした細谷がぴたりと足をとめたのが見えた。細谷はそのまま黙ってこちらを見て立っている。三人は息を殺した。

すると、細谷の身体が急に動いた。羽織を脱ぎ捨て、懐から手拭いを出すと鉢巻を締め、袴の股立ちを取った。支度が済むと、細谷は無造作に藪に踏みこんできた。

「これはいかん、逃げろ」

徳丸は慌《あわただ》しく囁くと、真先に立って藪を分けて逃げ出した。鳶田と平野の足音が後に続いた。

藪に踏みこむ一瞬前に、まともに月の光を受けて細谷久太夫の顔が見えた。よく見知っている顔だったが、徳丸はいつもの細谷と違う感じを受けていた。恐ろしい形相に見えた。殺気立った様子とも違っていた。強いて言えば鬼気を帯びた顔を徳丸は見たのである。

三人は夢中になって逃げた。手や足だけでなく顔や頸《くび》まで、木の枝や茨《いばら》にひっかかったが、そんなことにかまってはいられなかった。後から追ってくる足音がしないのがわかっていても、三人は逃げるのをやめることが出来なかった。

四

「ふーん、そういうことか」

保科弥五兵衛は、顔から手足まで、生なましいひっ掻き傷をつけている三人を見ながら嬉しそうに言った。

「雨宮道場の三羽烏も、あたら男ぶりが台なしだな」

保科の揶揄《やゆ》に、三人は沈黙したままだった。顔のひっ掻き傷ぐらいで、城勤めを休むわけにもいかない。止むを得ず徳丸と鳶田は昨夜の今日、登城して勤めについたが、保科に見咎《みとが》められ、夜分に屋敷までくるように呼びつけられたのである。平野も一緒だった。

保科は三人に酒を振る舞った。

「いや、平野に乗せられて、えらい目にあいました」

酒が入って、いくらか気分がほぐれると徳丸がそう言った。

「まあ、いいだろう。若いうちはその程度のしくじりは愛嬌というものだ」

保科は慰めたが、次に思いがけない言葉を続けた。

「じつは、この前ああいう話を聞いたので、儂も気持を動かされてな。細谷のいわゆる剣の名手という噂の出所を、少し調べ直してみたのだ」

「はあ」

「すると、几帳面な人物もいるもので、当時のことを日記に書きとめていた者がいた。御納戸にいた黒沼という人で、当人はもう十五年も昔に死んでいる」

三人は一斉に保科の顔を見た。保科は満足そうにうなずいた。

事件は当時在府中だった先代藩主智山公が江戸城をさがって芝愛宕下の藩邸に帰ってきたときに起こった。門を入ろうとした智山公の駕籠に、泥酔した町人が二人突っかかってきたのである。

もう藩邸に着いたので、駕籠は行列を解きはじめていて、駕籠脇はガラ空きのようになっていた。その隙間に、ひょろひょろと酔っぱらいが近づいてきたという状況だった。

それに気づいて、一たん門内に入った者もわっと引き返してきた。だが供の人数が駆け寄ったとき、二人の酔っぱらいは、細谷久太夫の峰打ちを喰って地面に横転していた。

「黒沼はそう書いている」

保科は言い、複雑な顔をした。

「駕籠の中の先代様は、そのことに気づかれなかったらしい。それと、世間に聞こえてもほめられる話ではないので、それを見たものは口を噤《つぐ》むことにした。そのときの上役がそうはからったのだな」

「……」

「そうしてだ。黒沼も日記にさるにても細谷の働きは比類なし、と書いているわけだ」

「……」

「このあたりが噂の出所となると、お主らが青沢町で言ったように、細谷の剣はいささか疑いをはさむ余地があるとも言えるな。相手は町人だ。そのうえ酔っぱらっておる」

「……」

「しかもだ。町人二人、儂ならつまみ出すところだ。たとい峰打ちにしろ刀を使うまでもないという気がする」

「しかし、酔っぱらいとはいえ、駕籠に手を触れようとしたとなれば、咄嗟《とっさ》の場合、抜くことも考えられます」平野が言った。

「そこを斬らずに峰を使ったのは、細谷殿がやはり尋常の遣い手でないとは言えませんか」

「それはそう考えられんこともないが……」

保科は妙な顔をして答えた。

「それに酔った町人といえども、必ずしも油断はなりません。当藩に害意を抱いたものがあるとは聞きませんが、町人に姿をやつした刺客という場合もあり得るわけで……」

「おい、おい」保科は苦笑した。

「すっかり細谷贔屓《びいき》になってしまったのではないか。儂はべつに細谷の剣の噂が信用ならんと言ったわけではない。現にこの前話したように、細谷が見事に喧嘩を仲裁したところも見ておる」

「………」

「ただ噂の出所がそういうものであるとすれば、細谷の評判も多少割引きする必要はないかというわけだ」

「………」

「どうした？」

保科は多少不機嫌な感じで言った。

「儂が細谷をほめたときは、えらい勢いでさからったくせに、今度は儂が疑わしいと言えば、口を揃えてまたも反対を唱えるというわけか」

呼んで酒など飲ませて損したという顔で、保科は荒荒しく盃をあおったが、三人は黙ってその様子を眺めているだけだった。

——物頭も、昨夜の細谷久太夫を見ておれば、そうは言うまい。

と三人は思っていた。

細谷久太夫の顔に、三人が昨夜、生死を賭けた闘争に踏み込もうとする兵法者の、鬼気迫る表情を見たことは動かし難かったからである。あの前に立ち塞がって勝てる人間が、一人でも藩中にいるとは思えなかった。

竹光始末

一

若い木戸番士は、その親子が馬揃《うまぞろ》えの広場の隅に姿を現わしたときから、何となく気になって眺めていた。正確には親子夫婦連れというべきだろう。貧相な風体の武士に、まつわりつくようにして、女一人と子供二人が歩いてくる。

四人が木戸に近づいたとき、番士は遠目にみた印象に違《たが》わず、四人の身なりがすこぶる貧しいのに一驚し、また妻女と思われる女が、城下でもめったに見ないほどの美貌なのにもう一度ど胆をぬかれた。思わずあんぐり口を開きかけたが、武士が無造作な足どりで木戸に近づくのをみると、あわてて声をかけた。

「これ、いずれへ参られる」

一応うやまった言葉を使ったのは、ひどい身なりをしているものの、相手が両刀を腰に帯びた武士だったからだが、口調は厳しかった。

海坂藩の城は、正面口にあたる城壁の下を水深の深い川が横切り、そのまま濠《ほり》の役目をしている。築城のときに、前からあった川の底を浚《さら》い、石塁を積んで、そのように利用したのである。幅十間ほどの川に橋が架けられ、橋の手前に木戸、向う岸にいかめしい大手門がそびえている。

この正面木戸を加えて、城の周囲には、十二の木戸が配られている。木戸内は三ノ曲輪《くるわ》だった。その奥に二ノ丸、本丸があり、城や武器倉、煙硝倉、戦時用の穀類を秘匿してある兵粮《ひようろう》倉、藩の事務を執る会所、馬屋などがある。三ノ曲輪には家中屋敷があるが、これも本丸警衛の見地から、しかるべく配置されている。

しかし曲輪内といえども人が住む以上、城下の町人、領内の百姓の出入りは避けられない。また会所に用のある人間もいる。こういう人の出入りを検閲するために、木戸が置かれていた。

木戸は卯《う》の刻（午前六時）に開き、酉《とり》の刻（午後六時）に閉じるが、昼の間も、出入りする百姓町人はいちいち断わりを言い、また出入りの定まっている者以外は、訪れ先の家中屋敷、あるいは会所の認印がある書付《かきつけ》を木戸番に見せる。その照合のために、十二の木戸には印鑑台帳がそなえつけてあった。

だが、若い番士の口調が、思わず厳しくなったのは、通常の警戒心とは別に、武士とその家族と思われる四人の風体が、いかにも胡乱《うろん》に見えたからである。

三十五、六と思われるその武士は、黒紋付に袴《はかま》をはき大小をさしているが、草鞋《わらじ》ばきの足もとは埃《ほこり》にまみれ、手にした笠はあちこち傷んで穴があいている。妻女と子供もやはり旅支度をしていた。遠いところから旅してきて、そのまま城門目ざしてやってきたという恰好だった。それはよいが、よくみると、彼らが着ているものは、一様に夥《おびただ》しい継ぎあてがしてあり、武士の紋付なども、紋の形が判然としないほど洗い晒《ざら》した形跡がある。

その上四人とも疲労困憊《こんぱい》した顔をし、とくに父親であり、夫であるとみえる武士は、胃弱のたちででもあるのか、頰がげっそりとこけ、その上に無精髭《ぶしようひげ》までのびているのがいかにも貧相だった。城の正門を押し通るほどの人間には見えない。場違いな感じがした。

「これは、ご番士どの」

武士が進み出て言った。意外にほがらかな声だった。

「それがしは、もと越前松平家の家中で、小黒丹十郎と申す者でござる。ところで、ちくとお訊《たず》ね申したいが」

「何ごとか」

「当城内に柘植《つげ》八郎左衛門というお方がおられますな」

「柘植と……」

若い番士は空を睨《にら》んだが、たちまち思い当ったようだった。

「おられる」

「おられるそうだ」

小黒と名乗った武士は、うしろを向いて言った。すると、それまで心配そうに彼の背を見つめていた連れの女子供は、喜色溢《あふ》れた顔になり、手を執り合った。子供は女の手を握ったまま、小躍りするように、二、三度足を弾ませた。

「柘植様は物頭《ものがしら》を勤めておいでだ」

「聞いたか。物頭をなさっておられる」

小黒がもう一度振り向いて言うと、女子供はまた手を握り合い、子供二人は足を弾ませた。

「ところで……」

小黒はまた番士に向き直った。

「柘植どののお住居は、どのあたりでござろうか」

「当城内三ノ曲輪に住居しておいでだが……」

番士は、なおも疑わしそうに、しげしげと小黒と連れを眺めながら言った。

「失礼ながら、柘植様のお知り合いの方でござるか」

「いや、それがしは面識はござらん。しかし……」

小黒は慌《あわただ》しく懐を探った。取り出したのは、書状様の紙包み四、五通を、紙縒《こより》で束ねたものである。小黒は指をなめてそれを繰ると、その中の一通を抜き取り、筆太に柘植八郎左衛門殿と表書きしてある封じ紙を開き、中の書付を番士の眼の前に突き出した。

「この通り、柘植どのへの周旋状を持参した者でござる」

番士は字が読める男だった。ざっと読み下すと言った。

「ははあ、貴殿は仕官望みの方か」

「さようでござる」

番士はうなずいて、もう一度じっくりと小黒をみ、背後にいる女子供を眺めた。そういえばあらまし一月《ひとつき》ほども前、新規召抱えということがあり、どこから伝え聞いて来るのか、眼の前にいる小黒と風体の似通った人間が、周旋状を示してしきりに木戸を出入りしたことを思い出した。

だがそれはまだ暑かった七月の間のことで、新規召抱えはとっくに終ったはずである。番士はそう思ったが、眼の前の四人連れをみると、その判断を口にするのをためらった。

すると小黒が言った。

「それがしは長いこと浪人で、親子四人で会津の知り合いのところに寄食しておった者でござるが、当藩で新たに家中を召抱えると聞き、はるばる参ったわけでござる。幸いにその知り合いが、ご当藩の柘植どのと昵懇《じっこん》の間柄でござっての」

「……」

「いや、これで安堵《あんど》致した。知り合いの者も柘植どのが御物頭を勤めておられるとは存じなかったようでな」

「どうぞ、お通りあれ」

と番士は言った。それから小黒が書付を懐にしまおうとするのをみると、つけ加えた。

「その書付は、門のところでもお出しになられたらよろしかろう」

四人の風体を、大手門警衛の番士が怪しむに違いないのを顧慮したのである。

「橋本、あれは何じゃ」

小黒たち四人が、嬉嬉とした足どりで橋を渡って行くのを番士が眺めていると、木戸詰所の中から出てきた武士が言った。橋本と呼ばれた番士の上司と見え、羽織、袴をつけていた。武士の声音には、こらえ切れない笑いが含まれている。

「とっぴな人間もいるものだの。召抱えは終っている。その折五人ほど採用されたと聞いておるぞ」

「やはり、そうですか。少少気の毒で言い兼ねましたが」

「ま、いいさ。柘植どののお屋敷に行けばわかることだ」

二

だがその日、小黒丹十郎は柘植に会えなかった。柘植八郎左衛門は公用で他出していたのである。

柘植の屋敷では、はじめ若党が出てきたが、四人連れの風体をみると、遠慮もなく眼をむき、丹十郎が述べるしかつめらしい挨拶もそこそこに聞き流して奥に引っこんでしまった。かわりに頬のふっくらした品のいい四十半ばの女性が出てきたが、これが柘植の妻女だった。

妻女は、丹十郎親子をみると、やはり一瞬妙な顔をしたが、すぐに穏やかな微笑を浮かべて丹十郎の口上を聞き、丹十郎が出した柘植宛の周旋状に眼を通した。

「よくわかりました」

と妻女は言った。

「でも丁度生憎《あいにく》でございましたなあ」

「は？」

「主《あるじ》は留守でございまして、四、五日戻りませんのでございますが……」

「四、五日でござるか」

丹十郎は呻《うめ》くように言った。無精髭の顔が一瞬泣きそうに歪《ゆが》んだのを、柘植の妻女はみてしまった。

——八郎左衛門ひと筋に目がけてやってきたそうな。

継ぎあてだらけの四人の衣服をみても、そのことがうなずけるようだった。妻女の中に憐《あわ》れみの心が動いた。会津藩加藤家に勤める片柳図書《ずしょ》という周旋人の名前には、妻女は心当りがなく、また夫あての手紙に口添えされている仕官ということも、どうなるかは全く見当がつかなかったが、眼の前にいる人物は、ボロをまとっているものの、素姓は卑しくない。もと徳川譜代の犬山城主平岩主計頭《かずえのかみ》親吉に仕え、平岩家が禄を収められたあと、越前松平家に勤めたと周旋の書付は記している。そして何よりも後にいる妻子をみれば、心を動かされないでいられないではないか。

柘植の妻の眼には、まだ二十過ぎにしか見えない小柄な小黒の妻は、娘のように可愛らしいし、上は五、六歳、下は三歳ぐらいかと思われる姉妹も、利発そうな眼でこちらをみていて、粗末な衣服を恥じている様子などはない。

「主は藩の御用で甲沼のお城に参りましたが、四、五日たてば必ず戻ります。それまでお待ちになりますか」

甲沼という町は、海坂の城下から西北に十里ほど行った海岸べりにあって、そこに海音寺城という支城があり、城代がいる。

「は。無論それまでお待ちして、お戻りになったときに伺います」

「宿は心当りがございますか」

「いや、別に心当りもございませんが、手頃な旅籠《はたご》でも探すことに致しましょう」

「いっそ、この家に泊られてはいかがですか。窮屈でなければ、お世話致しますよ」

「いやいや、とんでもござらん」

小黒丹十郎はあわてて手を振った。

「こちらはつてを頼ってお願いに上った身。さよう厚かましいことは出来申さぬ」

「それでは必ずお出《いで》なさいませ。主が戻りましたら、私からもよく申しあげておきますゆえ」

「ご雑作に相成り申した。よしなに頼み入り申します」

丹十郎が頭を下げると、後の三人もそれにならって丁寧に辞儀をした。

「それから」

立ち去るかと思った丹十郎が、いくらかもじもじした口調で言った。

「さきほど差し上げました、片柳どのの書付を、一応お返し願ってよろしゅうござろうか」

「よろしいですよ」

と言って栢植の妻女は、膝《ひざ》の上に乗せていた書付を丹十郎に返したが、少し不審気な表情になった。

「でも、これはいずれわが家の主に見せるものではありませんか」

「さようでござるが、その……」

丹十郎は頭に手をやった。

「それがしにとっては、別して大切な書付でござれば」

「あ、さようですか」

栢植の妻女には、そういう丹十郎の気持が理解できた。四人にとって、この書付は命よりも大事なのだ。妻女は理解できたことに満足し、眼の前の親子に、一そう好意とも憐れみともいえる気持が動くのを感じた。

「もし」

栢植の妻女は、立ち去ろうとする親子連れの後から声をかけた。

「もしも程よい宿屋がござりませなんだときは、弥生《やよい》町の常盤《ときわ》屋という宿においでなされ。そこはわが家の主をよく存じている宿でございますゆえ、悪しくは計らわぬはずでございますゆえ」

「重ねがさねのご配慮で痛みいり申す」

「あ、それから大切なことを忘れておりました」

手招きして、親子をもう一度土間に呼び入れると、妻女は慌しく奥に姿を消した。戻ってきたとき、妻女は手に一通の書付と風呂敷包みを持っていた。

「これは、失礼とは存じますが、古着を少少包みました。またこれは、今度おいでになるときに、木戸口でお出しになるとよろしゅうございましょう」

柘植の妻女は、丹十郎の風体から推して、木戸を通るときいざこざがあってはならないと考え、一筆認《したた》めて印鑑を捺《お》したものを渡したのであった。

礼を言って、丹十郎親子は柘植の家を出た。そこから大手門を過ぎて、正面木戸口を出るまで、四人は黙黙と足を運んだ。

木戸を通って馬揃えの広場に出ると、丹十郎は足を止めた。振り返ると、いま通り過ぎてきた木戸の前で、棒を地に立てた番士がじっとこちらをみている。

「さて、どうしたものかの」

番士から眼をそらすと、丹十郎は初めて妻女を顧みて言った。子供たちが、心配そうに父親の顔を見上げている。

「柘植どのにお会いすれば、もう大丈夫だと思っていたが、留守ではどうにもならん」

「でも、柘植さまという方が確かにおられ、しかも御物頭までなさっている方だと解ったのですから、もう安心ではございませんか」

柘植の妻女にもらった風呂敷包みを下げた妻の多美が、慰めるように言った。

「四、五日の辛抱でございますよ」

「その間、どうする？」

丹十郎が重重しく言うと、妻女ははっとしたように顔を伏せた。昨日の夕方海坂領内に入り、江口という宿場に泊った。乏しい路銀をそこで使い果している。今日の昼の握り飯を作ってもらうのに、もうその金がなく、妻女が最後まで大事にしていた笄《こうがい》を宿の亭主に差し出したのだった。

「握り飯は残っておらんだろうな」

丹十郎が未練あり気にそう言ったのは、せめて多少の喰い物が残っていれば、一晩ぐらいはどこか社《やしろ》の檐《のき》でも借りて過せるだろうと、ふと考えたのである。

丹十郎は二度浪人している。一度は父の代から仕えた平岩主計頭親吉が、慶長十六年の十二月晦日《みそか》に歿《ぼっ》し、十二万三千石の家が断絶したときである。平岩には七之助親元という実子がいたが、母親が関ヶ原の役で西方に与《くみ》した大谷刑部《ぎょうぶ》吉隆の娘だったので、公儀を憚《はばか》って子として届け出なかった。そこで家康は、自分の第七子松千代を平岩の養嗣子《ようし》としたが、松千代は慶長四年に六歳で死歿し、その後平岩は養子を定めなかったので、死後家名は断絶した。

丹十郎はこのとき二十だったが、それから三年浪人している。すでに父は死歿していたが、老母と預かっていた親族の遺児である少女を抱えて苦労した。そのとき十歳だった少女が、いま連れ添っている妻多美である。多美が四歳のとき、同じ平岩家に仕えていた父母が相次いで病死し、家名が絶えたので、孤児になった多美は一番近い親族である小黒家に養われたのであった。

老母と多美を抱えて、丹十郎は三年の間奉公先を探し廻ったが、もと平岩家にいた者の手引きで、越前松平藩の重臣吉田修理亮《しゅりのすけ》好寛に仕《もと》えることが出来た。大坂冬の陣があった慶長十九年のことで、出陣を前に吉田家が人を需めたのが幸いしたのである。越前松平家の藩祖松平秀康（結城《ゆうき》秀康）は、慶長五年下総《しもうさ》結城から越前に入部し、越前五十六万九千石、旧領結城十万一千石あわせて六十七万石の太守となったが、入部と同時に重臣にそれぞれ知行を割った。吉田修理亮はこのとき江守一万四千石を拝領し、松平藩の重臣であると同時に小領主だった。

だが吉田は、丹十郎も従軍した翌年の大坂夏の陣で、最後の激戦を迎えた五月七日陣中で自殺した。吉田は藩主松平忠直に、翌八日未明に軍法を犯しても抜《ぬ》け駈《が》けするように進言したあと、その責めを一身に負って自殺したのであった。このあと丹十郎は、吉田家の事情から、同じ松平藩の重臣永見右衛門佐《うえもんのすけ》に仕えた。

永見右衛門佐は、丹十郎が吉田家から移り仕えたとき九歳の幼主だったが、一万五千三百五十石を領し、藩内では筆頭家老の本多伊豆守《いずのかみ》富正らと並ぶ名門に数えられていた。永見の祖父母は家康の縁続きで、やはり右衛門佐を名乗った父親は、前藩主松平秀康が病死した慶長十二年に、二十四歳の若さで殉死していた。そのあとを心利いた家臣がよくまとめ、幼主を守り立てて永見家を護《まも》っていた。

丹十郎は永見家に仕えた二年目に、十六になった多美を妻に迎え、その三年後に、病気がちだった老母の死を見送った。亡母の身代りのように、翌年女子が生まれた。その頃丹十郎は、越前の土地に骨を埋める気持でいたのである。永見家から頂く禄は三十石で、旧主平岩家に仕えていた時の百八十石とは比較にならなかったが、丹十郎も妻の多美も不足には思わなかった。二度と禄を離れたくないという気持があっただけである。

藩主忠直の振る舞いが乱れているという噂《うわさ》を聞かなかったわけではない。だが、それがわが身にふりかかってくる日があるとは、思いもしなかった。

その日は突然に、そして思いがけない形でやってきた。大坂二度の陣で、家康から日本の樊噲《はんかい》と武勇を称揚された忠直は、戦後二年ほどして将軍秀忠の三女である正室のお茶姫、嫡男の仙千代丸が北ノ庄福井城を遁《のが》れて江戸へ奔《はし》るという事件があったあたりから、次第に常軌を逸した行動を示すようになっていた。忠直とお茶姫は、ともに家康の孫であり、お茶姫は十一で従兄の忠直に輿入《こしい》れしてきた。そして十五の年に嫡男仙千代丸を生んだが、母子が江戸へ逃げた当時の夫婦の不和は決定的で、忠直が母子を殺害しようとした噂があったほどである。このあと忠直は、後に日本一の諂《へつら》い者と蔑称《べっしょう》された小山田多門を重用し、また一国御前と名づけた愛妾《あいしょう》を日夜側から離さず、異様に残虐な嗜好《しこう》に耽《ふけ》るようになった。

一国が人を殺すのを喜ぶので、城中白書院前の白砂に死罪の者を呼び寄せて、首を刎《は》ねさせたが、死罪にあたる者を殺しつくすと、微罪の者を斬らせ、しまいには何の咎《とが》もない小姓に無理難題を言いかけて、従わなければ手討にして一国の歓心を買う始末だった。大きな艾《もぐさ》の塊を小姓の腹にのせて火をつけ、煽《あお》ぎ立てて苦痛に泣き叫ぶのを見物したり、櫓《やぐら》から突き落として楽しんだりした。

佞臣《ねいしん》小山田多門が、自分の邸に忠直と一国を招待して饗応《きょうおう》したのもその頃である。この日本一の諂い者は、この日座敷から見える庭のあちこちに生首をかけ並べて置くという趣向で、忠直と一国にほめられた。さらに多門は、捕えておいた妊婦を、忠直と一国の前で大臼《おおうす》で餅を搗《つ》くように杵《きね》で搗き、胎児をつき出させて二人を喜ばせたのである。

その忠直が、永見右衛門佐の母親を側妾に差し出すように命じてきたのは、丹十郎が永見家に仕えて六年目の元和八年であった。右衛門佐の母は、夫が殉死したあと孤閨《こけい》を守っていたが、美貌で聞こえ、一子を生んだだけで、三十を僅かに出たばかりの身体《からだ》は若若しかった。これに忠直は目をつけたのである。

十六歳の右衛門佐は、ただちにこれを拒否し、家臣、与力を屋敷に集めて立て籠《こも》った。この騒ぎの間に、右衛門佐の母親は髪をおろして尼になった。右衛門佐は、忠直が騒動を見るために御鷹部屋《おたかべや》の二階に上がったのを見かけると、忠直を目がけて大筒を撃ちこませたが為損《しそん》じ、やがて正月になり、与力の者が家に帰った隙を寄手に攻め込まれて、屋敷に火をかけ腹を切った。

小黒丹十郎は、寄手の軍兵と斬り結んでいる間に、主君が腹を切ったという声を聞くと、勝ち誇った鬨《とき》の声と火の粉の下を潜り抜けて屋敷の外に遁れた。そして妻子を連れて二度目の放浪の旅に出たのである。どこかにいるかも知れない新しい雇い主を求める旅は長く、すでに今年が五年目である。その間に下の子が生まれた。

長い放浪の間に、彼らは不本意ながら旅に馴れたようだった。粗衣を嘲《あざけ》る人の眼も、さほど気にならなくなったし、喰いものさえあれば、人の家の軒先にも眠った。一食の糧《かて》を購《あがな》うために旅籠の薪割りもし、通し筋に道普請があれば、割りこんで手伝ってきている。

飯さえあれば、一晩はしのげると丹十郎は思ったのだが、妻女の多美は申しわけなさそうに言った。

「三つ残っておりましたのを、先程丘の上の道端で休みましたとき、ひとつずつ頂いてしまいました」

ふむ、あそこで俺がうとうとと眠った間に喰ったわけだな、と丹十郎は思った。多美も二人の子供も痩《や》せているくせに、身体に似合わず食べるのだ。ことに三つになる以登《いと》は、姉の松江に負けずに食べる。

「やむを得ん。では宿に行ってみるか」

と丹十郎は言った。

「でも、お前さまお金が……」

「なに、ちと考えがある」

四人の風体をみて、宿の者が首をかしげることは十分考えられた。これまでもたびたびそういう目にあって、止《や》むを得ず前金を払った。今日は金がない。だが懐に会津藩片柳図書から柘植八郎左衛門に宛てた周旋状がある。この書付が小黒丹十郎が何者であるかを証明している。御物頭を訪ねてきた人間を、まさか旅籠の亭主が門前払いには扱うまい。そして上がり込んでしまえば、もうこちらのものだ、と丹十郎は思っていた。周旋状は、このことを考えて柘植の妻女から取り戻してきたのである。

「さようですか。お前さまならきっと何かお考えがあることと思っていました」

と多美が言った。多美は丹十郎を疑ったことがない。常に亭主に全幅の信頼を置いている。浪浪の間にも、綱を渡るようなやり方の時があったにしろ、丹十郎が妻子を飢えさせることがなかったからでもある。

四人は人に訊ねながら、柘植の妻女が言った弥生町の常盤屋の前にきたが、門には近づかないで少し離れたところに立ち止まった。

常盤屋は、まるで武家屋敷のような門構えと深い玄関を持つ大きな宿屋だった。しきりに人が出入りし、その中には旅支度の人間も混っていたが、丹十郎親子のような貧相ななりをした人間は一人もいない。女中が一人、門の外に走り出てきて、門柱に懸けた行燈《あんどん》に灯を入れると、慌しく下駄を鳴らして門内に消えた。繁昌している宿のようだった。まだ仄《ほの》明るい道に、御宿、ときわ屋と二つに書き分けた懸け行燈の文字が浮かび上がった。

「ここはいかん。もう少少小さな旅籠を探すぞ」

丹十郎は力なく言って歩き出した。後に三人の足音が続いた。

三

「片柳図書と？　会津藩？」

柘植八郎左衛門は、妻女に着換えを手伝わせながら、しきりに首をひねった。

「さあて、わからんな」

坐って妻女に茶を出してもらってからも、八郎左衛門はまだ言った。八郎左衛門は、ものにこだわるたちである。気がかりなことが出来ると、それが埒開《らちあ》くまで気になった。いまも妻女の話を聞いていて、甲沼に行って留守の間に、男がきて持参したという周旋状の、肝心の周旋人の名前が記憶にないのに、八郎左衛門は落ちつかない気分を強いられている。

「お憶《おぼ》えがございませんか」

「ない、ない」

「しかし、お前さま宛に人をお寄越しになるほどの人を、憶えないとは不思議でございますなあ」

「その通りだ」

じつに不思議だと八郎左衛門は思った。

——片柳という人間は、よほど昵懇の人間である筈だ。

そう思ったとき、古い記憶の中で、何かがちらと動いた。

「あ、待てよ」

「憶い出されましたか」

「いや、ちょっと待て」

あの男が、片柳と言ったかな、と八郎左衛門は覚束《おぼつか》なく思い出していた。昔江戸屋敷にいた時分に、公用で平岩藩を訪ねたことがある。当時平岩家は府中で六万石を領していた。そのとき会った先方の人間が片柳と言った気がした。その男には二度会っている。二十数年前のことだった。

「ふうむ、片柳のう」

感嘆するように八郎左衛門は言った。そのときの片柳が、いまは会津の加藤家にいて、人を周旋してきたというのか。

「いかがですか」

「うむ。どうやらそれらしい人間を思い出した。しかし別に昵懇という人間ではない。二十年も前に、ちょっと会っただけだが……、はて」

八郎左衛門の興味は、その片柳が周旋してきた人間に移った。

「その片柳が、誰を周旋してきたと?」

「小黒丹十郎さまと申されます」

「どんな人物だ」

「それが……」

妻女は言いかけて、俯《うつむ》くと口を押えた。継ぎあてだらけの着物をきた親子四人が、玄関にひしめく感じで立っていたときの驚きを思い出したのである。

「どうした」

「はい」

妻女は顔を挙げたが、その眼にはまだ笑いが残っている。

「大層お粗末な衣服をお召しでございました」

「そんなことは訊いておらん」

八郎左衛門は叱りつけるように言った。

「その小黒と申す男、どのような男かと言っておる」

「はい。年は三十五、六、痩せておられましたなあ。ごく真面目そうな方にみえました」

「ふむ。変てつもないといったところか」

「ご内儀が、それはきれいな方でした」

「内儀だと？　妻女を連れておるのか」

「ほかに、お子が二人」

妻女は澄んだ眼をした子供たちを思い出して、また口もとを綻《ほころ》ばせた。

「はて、面妖《めんよう》な……」

八郎左衛門は腕を組んだ。そのような家族持ちの人物が、何の用で、片柳図書の周旋状を持参して訪ねてきたのか。

「周旋状を持ち帰ったというが、片柳は何を言って寄越したものかのう」

「小黒さまは仕官望みの方でございますそうな。よろしく頼み入りますと書いてござりました」

「仕官だと？」

「お城では、いま人を召し抱えているのでございましょ？　片柳さまとおっしゃる方は、そのことを書いてございましたよ」

「ばかな！」

八郎左衛門は思わず大きな声を出した。

「それはもうとっくに終っておる」

「おや、ま」

妻女は眼を瞠《みは》った。

「それではもう、お城では人をお雇いなさらないのですか」

「いらん、いらん」

いまごろ、しかも妻子連れでのこのこ現われた小黒という人物に、八郎左衛門は、芝居の幕が下りてから大真面目で舞台に出てきた役者をみるような、滑稽なものを感じる。その滑稽さに、自分がかかわり合っているのが腹立たしかった。腹立ちは、片柳という旧知とも言えない人物にも向けられる。

——無責任きわまる。

「でも明日あたりは、小黒さま、きっとお見えになりますよ」

と妻女が言った。

「ともかくお話をうかがって上げてはいかがですか」

「わかっておる。会わぬというわけにはいかんだろう」

果して翌日の夕方、柘植八郎左衛門が城を下がってくると、小黒丹十郎が待っていた。着換えてから、八郎左衛門が待たせてある座敷に入って行くと、丹十郎がこらえきれないような微笑を浮かべて、八郎左衛門を迎えた。

「小黒丹十郎でございます。あるいはこなた様のお内方よりお聞きおよびかと存じますが、かくのごとく」

丹十郎はすばやく懐に手を差しこむと、周旋状を取り出し、捧《ささ》げるように八郎左衛門に渡した。

「片柳どのより周旋を頂き、急ぎ参上した者でございます」

八郎左衛門は周旋状を受け取ったが、眼を通す前にじっくりと丹十郎を眺めた。額ぎわから鼻のあたりまで、真黒に日焼けしているのに、頬から顎《あご》にかけて青白いのは、髭を剃《そ》り落したばかりのようだった。頬がこけているために、濃淡二つに判然と分かれている丹十郎の顔は、戦場で用いる猿頬《さるぼお》をあてたように見える。なるほど妻女が言ったように、あちこち継ぎ当てがある紋服を着ているが、垢じみてはいない。

「う、う」

と唸《うな》って八郎左衛門は、周旋状に眼を落した。貴藩では目下新規召抱えの者を募っていると聞く。ついてはわが旧知の、かくかくの人物をさし向けるので、よろしくご推挙を賜わりたい、とあって、平岩家断絶のあと、松平忠直家中だったという小黒丹十郎の経歴を簡単に記している。それだけの周旋状である。

——厚かましいものだ。

と八郎左衛門は、これを書いた片柳図書に対する腹立ちが戻ってくるのを感じる。腹立ちは、眼の前に猿頬をあてたような顔で坐っている、見すぼらしい浪人にも裾分けされる。

——そのように、眼など輝かせてもらっては困るのだ。

小黒という浪人には気の毒だが、事情をはっきりさせねばならない。八郎左衛門は咳払《せきばら》いした。

「なるほど、折角の周旋状であるが……」

八郎左衛門は、もうひとつ咳払いを追加した。

「片柳図書どのと面識がないとは申さんが、このように親しげに周旋状を受け取る間柄ではござらんのだ」

「……？」

丹十郎は怪訝《けげん》な顔で八郎左衛門をみている。

「さよう、二十数年にもなろうかの。江戸屋敷におった時分に、お上の御用で一、二度会った。それだけの知り合いでござってな」

「……」

「おわかりかな。公《おおやけ》の用事で、二、三言葉を交わしたのみ。私のつき合いは一切ござらん。片柳という名前を思い出すのに、先夜はえらく苦労した」

「まさか」

丹十郎は呆然と眼を瞠っている。

「それにな。この書付に書いてある……」

八郎左衛門は、右手の人差し指をのばして、周旋状をつついた。

「わが藩の新規召抱えということは、先月に終っておる。もはや一月《ひとつき》近くもなろう」

「なんと！」

丹十郎は呻いた。丹十郎の眼は、うつろに八郎左衛門に据えられ、痩せた身体が急にひと回り小さくなったように八郎左衛門には見えた。

「無論召抱えは済んでおる。わが藩が人を求めることは、当分ござらんようだ」

全部言ってしまうと、八郎左衛門は少し眼の前の浪人が気の毒になった。この男は、俺に会えば何とかなると思って、はるばると会津から妻子を連れて駈けつけてきたというのか。

――無責任きわまる！

八郎左衛門は、心の中でまた片柳を罵《ののし》った。

「片柳どのとは、よほど昵懇の間かの」

「は」

丹十郎は考えごとをするように俯けていた顔をあわてて挙げた。

「亡父がよく往き来した間で、その縁で頼り申した」

「ははあ」

このとき閃《ひらめ》くように、八郎左衛門が思い当ったことがある。

「片柳どのの家には、長くご滞在か」

「されば……」

丹十郎は、膝の上で意外に節くれ立って武骨にみえる指を折った。

「それがし平岩家を浪人した折に、三月《みつき》ほど。片柳どのは運のよい方で、平岩家瓦解《がかい》のあと、間もなくして加藤家の人となられましたので。それから越前を離れたあと、半年ほど厄介になってござる。また、ここに来る前に、さよう、十日ほど」

「わが藩で、人を募っているということは、片柳どのに聞かれたのだな」

「さようでござります」

さては、体よく追い払われたのだ、と八郎左衛門は思った。いつ主取りと見込みもない親子四人を、そうは養い切れるものではない。すると昔ちょっと会っただけの片柳図書が、この浪人一家をこちらにたらい回ししてきたというのか。

「片柳どのは、会津藩で何をしておられる」

「作事方に勤めてござる」

「高は?」

「八十石でござる」

これはきつい、と八郎左衛門は思った。八十石の所帯では、たとえ親友の子でも、面倒見切れないわけである。三月、半年と養ったところは、むしろ片柳という人間が出来ていることを示している。が、今度は匙《さじ》を投げたわけだ。

「まことにご迷惑をおかけ致してござる。それでは、これにてお暇《いとま》つかまつる」

不意に丹十郎が居住いを正して挨拶した。

「さようか。そういう次第でな、悪《あ》しゅう思わんでくれ」

八郎左衛門はそう言ったが、何となく気持がすっきりしないのを感じた。一方的に片柳図書の仕方を不快に思ったが、しかしひょっとしたら、図書はこちらをよく記憶していて、信用しているがゆえに、この男を周旋してきたかも知れないではないか。そうだとすれば、この男と妻子をここで放り出してよいものだろうか。

「これから、いずれへ参られる」

「さあーて」

丹十郎は首をかしげた。

「あてはござりません」

「片柳どのの家に戻られるか」

「それはちと……」

丹十郎は、出発するとき片柳が妻女に内緒で、路銀を恵んでくれたことを思い出していた。

「ま、落ちつかっしゃい」

と八郎左衛門は言った。

——正直な男らしい。

と八郎左衛門は丹十郎を鑑定した。悪く理屈を言うでもなく、泣きつくわけでもなく、明日から親子四人のあてのない旅がはじまるというのに、いさぎよく去ろうとする。このまま行かせては、気重いものが残りそうであった。

「少し人にあたってみるか」

八郎左衛門は、ひとり言のように言った。

「は？」

「いや、あてにしてもらっても困るが、折角のおいでゆえ、貴公の奉公口をちと探してみようかと思っての」

丹十郎の顔に喜色が溢れた。丹十郎は畳に額を摺《す》りつけた。

「何分よろしくお願い申しとうござる」

「急ぐ旅でもあるまいからの。ただし、くれぐれもあてにしてもらっては困るぞ」

八郎左衛門は念を押した。

「は。心得ましてござる。口がなくてもともとでござれば、叶《かな》わぬ場合はいさぎよく諦《あきら》め申す」

「何か、高名《こうみょう》はおありか」

「されば……」

丹十郎はいそいそと懐をさぐると、紙縒で括《くく》った書付の束を取り出した。

「これが平岩家に勤めました折の知行宛行状《あてがい》でござる」

「ほほう、百八十石取りでござったか」

「これは大坂攻めの折の高名ノ覚《おぼえ》、こちらは見届人の証拠の書付でござる」

「慶長二十年五月八日と。このときは越前宰相の手に属して働かれたか。この日の越前勢の働きは何とも見事なものでござったが、さだめし……」

八郎左衛門は高名ノ覚を読みくだした。

「……槍を合わせ、平首ひとつ、と……」

八郎左衛門はちろりと丹十郎を眺めた。小黒丹十郎は、昂然《こうぜん》と胸を張っている。

「首ひとつか、平首か」

八郎左衛門は呟《つぶや》きながら、ひどく重いものが心にまといつくのを感じた。見届人の書付は見ないで元に戻し、気のない口調で、何か武芸の嗜《たしな》みは、と訊ねた。丹十郎のいやに張り切った答えがひびいた。

「は。いささか小太刀を嗜みます」

四

五間川補修の工事は、日が落ちると同時に作業を休む。夕映えに背を照らされて、初花町の旅籠に戻ると、人の顔も十分に見わけ難いほど暗くなっている。

丹十郎は旅籠の裏にある井戸端で手足を洗うと、そのまま裏口から中に入った。台所のそばを通るとき、中から灯の色がこぼれ、女たちのにぎやかな話し声と、物を洗う音が聞こえたが、幸いに誰も丹十郎の姿には気づかなかったようである。

空き腹に飯を炊く匂いが沁《し》みこむのを感じながら、梯子《はしご》の下まできたとき、丁度上から降りてきた旅籠の亭主権蔵とばったり顔が合った。

「お、亭主。丁度よかった」

丹十郎は懐から大きな巾着を取り出すと、中からつまみ出した銅銭を、ひとつ、ふたつと声を出して数えながら、権蔵の大きな掌に落した。

「明日の飯代じゃ。よしなに頼む」

権蔵は、金を受け取ると、ものも言わずに茶の間の方に去った。

――無礼な奴じゃ。

丹十郎は思ったが、旅籠賃を払えず、飯代だけ払ってやっと置いてもらっている境遇だから、権蔵に対しては何も言えない。

——明日も晴れそうだな。

丹十郎は疲れて石のように重い足を引きずって、梯子をのぼった。川人足は日銭で手間をもらえるから、雨さえ降らなければ、飯代を稼《かせ》ぐのに苦労はしない。

一番奥の、丹十郎たちが来たときは物置きに使っていた狭い部屋に、丹十郎は入った。

「お帰りなされませ」

薄暗い部屋の中で人影が動き、多美の声がした。

「子供たちが寝ておりますゆえ、足もとに気をつけて」

「心得ておる」

燧《ひうち》を叩く音がして、行燈に灯がともった。行燈の下に膳がひとつ出ていて、壁ぎわに二人の子供が眠っている。油が高価なので、夜もほんの一刻《いっとき》、丹十郎が帰ってきて飯を喰うとき灯をともすだけである。子供たちも心得ていて、日が暮れるとさっさと薄い布団にもぐり込んで寝る。

「柘植どのから、便りはないか」

麦に粟《あわ》、ほんの僅かに米が混っている飯を嚙《か》み、なかなか嚙みきれない大根漬け、干しぜんまいの煮つけを、むさぼるように口に運びながら、丹十郎は訊いた。

「まだでございますよ」

多美の声が少し曇って聞こえた。

初めて城を訪ねた日の夕方、ここに宿を定めてから、そろそろ一月近くなる。柘植八郎左衛門があぁ言ってくれた言葉を頼りに、こうして待っているわけだが、柘植からはぷっつりと便りがなかった。様子を聞きに行くか、と思わないでもなかったが、催促がましく出かけて、柘植の機嫌を損じてはならないという遠慮があったし、また毎日飯代を稼ぐために川人足に出るようになってからは、柘植の家を訪ねるゆとりもなくなっていた。夜は、飯が済めば疲れて眠る。

「お前さま」

多美が遠慮したような低い声で呼びかけた。

「む」

「宿の亭主どのから、今日もきつく催促されましたよ」

丹十郎はどうにも噛み切れない大根漬けの尻尾《しっぽ》を、奥歯で噛み切ろうと懸命になっている。

「ぜひにも泊り賃を頂きたいと」

「……」

「でないと、これ以上はお泊め出来ませんという口上でした」

「うっちゃっておけ」

漸《ようや》く大根の尻尾を嚙みきった丹十郎が答えた。

雁金屋《かりがねや》というこの旅籠に来たとき、初め番頭が出て来、次に亭主の権蔵が出てきて、吟味するように四人を見、しばらく首をかしげたが、柘植宛の周旋状をみせてどうにか泊りこむことが出来た。

しかし十日ほど経って、宿賃の中途払いを催促され、一文もないと白状すると、宿の態度はがらりと変った。部屋を替えられ、飯を出さず、行燈の油もくれなかった。出て行けがしの扱いだったが、丹十郎が亭主と談合し、飯代は何を措《お》いても払うという約束で今日までできている。柘植八郎左衛門に仕官を頼みこんでいることも話してあるが、亭主の権蔵は、もうそれを信用していないようだった。

「あのな、お前さま」

「む」

「いっそお女郎に出ないかと、きつい言いようでございましたよ」

「なに！」

丹十郎は箸《はし》を置いた。茫然とし、やがてみるみる顔面を真赤に染めた。

「無礼ものが」

丹十郎は低く唸ると、立ち上がって押入れに歩き、中から刀を出して腰に帯びた。

「お前さま、何をなされます」

多美が立ち塞《ふさ》がって手をひろげた。

「亭主を斬る。許せん」

「お気を鎮められませ。亭主を斬って何の益がござりますか。私や子供たちはどうなります？　これまで何のために苦労して参ったのですか」

丹十郎はしばらく多美を睨みつけたが、やがてのろのろと刀をはずすと、押入れに蔵《しま》った。

「飯は、もうよい」

ぽつりというと、丹十郎は赤茶けてけば立っている畳の上にごろりと寝た。

「明日、刀を売ってくるぞ」

膳を下げに行った多美が戻ってくると、丹十郎が低い声で言った。天井を睨んだままである。多美は何か言いかけてやめ、そのかわりのように小さく溜息《ためいき》をついた。

「おや、忘れておりました」

ふと多美が弾んだ声を出した。

「とらどのにいいものを頂いておりますよ。起きて召しあがりませんか」

宿の者も全部が全部白い眼でみるというわけではない。とらという四十恰好の女中が、いたく一家に同情を示して、時どき喰いものを差しいれてくれる。

喰いものと聞いて、むっくり起き上がった丹十郎の前に、多美は十個あまりの胡桃《くるみ》の実を出してきた。

「割って下さいますか」

「おお、よし」

丹十郎はいそいそと起きて、刀から小柄《こづか》をはずしてくると、器用な手つきで胡桃の殻を割った。多美が簪《かんざし》の先を袖でぬぐって中身をとり出すと、部屋の中に香ばしい匂いが漂った。

夫婦は、しばらくの間胡桃を割って食べるのに熱中した。食べ終って多美が殻を片づけると、することもなくなって丹十郎はまた寝ころび、やがて多美が行燈の灯を消した。すると、開け放した窓から、ひややかな夜気と一緒に、水色の月の光が部屋の中に流れこんできた。

寝ころんだ丹十郎のそばに、多美もそっと横になった。

「いい月ですこと」

「うむ」

「二年前でしたか。宇都宮でこのような月を見ましたなあ」

「うむ」

「いけませぬ」

ぴしりと多美の掌が鳴った。

「さ、お布団を敷いて休みませぬと」

「………」

「お前さま」

「………」

「またややが出来ても存じませんよ」

不意に多美の声がやみ、かわりにひそめた喘《あえ》ぎが、青白い光をかき乱した。窓の下の庭で、ほそぼそとこおろぎが啼《な》いている。

やがて動きが止んだが、丹十郎は蟬《せみ》のように多美の白い胸の上にとまったままでいた。いつの間にか丹十郎は寝息を立てている。その頭を、多美はそっと抱いた。

「お前さまも、苦労なされますなあ」

五

待ちわびた柘植からの使いが来たのは、月が十月と改まった最初の日の夜だった。とるものもとりあえず、丹十郎は使いの者と一緒に三ノ曲輪の柘植の家に急行した。

「吉報だ」

と柘植は言った。

「お上から上意討の沙汰が出ての。ご家老から相談をうけたゆえ、貴公を推薦した」

「……」

「またとない機会じゃ。仕おわせれば、ただちに召抱えに相成る」

緊張が身体の隅隅まで締めつけるのを、丹十郎は感じた。

「相手は」

「余吾善右衛門という男だ。なに、腕は大したこともなかろう」

余吾は、さきの新規召抱えのとき、能筆を認められて採用され、祐筆《ゆうひつ》部屋に勤めていた。狷介《けんかい》な性格で、仕官して三月も経たない間に、たびたび同僚と口論し、上役と諍《あらそ》った。今度は上役と論争している間に、お上を誹謗《ひぼう》したのが知られてこの沙汰になったと、八郎左衛門は言った。

「どうした？　気がすすまんか」

「いえ、お引き受け致します」

丹十郎は余吾という男の人物像を思い描いていたのである。相手が新規召抱えの人間だということが、少し心にひっかかっていた。狷介だというその性格も、あるいは辛い浪人暮らしの間に身についたのかも知れない。何となく同士討ちという言葉を、丹十郎は思った。その男に、妻子はいるのだろうか。

「余吾は七十石を頂いておる。うまく仕おわせれば、貴公も七十石以下ということはないぞ」

「七十石！」

丹十郎は眼を光らせた。余吾に対する同情めいた感情が、潮が退《ひ》くように消えるのを丹十郎は感じた。

「必ず仕おわせて参ります」

「あ、待て」

出ようとする丹十郎を、八郎左衛門が呼びとめた。

「先方は、討手《うって》がくることを承知している。討手を迎えてうまく防ぎ、万一勝てば罪は許す、とお上が仰せられた。お上は武勇好みでな。余吾にも機会を与えたわけだ。そのことはすでに余吾に伝えてある。向うも必死だぞ。十分心を配ってかかるがよかろう」

八郎左衛門がつけてくれた下男の案内で、丹十郎は夜の町を余吾の家に急いだ。欅《けやき》町という、まだ軒下に灯を出しているにぎやかな町屋の間を抜けると、道は不意に月の光が照らすだけの武家町になった。

「ここでございます」

二十過ぎの下男が、一軒の家の前で立ちどまった。声が顫《ふる》えている。

「よし。ごくろうであった。帰っていいぞ」

急ぎ足に下男が遠ざかるのを見送ってから、丹十郎は刀の下げ緒をはずして襷《たすき》をかけ、袖を絞った。久しぶりに、矢玉が飛び交い、白刃、槍の穂先がまわりに閃いた戦場の気分が甦《よみがえ》ってくるのを感じた。その気分は決して快いものではなく、むしろおぞましい感じのものだった。おぞましさに耐え、じっと立っている間に、胆が据わった。

生垣にはさまれた、薄い門扉《もんぴ》を、ついと指で押すと、門はわけもなく開いた。内側に人の気配がないのを確かめてから、丹十郎はゆっくり庭に歩み入った。

玄関が開かれていて、その上がり口に男が一人腰をおろしている。男の顔は、背後にある裸蠟燭《はだかろうそく》の光のために、かえって暗くてみえない。

「やあ、貴公が討手か」

不意に立ち上がった男が、無造作に声をかけてきた。

「さ、まず上がられい」

警戒して立ちどまった丹十郎に、さらに声をかけると、男はさっさと式台に上がり、突き当りの部屋へ入ると、燭台をそこに移した。その光で男の全貌《ぜんぼう》が見えた。祐筆というから、骨の柔らかそうな小男かと思ったが、部屋の中に立っているのは、丸顔の大男だった。年は三十ぐらいにみえた。

入口まで歩みよって、丹十郎は確かめた。

「貴公が、余吾善右衛門か」

「さよう」

男は朗らかな口調で言った。

「折角意気込んで来られたところを悪いが、俺は逃げる」

「逃げる？」

「さよう。見のがしてもらいたいのだ」

「なぜ、逃げる。これはいわば果し合いで、貴公にもこの藩に残る機会は与えられておる」

「それは聞いておる。だが腕に自信がないし、ま、勝てそうもないからの」

余吾は屈託のない笑いをひびかせた。

「いや、正直のところを申すと、武家勤めがほとほと厭《いや》になっての。国へ帰って百姓でもやるつもりじゃ」

「国はどこだ」

「越後の村上じゃ。俺の一族はもともと土地の地侍《じざむらい》の出でな。藩が潰《つぶ》れたとき、百姓になった者が二、三人いる」

越後の村上周防守《すおうのかみ》義明が、家臣騒乱を咎められて九万石の身代を没収されたのは、元和四年である。余吾はそのとき扶持《ふち》を離れたらしかった。するとそれから足かけ十年にもなる。

「それからずっと浪人か」

「いや、そうでもないが……」

余吾はあいまいに言った。

「途中勤めたが長続きせなんだ。今度こそはと思ったがこの始末での。もう主取りは懲《こ》りた」

余吾は腰をおろすと、敵意がないことを示すように、畳の上に足を投げ出して坐った。

「そうか、逃げるか」

余吾の気さくな話しぶりに誘われて、丹十郎はいつの間にか土間に踏みこんでいた。みると、余吾は短か袴をはき、足には脛巾《はばき》をつけて旅支度をしている。

——これでは斬れんな。

と丹十郎は思った。斬れなかった言い訳は、行ったら逃げた後だったとでも言えば繕《つくろ》える。七十石はどうなるのか、とひょっと思ったが、余吾善右衛門が抜けて空いた席に、あるいはもぐりこめないものでもないと思うことにした。うまいとはいえないが、字は書ける。

「ここに掛けさせて頂いていいか」

「いや、ご遠慮なく」

「しかし、うらやましい話じゃ」

式台に腰かけると丹十郎は言った。

「耕す田があれば、わしもこのような土地まで旅はせん」

「貴公は浪人暮らしは長いか」

今度は丹十郎が答える番になった。長い旅暮らしを語って聞かせた。余吾は聞き上手で、ところどころに感嘆の声をはさんだりして、話を催促する。しまいには丹十郎は余吾善右衛門という男と、すっかり肝胆《かんたん》相照らしたような気分になった。すでに相手に対する警戒心は脱落している。

「ついに刀を売って宿賃を支払った。貴公は一人か」

「さよう」

「まことにうらやましい。妻子を持つと辛いぞ。見られい、中身は竹光じゃ」

丹十郎は大刀の柄を引いて、少し中身を見せた。だが、丹十郎の慨嘆に、余吾は沈黙したままだった。

訝《いぶか》しそうに顔を挙げた丹十郎の眼に、邪悪な喜びに歪《ゆが》んだ、余吾善右衛門の顔が映った。

余吾の眼は、ひたと竹光を見つめている。

「そうなら、話は別じゃ」

大柄な余吾の身体が躍りあがって、刀を摑《つか》んでいた。

「ばかめ！　やめろ」

立ち上がって身構えた丹十郎の正面に、余吾の振りおろす刀が殺到してきた。小刀を抜き合せて、その剣を弾いたが、丹十郎は小指を切先で掠《かす》られた。

だが勝負はそこまでだった。丹十郎は余吾を畳の上に追い上げると、小刀をぴたりと下段につけた。余吾の顔面に汗が滴り、貝のように守りを固めるだけになった。丹十郎がこのとき使ったのは、戸田流小太刀の浦ノ波という太刀である。左を撃つとみせて余吾の構えを崩すと、体を右に開いて空いた胴を深ぶかと斬った。

――武家というものは哀れなものだの。

動きを止めた余吾の身体を、しばらく眺めおろしたあと、小刀を納めて外に出ながら、丹十郎はそう思った。以前にもそう思ったことがある。

旧主平岩主計頭親吉は、徳川家生え抜きの家人であった。家康の嫡男三郎信康が、織田信長の圧迫で自殺に追い込まれたとき、親吉は信康の御傅役《おもりやく》を勤めていたが、家康に向って、信長のひた押しの追及をかわす一時のがれのため、腹を切りたいと申し出た。しかし家康にとめられ、その場でとめた家康ともども声を挙げて泣いた。

だが慶長十六年、親吉が新造の名古屋城を預かっていて病気が重くなり死んだとき、家康は、平岩はなぜ居城である犬山に帰って死ななかったかと機嫌が悪かった。平岩家十二万三千石を潰すときも、後嗣《あとつぎ》がないという一条に冷たく照らしただけである。

また、大坂冬の陣で抜け駈けして城に取りついた越前勢が、忠直の銀瓢箪《ぎんびょうたん》の馬印を立てたとき、家康は忠直が城方に内通したかと疑ったということも聞いている。

仕える主《あるじ》の非情と猜疑《さいぎ》の前に、禄を食《は》む者は無力である。余吾にしても、武家勤めのそういう苛酷さを知らなかったわけではあるまい。立ち退こうとしたのは恐らく真実なのだ。だが最後の瞬間、余吾は七十石の禄に未練が出た。それが思い違いからであったにしろ、余吾は七十石のために戦う気になって死んだのだ、と丹十郎は思った。

門を潜って路に出ると、月明りの中に人が立っていた。棒を持った小者風の男二人を従えた武士だった。柘植はぬかりなく検分役を差しむけてきたようである。

「小黒どのですな」

丹十郎は、そうだと答え、指で余吾の骸《むくろ》が横たわっているあたりを示した。検分役の三人が中に入るのを見送って、丹十郎は襷をはずした。

——明日からは飢えないで済む。

多美や子供の顔を思い浮かべて、丹十郎はそう思ったが、その瞬間、さながら懐かしいもののように、日に焼かれ、風に吹かれてあてもなく旅した日日が記憶に甦るのを感じた。

遠方より来《きた》る

一

曾我《そが》平九郎が訪ねてきたとき、三崎甚平はそれが誰か、まったく解らなかった。土間は暗く、男は揉《も》みあげから顎《あご》まで、ふさふさと髭《ひげ》をたくわえている。四十恰好の大男だった。

「わしが誰か、わからんか」

土間一パイに立ち塞《ふさ》がった髭面の大男は、カッカッと笑った。

「さあーて。どなたで、ござったか」

甚平は上り框《かまち》に立ったまま、相手の顔をみた。といってもあまりじろじろ眺めるわけにもいかない。甚平は曖昧《あいまい》な薄笑いを浮かべた。最初女房の好江が出たのに、顔をみればわかる、と名乗りもせず、甚平自身が出ると頭からかぶせてくるような物言いをする。以前よほどの交際をした人間であるらしかった。

だが、まだ思い出せなかった。こういうときほど始末に困ることはない。相手は笑っているが、いよいよ甚平が思い出せないと知れば、やがて気を悪くするだろう。薄笑いでは間にあわなくなる。

甚平はあわただしく、昔伯耆《ほうき》日野の関藩に仕えた頃の同僚の顔を記憶に探ったが、眼の前の髭男に相当する知り合いは思い出せなかった。

小さい声で、甚平は言った。

「失礼ながら、どなたでござりましたかな？」

怒るかと思ったが、相手は怒らなかった。肩をひとゆすりし、顔を仰向けて、カッカッと笑った。

「思い出せんか。そうか。長いこと会っとらんから無理もないわ」

「まことにもって、その……」

甚平はうつむいた。相手の正体は、まるっきり模糊《もこ》としているが、その口ぶりを聞けば、薄笑いの次は恐縮してみせるしかない。

「曾我じゃ。曾我平九郎じゃ。どうだ、思い出したか」

相手は勢いこんで言った。隣の家に筒抜けだろうと思われる大声である。名乗りおわると、髭男は眼を丸くし、大きな口を半開きに笑わせた顔を、甚平に突きつけた。どうだ、驚いたかといった思い入れだが、甚平はいっこうに驚けない。まだ思い出せなかった。

「曾我平九郎どの？　は？」

「なんと、なんと」

曾我は陽気に喚いて、甚平の肩を平手でどんと打った。甚平の総身に、しびれが走ったほど強い力だった。

「泰平の世の、武士を懦弱《だじやく》に導くこと、かくも速《すみ》やかなる、だ。慶長の大坂攻めなど、もはや思い出しもせんか」

あ、と甚平は口を開いた。曾我が慨嘆口調で喚いた慶長の大坂攻めという文句で、男の正体が、漸《ようや》くはっきりしたのである。

——そうか。あのときの男が曾我平九郎といった。

それにしても、妙な髭を蓄え、ずいぶん容子《ようす》が変って垢《あか》じみていると思いながら、甚平は言った。

「これは曾我どの。おひさしぶりだ」

「やッ、思い出してくれたか」

「思い出した。狭いところだが、まず上がられい」

あの曾我平九郎が、どういうわけでこの土地に現われたのかと思ったが、甚平はとりあえずそう言った。

ちょうど夕食にかかったところで、好江は茶の間でひっそりと様子をうかがっていたようだったが、甚平がそういったのが聞こえたらしく、慌しく台所に出てきて、曾我にすすぎ水を出した。

足を洗って、茶の間に入ってきた曾我は、鴨居《かもい》のところでひょいと首をすくめたりして、狭い足軽長屋には、禍《まが》まがしいほど大きな身体《からだ》に見えた。その姿を、四つになる娘の花江が驚嘆の眼で眺めている。花江は甚平が入口で平九郎と問答している間に、喰べはじめていたとみえ、口の端に飯粒をつけ、箸《はし》を持った右手を宙に浮かせたまま、平九郎をまじまじとふり仰いでいた。

少しとまどい気味ながら、好江が丁寧に挨拶するのを、平九郎は鷹揚《おうよう》に受けた。

「やあ、やあ。ご亭主どのの古い知りあいでの、曾我と申す。夜分邪魔つかまつる」

何かもっと、なにしに来たとでもいうかと甚平は耳を澄ませたが、平九郎の挨拶はそれだけだった。

「や。飯前だったか」

首を伸ばしてそう言った。恐縮した感じではなく、声にはどこか、うまく間にあってよかったというような、厚かましいひびきがあった。眼は、丹念にそこに出ている親子の膳の上を眺めている。

甚平は好江に目くばせした。とりあえず夜食を差しあげろ、といった意味である。好江も鈍い女ではないから、すぐに覚《さと》ったらしくうなずいたが、その眼に疑うような色がある。好江の眼は、飯を出すほどの間柄の客かと訊《き》いていた。

甚平は腹が立った。それを甚平自身が、自問自答している最中である。ただ平九郎の眼の色をみれば、飯を出さないでこの場がおさまる筈がないことは、ひと眼で知れるのではないか。甚平の目くばせが、突然睨《にら》みつける色に変ったのに驚いて、好江は仕方なさそうに台所に出て行った。

その後姿を見送って、平九郎はゆったりと胡坐《あぐら》を組み直した。甚平は何となくいやな気分に襲われた。平九郎がじっくりと腰を据えたように見えたからである。

「さ。はやく済ませろ」

まだ平九郎に見とれて、手もとがおろそかになっている娘にかまってから、甚平は少し探りを入れた。

「一別《いちべつ》以来というか、ずいぶんひさしぶりにお目にかかるが、なにか、このあたりにご用事で参られたか」

「さよう、用事といえば用事」

平九郎はあいまいなことを言って、カッカッと笑った。だが甚平は一緒になって笑う気持にはなれない。胸の中に幾つかの疑問があった。前触れもなく訪れてきたこの男は、この海坂城下に何の用があってきたというのか。夜分にきて、腰を据えて飯を喰おうという身構えだが、今夜の宿はあるのか。それにこの垢じみた着物と、むさくるしい髭は一体何だ。

こういう疑問は、平九郎を部屋に上げてから、だんだんに頭を持ち上げてきたことである。この疑いの中には、微《かす》かな後悔が含まれている。要するに、それほどのつき合いをしたとは思えない男が、あたかも旧知の友人といったのびやかな顔で部屋の中に坐っていることが、甚平の気持を落ちつかなくしているのだった。

甚平は、さし当って一番不安に思っていることを聞いた。

「今夜の宿は、どこかお決まりか」

「宿？」

平九郎は、子供にむけていた穏やかな笑顔を、びっくりしたように甚平にふり向けた。

「いや、まだ宿は決めておらん。何しろこの町に着いたばかりでな」

「…………」

「それよ。いっそここに泊めてもらってもいいのだ。そういたそう。積もる話もある」

平九郎は甚平に向き直って、大きな顔を突き出すようにした。瞬きもしない眼が、甚平の顔をのぞき込んでいる。気圧《けお》されたように甚平は答えた。

「さようか。そういうことなら、狭い家だが、泊られたらよろしかろう」

とんだ藪蛇《やぶへび》だったと思ったとき、好江が台所から、お前さまと呼んだ。

「どうなさるつもりですか。あのようなことをおっしゃって」

甚平が台所に入ると、好江が詰《なじ》るように囁《ささや》いた。

「お布団がありませんよ。それに人をお泊めするような部屋がないじゃありませんか」

「納戸《なんど》を片づければ、一人ぐらい寝られる」

「お布団をどうしますか」

「たったひと晩のことだ。まだそんなに寒いというわけじゃなし、なんとかなるだろう。それぐらいは自分で考えろ」

「……」

「俺の布団を貸してやればいいではないか」

「それだけの義理のあるお方なのですか」

好江は一そう声をひそめ、甚平の耳にあたたかい息が触れるほど、顔を近づけて言ったが、それには甚平は答えられなかった。

黙っていると、いきなり尻をつねられた。

「お前さまは、お人が好いから」

尻をつねられて、甚平は憮然《ぶぜん》として台所を出た。関家が断絶して扶持をはなれたあと、いかに仕官を焦ったとはいえ、足軽まで身を落としたのはどういうものだったかと、甚平が後悔に似た気分を味わうのはこういうときである。好江は大場という、同じ御弓組に勤める足軽の娘で、ときに市井《しせい》の女のような考え方や振る舞いを見せることがある。嫁にもらった当座は、そういうことも珍しくて、足軽も気楽でいいなどと思ったこともあるが、子供が出来、女房が珍しい時期も過ぎると、そうでもなくなった。甚平は、六十石の小禄とはいえ、元をただせば士分である。好江の何気ない言動が、もと六十石の矜持《きょうじ》を、ちくと刺戟するような気がすることもある。

いまも、亭主の尻をつねるとは何ごとかと、むっとしたが、しかし昔は昔、足軽がそう固いことを言ってもはじまらない気もした。

二

平九郎が五杯目のお代わりを、好江に突き出したとき、甚平はこの男の正体が知れたと思った。

正確に言えば、正体は解っている。曾我平九郎という男は、越後三条の城持ち市橋下総守《しもうさのかみ》長勝に仕えて百石取りの武士だった男である。甚平が、慶長十九年の大坂攻めで、平九郎に会ったときは確かにそうだった。だがそれは十二年前の話である。

甚平が、正体が知れたと感じたのは、平九郎の今の身分のことである。平九郎はいまは多分市橋家の家臣ではあるまい。むろん百石取りの武士であるはずはなかった。それは着ているものの寒寒しさ、そしてこの大飯の喰い様をみれば解る。

衣食足りてのち、礼節を知るということがあるが、衣服は垢じみ、飯はさっきから数えていれば、確かに五椀目である。首をひねりながらも、好江が大いそぎで飯を炊いたから間に合ったようなものの、炊き足さなかったら夫婦の喰い分はなかった筈である。

しかも喰い始めるとひと言も喋《しゃべ》らず、ただ黙黙として飯を掻込《かっこ》んでいるのは、単に身体が大きいといったことではなく、明らかに食が足りていない証拠である。衣食が足りていないから、五杯目のおかわりを要求して、恬《てん》として恥じる色もないわけである。容易ならぬことになったと、甚平は思った。

好江が台所の片づけに立ったのをみてから、甚平はさりげなく後を追って台所に行った。平九郎は満足そうにおくびなど洩らして、何か子供に話しかけている。

「おい、酒はまだあるか」

と甚平は言った。

「お酒ですと?」

好江が振り返った。裸蠟燭《はだかろうそく》の光に、好江の眼がきらきらと光った。好江が怒っているのが解る。平九郎は、結局六椀の飯と味噌汁三杯を腹の中におさめた。その上酒を飲ませるのかと、好江は言いたいわけだろう。

だが甚平に言わせれば、それだから酒を飲ませる必要があるのだ。相手が、三椀喰べたいところを二椀にとどめて、恐縮してみせるような尋常な人物なら酒もいらない。あとは布団を敷いて寝かせればいいのである。大事な寝酒である。一升の徳利を、ひと月もかけてちびりちびり飲む酒を、めったなことで他人に飲ませるわけにはいかないのだ。

だが、いま茶の間でおくびをしている人間は、大物である。何が目的でこのあたりにきたか、そのへんのところをいっこう曖昧にしたまま、平気で泊りこみを決め、飯は六椀も喰った。

曾我平九郎は、当分この家に居据わるつもりでいるのではないか、と甚平は考える。すでにその徴候は、あちこちに見えている。そういうつもりならば、甚平の答えは決まっている。一晩はやむを得ないが、明日は引き取ってもらう。昔、曾我平九郎と確かに若干のかかわりあいはあった。そのことを認めるのに吝《やぶさ》かではないが、それはせいぜい一宿一飯の義理といった程度のものに過ぎないのだ。大きな顔をされるいわれはない。

だがそれを平九郎に言うには、あくまで慎重であらねばならない。先方に居据わる了見がないのに、冷たくあしらったりしては、後で恥をかくことになる。飲ませて、相手の腹づもりを探る必要があるのだ。

「俺の寝酒だ。文句を言わずに出せ」

「無くなっても、当分買いませんよ」

と好江は言い、戸棚を開けて徳利を出した。

――女というものは、眼の前の得失しか見えん。

甚平はいつものようにそう思い、徳利をひと振りして中身を確かめると、茶の間に引き返した。

「お、お。酒か。それがしの好物じゃな」

徳利をみて、平九郎はたちまち相好を崩した。言うことは、あくまでも厚かましい。

納戸に平九郎の寝床を支度すると、好江と子供は早早に寝間に引っこんでしまった。寝間といっても、襖《ふすま》一枚をへだてるだけの隣の部屋である。そういう狭い家だから、好江が見ず知らずの人間を泊めるのを嫌がる気持も、甚平にはわかる。だが寝間に引きとる前の、好江の仏頂面は何ごとかと甚平は思う。平九郎は、とりあえずは遠来の客である。彼がこの家にとって、迷惑な客かどうかは、これから鑑定するところである。その見きわめがつくまでは、甚平としては朋《とも》有り遠方より来る。また楽しからずやという構えでありたいのだ。

好江に言わせれば、夜分突然現われて泊るといい、大飯を喰っただけで十分迷惑だという気持かも知れないが、男はそういう短絡的な考えを取らない。遠来の客はとりあえずもてなし、いよいよ迷惑な客とわかれば、そこで初めて放り出す。男はそういう含みとけじめのある処置を考えている。好江のあの態度は、日頃の女房の躾《しつけ》のほどが丸見えで、恥ずかし千万ではないか。

そのひけ目があるから、甚平はせっせと平九郎に酒を注いだ。酒は四、五日前に買ったばかりで、一升徳利にまだ八分目ほどの量が残っている。

「ところで、この海坂城下に、どなたか訪ねる人でもあっておいでか」

ころあいをみて、甚平は訊いた。これが、先ほど来曾我平九郎に対して抱いている疑問のかなめである。平九郎が、誰かこの土地の知り合いを訪ねてきて、ついでに三崎甚平のことを思い出し、立ち寄ったということであれば、粗衣、垢面《こうめん》も何ごとかあらんや、である。かかわりない。平九郎は明日は出て行くであろう。

それこそまさに遠来の客であり、飯六杯はおろか、酒が足りなければ、外に買いに走ってもいいくらいである。

だが甚平がそう訊くのは、なんとなくそうではあるまい、といった疑いが胸の中にあるからである。そう思わせるのは、曾我平九郎の態度である。平九郎の態度は、本来あるべき客のつつましさを欠いている。どことなく落ちつくところに落ちついたとでもいうような、無遠慮なところがある。これは何なのかと甚平は思っている。それがわからないところに、甚平の不安があった。

この質問は、さっき一度はぐらかされている。今度は耳を澄ませる気持だった。

「ここに？　知り合いだと？」

平九郎はきょとんとした眼で、甚平をみた。顔は、髭のない部分が真赤になっている。飲むと赤くなるたちらしかった。

「貴公のほかに、知り合いなど、おらん」

と、平九郎は言った。

「なんと！」

今度は甚平が眼を瞠《みは》る番だった。さっきから努めて振りはらおうとしていた悪い予感が、どっと頭の中に走り込んできた感じがした。

「それがしを訪ねて、海坂にござったとな？」

「さよう」

平九郎は、平然とうなずくと、甚平の手から徳利を奪いとるようにし、茶碗に注ぐと、うまそうに酒を啜《すす》った。

「わしも長いこと浪人をしておってな」

酒の効果は甚大で、甚平が聞きたいと思っている事情を、平九郎は自分から話し出していた。

「禄をはなれて、かれこれ六年になる。わが三条藩が禄を減らされて近江《おうみ》に移されたのをご存じかな」

「いや、いっこうに」

市橋下総守長勝は元和六年三月に没したが、家を継ぐべき実子がなかったので、生前遺言して、養子の市橋三四郎長吉に跡目を譲ろうとした。しかし残された三条藩の家臣は、これを喜ばず、下総守の甥《おい》長政を立てたいと願い出て、藩内に若干の争いが生じた。

幕府がこれを裁決して、長政に市橋家を継がせて、越後三条から近江仁正寺に移し、三四郎長吉には、別に三千石を与えて御家人とした。この移封で、市橋家は四万一千二百石から、近江、河内あわせて二万石の身代に落とされた。

この減封のときに、相当数の家臣が禄をはなれたが、運悪く曾我平九郎もその中に入ったのである。

「それで？　その後仕官はされなんだか」

「とても、とても」

平九郎は手を振った。いつの間にか、片手はしっかりと徳利を抱えこんでいる。

「いずこも吝《しわ》いことは無類じゃな。大坂が片づいて、もはや大きな戦はないと、そう見ておるわけだ」

「しかし、それは元の百石にこだわるためではないのか。足軽にでも何でも身を落とすつもりなら、まだ潜りこむ場所はあると思われるが」

甚平は自分の経験から推して、そう言った。

「貴公は実情を知らん。いま巷《ちまた》には浪人が溢《あふ》れておるのだ」

「……」

そう言われると、甚平にも反駁《はんばく》の言葉がなかった。北国のこの藩に雇われてきて七年になる。世の中の動きには多少疎《うと》くなっていた。すると、あのとき思いきって藩の江戸屋敷に駈け込んで足軽に雇ってもらったのは、運がよかったということなのか。

「貴公は運がいい方だ。じつにうらやましい」

「そうかな。足軽になったことを後悔することもあるが」

「それはぜいたくというものだ。足軽、結構ではないか。こうして長屋をもらい、妻子を養っておられる。これ以上望むことはあるまい」

そうかも知れない、と思ったが、昔は百石取りの平九郎が、口の端に泡を溜めて、喚くようにそう言うのを聞いていると、どことなく哀れな気がした。

「ところで」

不意に平九郎が髭面を突きつけるように、首を前に伸ばしてきた。

「この藩に雇われるからには、高名ノ覚《おぼえ》を差し出したと思うが、それがしが書いた見届けの書付けは役に立ったかな」

おう、と甚平は思った。急に声をひそめて平九郎が言ったひと言で、眼の前にこの大男が胡坐をかき、徳利を膝《ひざ》にひきつけて坐り込んでいる理由が納得いったのである。

——なるほど。あれを頼りにやってきたわけだ。

甚平はしみじみと平九郎の顔をみた。事態は思ったよりも複雑に出来ているようだった。

「わしにも一杯くれ」

甚平は茶碗をつき出した。

三

慶長十九年の十二月四日夜。三崎甚平は大坂攻めの徳川方に加わっている。関長門守一政に率いられて、大坂城の北、沢上江村の陣にいた。

関隊は、竹中、別所、市橋、長谷川、本多康紀隊と城方の京橋口の前面に陣を構え、後方には片桐、石川貞政、木下、花房、蒔田《まきた》らの軍団が、後詰《ごづめ》の形で控えていた。

その日は城をへだてて反対側に陣している前田利常が率いる加賀藩兵、井伊直孝、松平忠直が率いる彦根藩兵、越前藩兵が、真田《さなだ》出丸に攻撃をしかけて散散に敗れ、城方の意気が大いに挙った日だった。城方のあちこちから勝ち誇る鬨《とき》の声が何度も聞こえたし、京橋口を守る城方の中島氏種の陣場にも、どことなく騒然とした気配が感じられた。

その夜、関隊はほかの徳川方諸隊と申し合わせて、陣地の前面に絶えず斥候《せっこう》を出した。真田隊の勝ち戦で気をよくしている城方の兵が、夜襲をしかけてくるのを警戒したのである。夜空は薄曇りだったが、戌《いぬ》の刻（午後八時）あたりになって月がのぼったらしく、足もとがぼんやりみえる程度の明るみが地上に下りている。夜襲には手頃な夜といえた。

甚平が斥候に出たのは、亥《い》の下刻（午後十一時）頃である。同僚五人と一緒に、西に淀《よど》川《がわ》べりまで歩き、枯芦《かれあし》が残っている川べりを、備前島が見えるあたりまできたとき、突然町家の陰から飛び出してきた十人ほどの人影を見た。町の者ではむろんなかった。そのあたりの住民は、戦におびえて逃げ、町は無人になっている。

原田という斥候隊長が、すぐ合言葉を叫んだ。味方の陣地からは、ほかに大和川沿いに市橋隊の斥候が出ている。原田はそれを確かめたわけだが、そのときには、すばやく走り寄った敵に斬られてしまっていた。

「敵だ！」

身体がこごえるような恐怖に襲われながら、甚平は叫ぶと、夢中になって持っていた槍を振り回した。二十の甚平は、今度の戦が初陣だった。原田が斬られるのをみて、味方の一人は逃げたが、甚平を入れて三人が踏みとどまって敵と渡りあった。

間もなく、敵は急に引き始めた。本隊が突出して来たわけではなく、相手も斥候の隊らしかった。甚平たちが頑張るので、敵陣の領域で小競り合いが長びくのは不利と判断したようだった。

逃げる敵を、二人の同僚が追いかけた。

「おい、深追いするな」

甚平は町の入口まで追って行ってそう言ったが、二人は血が頭までのぼっているらしく、その後姿は、たちまち闇に溶けた。

甚平は立ちどまって町並みの奥をうかがったが、その奥に大軍がひそんでいる気配は感じられなかった。

——やはり物見だ。

甚平は、さっき闇の中から襲いかかってきた敵をそう判断し、深追いして行った同僚を案じて舌打ちした。まだ巡回する地域が残っている。

——あいつら、どこまで行ったのか。

ぼんやりした明るみが混じる薄闇の中に、黒黒と無人の家が続いている。追っかけて行った二人が、その薄闇の中に呑まれてしまったような、無気味な気がして、甚平はもう一度舌打ちした。

すると、その舌打ちが聞こえたように、右手の家の羽目板の下で、弱弱しい唸《うな》り声がした。

「誰だ!」

甚平はとび上がるほど驚きながら、槍を構えた。答えはなく、また低い唸り声がした。近づいた甚平の眼に、足を地面に投げ出して、羽目板に寄りかかっている人間がみえてきた。桶皮胴《おけがわどう》を着て、兜《かぶと》を背中に紐《ひも》で背負っている。手に刀を握っているが、その手は力なく地面に垂れたままだった。

「城方だな?」

甚平が言うと、男はうなずいた。ぜいぜいと喉《のど》を鳴らして肩で息をしている。今の小競り合いで傷を負い、ここまで逃げてきて倒れたらしかった。

男は甚平を見上げると、のろのろと左手を挙げ、自分の首を指さした。

「……たのむ」

男は囁くように言った。首を斬れという意思表示のようだった。甚平はさらに近づくと、足で男が持っている刀を蹴《け》り離し、それからしゃがんで仔細《しさい》に男の様子を調べた。草摺《くさずり》が千切れ、その下からどろりとしたものが腿《もも》の上にはみ出している。男の腸《はらわた》だった。

「なるほど。助からんな」

甚平は気の毒そうに言った。

「中島勢の手の者か？」

男はうなずいた。ぜいぜいと息を鳴らしながら、必死な眼で甚平を見つめている。

「よし、介錯《かいしゃく》は引き受けた。おれは関長門守の家来で三崎甚平というものだ」

「……」

「貴公の名は？」

男は必死に何か言おうとしたが、かすれた喉声が漏れるだけで、声にならなかった。

「いい。名乗らんでいい」

甚平は槍を置くと、男の肩を摑《つか》み、右手で小刀を抜くとすばやく喉を掻き切った。勢いよく血が噴き出して、甚平は立ち上がって避けたが、頰から肩にかけて男の血を浴びた。

どういうやり方であれ、人を殺したのはこれが初めてで、甚平は一瞬ここが戦場であることを忘れて茫然とした。

――どういう男なのか。

首と腕を前に垂れて、居眠っているようにみえる死骸を見ながらそう思った。馬乗りとは見えないが、士分の者に違いなかった。今度の戦で、大坂方の陣場には十万人以上の浪人が入ったという噂《うわさ》を聞いている。そういう一人だろうと思った。

甚平は道に出て、味方の陣地に帰ろうとした。敵を追って行った二人が戻ったかどうかは解らないが、帰って物見の報告をしなければならない。

「おい、貴公」

不意に後で声がした。

「このまま帰るつもりか」

甚平は振り向いて槍を構えた。道に立っているのは大男だった。甚平よりひと回り大きい感じである。

男はカッカッと笑った。

「やたらに槍を振り回さんでくれ。わしは市橋の手の者で、曾我平九郎だ」

「味方か」

甚平はほっとして肩の力を抜いた。

「俺は関隊にいる三崎甚平。物見に出て、敵に遭った」

「わしの方も同様だ。敵が逃げたから追ってきて、貴公がやってることを見たところさ」

「あまりいい気持はせん」

甚平は正直に言った。

「帰って報告せねばならんので、失礼する」

「おい。そのまま行くのか」

甚平は改めて、薄闇の中に相手の顔を探った。言っていることが解らなかった。

「首を取らんのか、と言っている」

「首？　いや、それは違う」

甚平はあわてて言った。

「その男とやり合って討ち取ったわけではない。苦しがっているから、止《とど》めを刺しただけだ」

「ははあ、なるほど」

平九郎は、甚平をじっとみて、それから胸を反らせてカッカッと笑った。

「貴公は正直な人物らしいな。いや、気に入った。しかし……」

平九郎は説諭する口調になった。

「悪いことはいわん。その首をもらっておけ。持って帰れば、貴公の手柄になる」

「………」

「貴公は若いようだから、知らんのかも知れないが、手柄欲しさに拾い首を持ちこむ者もいる。それにくらべれば、そこにあるのは新品だ。もったいないではないか」

「そういうものか」

「そうよ。うん、わしが見届人になろう。見届けの書付けは、戦が始まらなければ、明朝貴公まで届ける」

「………」

「遠慮するな」

平九郎は、ばんと甚平の肩を叩いて行ってしまった。

平九郎が去ったあと、甚平はしばらくそこに立って考え込んだ。平九郎が言ったことに心を動かされていた。さっき止めを刺した敵は、その前の乱闘の間に、自分が刺した相手かも知れないではないか。そう思うと、誘惑はさらに膨れ上がった。

だが、結局甚平はその首を取らずにしまった。甚平が決心がつかずに考えこんでいるとき、関隊の者が十人ほど、殺気立って駈けこんできたためである。援軍は、逃げ帰った者から、隊長の原田が斬られたことを聞いたが、甚平を含めて後の三人が、いくら待っても帰らないのを案じて、探しに来たのであった。甚平は援軍と一緒に、敵を追って行った二人を探し、町並みを抜けた場所で、首のない二人の死骸を見つけた。二人はそこで、追って行った者の待伏せを喰ったらしかった。

援軍と一緒に帰隊したが、甚平はその夜、仮眠を許された枯草の上で、なかなか眠れなかった。いくら火を焚《た》いても、襲ってくる寒気が眠気を奪うせいもあったが、甚平は、空家の陰に置いてきた死骸を考えていたのである。

——何も考えこむことはなかった。ここは戦場だ。

戦場は命を賭《か》ける危険な場所だが、そのかわり運に恵まれれば、日頃の城勤めからは予想もつかない立身出世の機会にありつける。あの首で、六十石の禄が倍になるとは思わなかったが、少しばかりの加増は望めたかも知れなかった。

そう思うと、曾我という人物が言った言葉が、ひとつずつ鮮明に思い出されて、甚平はいよいよ眠れなかった。

夜が明けるのを待って、甚平はひそかに陣を脱け出すと、まだ暗さが残っている畑の間を駈け抜けて町まで行った。だが死骸はなかった。それがあったあたりに、大勢の乱れた足痕《あしあと》があり、夜の間に城方の兵が持ち去ったことを示していた。

夜がすっかり明けて、陣に戻った甚平が、同僚と朝の兵糧を喰っているとき、曾我平九郎がやってきた。明るいところでみると、いっそう逞《たくま》しい身体つきで、髭の濃い偉丈夫だった。

「これが、書付けだ」

平九郎が無造作に突き出した書付けを、甚平は開いてみた。十二月四日夜、片原町入口附近の戦闘で、関長門守家来三崎甚平が、首ひとつ挙げるのを確かに見届けた、と書き、署名、花押《かおう》がある。平九郎は、甚平がその首を取りそこねたとは夢にも思っていない様子だった。

甚平は黙って書付けを鎧《よろい》の下にしまった。自分がした幼稚な失策を覚られたくなかったし、それにわざわざ書付けを持参した平九郎の親切に対し、じつはこうだと打ち明けるのは憚《はばか》られる気もしたのである。

「それでは、何の義理もないではありませんか」

甚平の長話を聞き終った、女房の好江は気色《けしき》ばんだ口調で言った。

「シッ、大きな声を出すな」

「言ってあげればいいのですよ。じつはあの書付けは、何の役にも立っておりません、と」

「そんなことを、いまさら申せるか」

「おや、どうしてですか」

「世話をしたくないための口実と思われるだけだ。かたがた俺という人間が、いかに間抜けだったかを、曾我どのに披露するようなものだ」

「仕方ないではありませんか。これからの迷惑を考えれば、いっそ打明けて、お引き取り願うのが、なんぼういいかわかりません。ゆうべだって、まあ、あんなに沢山召し上がって」

「黙れ」

甚平は言った。大きな声を出せないところは、睨みつけることで補って好江の口を封じた。平九郎は、まだ眠っている。

「男には体面というものがある。女子のように薄情な真似は出来ん」

好江は仏頂面で黙りこんだが、亭主が時どき振回す体面というものには、逆らわない方がいいと思ったのか、いくらか言葉を柔らげた。

「それでは、どうなさるつもりですか」

「いいか、曾我どのは仕官を望んでおられる。ひと肌脱がぬわけにはいかん。うまい口が見つかれば、すぐにこの家を出て行く。心配はいらん」

「でも、仕官などという口が、すぐにありますか」

「なに、曾我どのはそう高い望みは持っておらんのだ。士分でなくともいいと言っている。足軽けっこう、いよいよとなれば中間《ちゆうげん》、若党奉公も厭《いと》わんと、そう言った。浪浪の間、苦労した模様だ。そして最後に俺を頼ってきたわけだ」

「……………」

「そなたのように、素気ないことを言って、突き離すわけにはいかん」

好江はそれでも不服そうに、まだ口をとがらせたが、あきらめたように口を噤《つぐ》んだ。大きな欠伸《あくび》の声がした。納戸の大食漢が目を覚ましたらしかった。続いてこの家では聞いたこともない放屁《ほうひ》の音がした。

夫婦は、何となく情ないような気分で顔を見合わせた。

四

曾我平九郎が納戸に引き上げると、甚平は欠伸をして、「さあ、寝るか」と好江に言った。欠伸の声が、以前より無躾《ぶしつけ》に大きく、だらしなく、どことなく平九郎の欠伸に似ているように思い、甚平はいささか反省する。

「ちょっと、お前さま、話が……」

好江は言った。

「俺はもう眠いぞ」

「いま、お茶をかえます」

好江は台所に立って行った。

——どうせ、なにの話だろう。

と甚平はうっとうしく思った。平九郎の仕官話がどうなっているか、と好江は聞きたいわけだろうが、こういうことは早急には運ばないのである。平九郎が来てから十日ほど経ったばかりで、見通しも何もこれからの段階だった。

好江は熱い茶を淹《い》れて、甚平に出した。熱くて濃くて、甚平は思わず舌を焦がし、いっとき眼が覚めたような気分になった。

「寺田さまの方のお話はどうですか」

と好江は言った。寺田弥五右衛門は、御弓組支配の物頭《ものがしら》である。

最初甚平は、所属の組の小頭《こがしら》である多賀源蔵に頼みこんだが、それだけでは物足りない気がした。曾我は、足軽でもいいと言っているものの、元をただせば百石取りの士分である。それに、人品の方は長い浪人暮らしでやや品下ったところがみえるものの、骨柄《こつがら》ひとつ取ってみても、やはり足軽という格ではないという気がした。

甚平は足軽として、三日のうち二日は城門の警衛を勤めるが、平九郎に六尺棒を持たせて門に立たせるのは、少し酷だという気がする。それで、小頭の多賀への依頼とは別に、その上の上司である寺田にも話を持ち込んだのである。

長屋の敷地に矢場があるくらいで、藩では足軽の練武に日頃気を配っている。市中にも弓や打太刀の稽古道場があり、二月に一度は小組対抗の射的、打太刀の試合があり、秋には、城の北八里ヶ原で大がかりな調練を行なう。名目は鷹狩《たかが》りだが、仮想敵を見たてての大規模な陣繰り調練だった。むろんこのときは、家中も参加し、臨時雇いの人足まで使って、藩公が調練をみる。終ると働きの目立った組に、藩公から賞詞があって、金品が下賜された。

こういう藩の気風であるために、物頭も小組対抗の試合には必ず顔を出し、ときには自腹で褒美《ほうび》を出して激励する。甚平は、子供の頃から打太刀の稽古に励んだので、小組の試合では巧みな太刀を使って、何度か所属する多賀組を勝ちに導いた。そのたびに物頭の寺田から褒美をもらっている。

寺田の褒美は、手拭い一本とか、山芋三本、米一升といったもので、本人が「褒美を出すぞ」と、恩着せがましく喚くほどには、組内の評判はよくないが、甚平がそのために寺田に目をかけられるようになったのは事実だった。

そうはいっても、家中と足軽の身分の差は大きく、甚平は恐る恐る平九郎のことを持ち出したのだが、寺田は請合った。その話の都合上、甚平は昔の自分の身分を打明けるはめになったが、寺田はそれで一そう甚平を見直したらしく、根掘り葉掘り甚平の身の上を訊《たず》ねたりして、機嫌は悪くなかったのである。

「話したからすぐというわけにはいかん。物頭は曾我どのを家中に加えるつもりだから、話が長びくのは当然だ」

「でも、お前さま」

好江は納戸の方を振り返って、甚平に膝を摺《す》りよせるようにした。平九郎を気にすることはないではないか、と甚平は思った。納戸からは、ごうごうといびきが聞こえている。

「あのな、お前さま」

「何だ。早く申せ」

「気味が悪いのですよ、あの方」

好江は甚平が城の門番に上がる日は、娘の花江を連れて、組長屋の敷地の中にある機織《はたおり》場に行く。足軽の扶持は安く、甚平も六石二人扶持である。つましく暮らせばそれで喰えないことはないが、一家の暮らしというものは、喰えればよいというものではなく、慶弔のつき合いがあり、着る物もいる。月に一升徳利一本といえども、寝酒もいる。

どこの家も事情は同じで、女房、娘たちは何がしか内職して家計の足しにしている。先年までは御弓組の縫物、御持筒《おもちづつ》組の機織りと言われていた。御持筒組の組長屋は、構えがひと回り大きく、家の中で機織りが出来たからである。しかし機織りの方は、城下の品川屋という商人が、月月回ってきて、織り上がった反物を一手に買い上げて行く道がついているのに、賃縫いはつてを頼って注文を受けるだけで、仕事は、無ければ十日も二十日もないことがある。

御弓組の小頭が寄り集まって、そのあたりの苦情を物頭の寺田に訴えたために、寺田が藩にかけ合って組長屋の敷地の中に、機織場を建ててもらった。それが三年前で、考えてみると、甚平が寝酒を飲めるようになったのは、その頃からである。

ふだん好江は、笹の葉に包んだ握り飯など用意して機織場に行く。子供にもそこで喰わせ、自分は自分で長屋の女房たちと、亭主の悪口などを言い合って、茶を何杯もおかわりして昼飯を済ませ、もうひと働きして夕刻に帰るのである。

平九郎がきてからは、それが出来なくなった。一応は飯の支度をして喰わせなければならない。平九郎は、初めの二、三日は旅の疲れもあったのか、昼の間も納戸にごろごろしていたが、近頃は甚平が城に登るのと前後して外に出る。そうしてあちこちぶらついているらしかった。それが飯刻《めしどき》になると、測ったように、ちゃんと帰ってくる。帰って茶の間に胡坐をかいて、飯が出るのをじっと待つ。

一度などは、よほど遠くまで行っていたとみえて、息せききって帰ってくると、しばらくはものも言えずにへたり込んで、好江はなんとなくあさましい感じがしたのだった。

それはよい。花江がいるとはいえ、大男と三人で飯を食うのは気づまりだが、亭主がいう男の面子《メンツ》とやらに義理を立てて、好江はつとめてにこやかに飯を給仕する。相変らず六杯目を突き出されたりすると、腹の中に思わず怒気が動くが、それも我慢する。

だが平九郎は、飯をよそってもらいながら、妙な目つきで好江の下腹のあたりをじっと眺め、「お内儀は、お子は一人しか生まれなんだか」とか、「お子は一人では、淋しゅうござらんか」とか言う。また今日は市中を散策している間に、たまたま女郎屋をめっけた、などと言って、好江のふくらんだ胸のあたりを、箸をとめて窺《うかが》ったりする。非常に気味が悪い。

「ふうむ」

甚平は腕をこまねいた。衣食が足りて、それで精神が礼節の方に向かうべきところを、方角違いの色欲の方に向いたか、と思う。厄介なことになった。

「しまりのない男だの」

「やっぱり出て頂きましょう。我慢にもほどというものがありますよ、お前さま」

ここぞとばかり好江が言う。

「まあ、待て」

出て行くかな、と甚平は思う。出て行くまい。まさか女房に色目を遣ったからともいえないが、仮にほかに口実を構えて出そうとしても平九郎は出て行くまい。

それでは放り出すか、と考えたとき、甚平はぎょっとした。改めて平九郎の雄偉な体格が眼の前に迫ってくる気がした。組み合ったら、間違いなくこちらが放り出されるだろう。

——厄介なものを抱えこんだ。

甚平は少し深刻な気分になった。納戸から聞こえるいびきを聞いていると、そこにひどく狂暴なものが棲《す》みついているように思われてくる。男の体面だの、同情だのとこだわって平九郎を家に留めたのは間違いだったかという気がした。実際もと三条藩士曾我平九郎について、甚平は何ほども知っているわけではない。

——仕方がない。あの金をやるか。

ふと甚平は思いついた。好江に内緒の金が少しある。寺田に気に入られて、時どき大事な用を言いつかることがあった。そのときもらった駄賃が溜《たま》っている。その金をやって、平九郎を女郎屋にやろう、と思ったのである。

好江をじろじろ眺めたりするというが、それを好江本人に気があると考えるのは早とちりというものだろう。平九郎は、要するに女っ気に餓えているに違いなかった。人なみに腹がくちくなって、女に対する関心が戻ってきたということに過ぎない。

折角溜めた金を、女遊びの費用にくれてやるのはいまいましいが、ここで平九郎をほうり出すわけにもいかないとなれば、それもやむを得なかった。そうしてあの男の妙な気分を一応なだめておけば、そのうちには寺田の方の話が決まるかも知れない。

「どうしますか」

好江が返事を催促した。

「うむ、明日は非番だから、俺から十分に言って聞かせよう。心配するな」

甚平は渋面を作って言った。金をやって、平九郎を女郎屋で遊ばせるなどと打ち明けたら、好江は狂い出し兼ねない。

床に入ると、甚平は好江の身体に手をのばした。なんとなく好江のさっきの話に煽《あお》られた気分がある。それに考えてみると、平九郎がきてから一度も好江を抱いていない。好江もすぐにその気になったらしく、しがみつくように身体を寄せてきた。甚平の手が乳房の丸味を摑むと、好江は小さい声を立てた。

すると、まるでその小さい声が聞こえたかのように、納戸のいびきがぴたりと止《や》んだ。のみならず、騒騒しく寝返りを打つ音まで聞こえる。

乳房を摑んだまま、甚平は進退きわまっている。みるみる胯間《こかん》のものが勢いを失うのを感じながら、甚平は納戸の大男に対して、心の中で呪咀《じゆそ》の言葉を吐き散らした。

五

秋風が町を通り抜けて行く。暑くなく寒くなく、顔を撫《な》でる風はさわやかだった。未《ひつじ》の下刻（午後三時）頃とおぼしい高い日が、歩いて行く二人の影を、短く地上に刻んでいる。

「昨夜の首尾はどうだったな？」

と甚平が聞く。女郎屋の首尾のことである。昨夜も、平九郎は夜食を喰い終ると、こそこそと夜の町に出て行った。帰ってきたのは、深夜の亥の刻（午後十時）過ぎだろう。

「それが、えらくもててな」

平九郎は胸を反らせて、鷹揚《おうよう》に笑った。色男然としたその顔つきが、甚平にはひとかたならずいまいましい。寺田にもらった駄賃は、べつに何につかうというあてもなく、何かのときにひょっと出したら好江が喜ぶだろう、ぐらいに考えていたのである。だが平九郎にやってみると、こういう使い方もあったな、と悔まれるのである。

しかし、ひとつ不審なことがある。その不審を甚平は口に出した。

「しかし、まだ金があるのか」

甚平は、へそくっていた有り金を平九郎に渡し、それこそ鷹揚に、少し遊んでこい、などといったが、額はたかが知れている。甚平の知識でも、二、三回登楼すれば、それで終りのはずだった。だが、平九郎が夜の町に出かけたのは、それ以後六、七度にもなる。

「心配ご無用。近頃は女が金を使わせぬ」

勝手にしろ、と甚平は思った。平九郎は顎《あご》の髭《ひげ》を撫でながら、器量がよく、気だてがよく、金を使わせないというおさくという女のことを喋り出した。眼など細めて、いい気なものだった。

商人町を抜けると、武家屋敷が並ぶ靫負《ゆげい》町に入った。人通りは急に少なくなって、秋の日射しが乾いた道と土塀を染めている。

前の方から五十恰好の武士が歩いてくる。非番で、どこか人を訪ねるとでもいった様子で、手に風呂敷包みを提げている。間隔が縮まると、甚平は履いていた草履を脱ぎ、丁寧に辞儀をした。相手はじろりと一瞥をくれただけで通り過ぎた。

「大変なものだの」

歩き出すと、平九郎が言った。

「いや、もう馴れた」

「そういうものか」

「喰わんがためだ。貴公だって足軽になればこうせねばならん」

「……」

「これから会う寺田どのには、貴公を士分にと頼んである。そのつもりで、軽率な振る舞いは慎んでもらいたいな」

「解っておる」

平九郎は重重しく言った。

甚平は今日非番で家にいたが、物頭の寺田からの使いがきた。平九郎を連れて屋敷にくるようにという使いだった。同道して来いというからには、話は平九郎の仕官のことで、しかも悪い話ではなさそうだった。

平九郎本人は悠然としていたが、甚平と好江は、喜びを隠すのに苦労した。漸《ようや》く厄介な居候と手が切れる時期が来たようだった。好江など浮きうきして、知り合いから平九郎の身体に見合う羽織、袴《はかま》を借りるために走ったくらいである。

寺田弥五右衛門の家は、靫負町の奥にあって、黒板塀で囲んだ広い屋敷だった。隣の家と生垣越しに顔を合わせて話したりする、足軽長屋とはくらべものにならない。寺田は二百三十石だから、藩では上士のうちに入る。甚平の目算でも、屋敷は四、五百坪はある。屋敷のうちには、欅《けやき》やこぶし、松などが自然木のまま立っていて、住居もいかめしく大きな構えだった。

二人は長屋門を潜った。玄関に入って訪《おとな》いを入れると、甚平も顔見知りの年寄りの家士が出てきて、「しばらく待て」と言った。次に出てきたのは物頭自身だった。

甚平が式台に手を突いて挨拶すると、寺田は気さくな口調で、

「今日は女子どもが寺詣《てらまい》りに出かけて、誰もおらん。上がれ」

と言った。寺田は甚平にも、「構わんからここから上がれ」と言ったが、甚平は固辞して庭から座敷の縁に回った。寺田の用を足すときにはいつもそうしている。

寺田は上機嫌だった。ひと眼みて、曾我平九郎が気に入った様子だった。畳みかけるように、越後三条藩での曾我の役向き、武芸の嗜《たしな》み、戦歴などを聞いている。

濡れ縁にかけて、家士からもらった茶を頂きながら、甚平は平九郎の答弁ぶりを気遣ったが、案じることはなく、平九郎は時どきカッカッと例の貫禄のある笑い声をまぜて、堂堂とした応対ぶりだった。納戸に寝ころんで、放屁の音をひびかせている平九郎とは、まるで別人にみえる。さすがに、もと百石だと甚平は感心した。

「それがしの初陣は、石田治部少輔《じぶしょうゆう》が叛《そむ》いた慶長五年の戦で、二十五のときでござった」

などと平九郎は言っている。

その頃市橋下総守長勝は、美濃今尾で一万石の城主だった。初め上杉攻めの徳川勢に加わって、小山の陣にいたが、石田の蜂起《ほうき》を聞いた家康の命令で、福島正則を伴って急遽《きゅうきょ》今

尾城に帰った。今尾城には、間もなく石田方の高木八郎兵衛、福塚城主丸茂三郎兵衛の手勢が寄せてきたが、市橋は手勢僅か六百名で、寄せ手を夜襲で破り、敵が福塚城に籠《こも》ると、さらにこれを破って、高木、丸茂の両将を大垣城まで敗走させた。この勝利と福塚城を納めて大垣、桑名の往還を塞《ふさ》いだ働きを認められて、市橋は一万石の加増を受けた。

こういう話が、寺田は大好きらしかった。

「なるほど。そしてさらに大坂両度の戦にも参加しておる、と。む、歴戦の士じゃな。三崎」

甚平にも眼を細めて笑いかけた。

「このご仁、人品骨柄見上げたものだ。む、古武士の風格がある。例の話をすすめているが、まあ決まったも同然だ。安心しろ」

上上の首尾だった。

平九郎を推薦した自分まで面目をほどこした感じで、甚平は軽やかな気分で、平九郎と連れ立って寺田の屋敷を出た。大物の居候と縁が切れる見通しも、これでぐっと明るくなったようだった。

長屋に戻ると、好江は待ち構えていたように、甚平を台所に引っぱりこんだ。平九郎がまだ茶の間で借着の羽織、袴を脱いでいるのに、待ちきれずに亭主の袖をひっぱって、こうしたところは、好江は町方の女たちのようにはしたない。

「いかがでしたか？」

「ま、なんとかなりそうだな」

甚平は渋面をつくって言った。内心をいえば、寺田と平九郎の顔合わせは、うまく運び過ぎて笑いをこらえ切れない気持だが、好江には少し控えめに言っておく必要がある。あまり楽観的な見通しを言って、ひょっとして駄目になった場合、好江は落胆するよりも怒り狂うだろう。そういうたちである。そしてこういう話は、土壇場にきてフイになるなどということがよくあるのだ。

しかし、好江にも少しはいい匂いを嗅《か》がせて置こう。

「曾我は、あれでな。外で喋らせると結構立派なことを言う。それにあの髭だろう。体格はよし、押し出しは相当なものだ。物頭も感心しておったな」

「では、間違いありませんか」

「まだそこまでは請負えん。今日物頭は曾我の人物をみたわけだが、二、三日中にご家老の淵田《ふちだ》さまに会われる。そこで決めるという段取りだ。まだ油断は出来ん」

好江は甚平を手で押さえておいて、そっと茶の間をのぞいた。平九郎は、夜食まで間もないとふんだらしく、外には出ずに納戸に引っ込んだ模様だった。茶の間では、娘の花江だけがいて、人形と話している。

「でも、よござんした」

と好江は言った。

「いつまでも六杯飯を喰べられては、台所が持ちません」

「それはそうだ」

「作間さまからお借りした羽織と袴。なにかお礼をそえてお持ちしないと」

好江はその経費を思案するように首をかしげたが、不意に狂暴な眼で甚平を睨んだ。

「これでお話がだめになるようだったら、私はあの髭を毟《むし》ってやります」

「くだらんことを言うな」

甚平は呆れて台所を出ようとした。

「あのな、お前さま」

好江が後についてきて、声をひそめて言った。

「お前さま方が家を出たあと、妙な人が訪ねてきましたよ」

「……?」

「曾我さまはいるかと。いいえ、それが曾我という浪人者がいるのは、この家かという言い方で」

「何者だ、それは」

「さあ。町方の人ですよ。風体のよくない、若い男が二人」

「はて」

甚平にはまるで見当がつかなかった。平九郎も、いつの間にか大層顔が広くなったものだと思った。

六

寺田に平九郎を引きあわせてから、四日目の夕方。甚平は大手門で門番をしていたが、そろそろ夜勤の番士と交代という時刻に、城中に呼ばれた。呼びに来たのは寺田についてきている中間だった。

——平九郎の話が決まったな。

と甚平は思った。城内にも事務、雑用を受け持つ足軽がいるが、甚平はずっと外勤めで、城の中に入るのは、年二回の大掃除とか、藩公の参覲《さんきん》の支度とかいう場合だけで、めったにない。

勝手口といったところから、案内されて一室に通り、薄暗いその部屋で待っていると、やがて寺田弥五右衛門がきた。

「やあ、この部屋は暗いな」

と寺田は言ったが、無造作に甚平の前に坐った。

「いい話があっての。夜、家へ呼ぼうかと思ったが、こういう話は早い方がよいからきてもらった」

「お頼みした話が決まりましたか」

「む？」

寺田は一瞬怪訝《けげん》な顔をしたが、すぐに手を振った。

「いや、曾我平九郎の話ではない。あれはまだ、二、三日かかる。三崎の話だ」

「私の？」

「さよう。今度多賀源蔵が、息子に職を譲って隠居する。多賀は知っているとおり病身での。その後釜《あとがま》の小頭に三崎を据えることにした」

「これは……」

甚平は茫然とした。思いがけない昇進だった。小頭といっても家中を束ねる組頭と違って、足軽の小頭は、御弓組、御持筒組といった内部の職制に過ぎない。組支配の物頭の裁量で決められる。

だが一応は十五人の足軽の長であり、住居も組長屋とは別な場所に一戸与えられ、士分に近い待遇を受ける。扶持も若干ふえるはずだった。

そこまで考えたとき、甚平の胸に漸く喜びが膨らんできた。思いがけない幸運が飛びこんできたようだった。

「有難うございます」

「うむ。三崎なら十分勤まると、前まえから睨んでおったのでな。ご家老とも話が済んで、扶持は七石二人扶持となる。精出せよ」

「は。せいぜい努めます」

「手続きに十日ほどかかるが、それが終ったら組にも披露する。家も禰宜《ねぎ》町に一軒与えられるから、そのときに引越せばよい。今度の家は広いぞ」

「はい」

「それから、と」

寺田は気ぜわしい手つきで懐を探った。

「これは支度金だ。べつに目見えということもないから、支度もいらんが、ま、藩から祝い金を出すのが例になっておってな。十両入っとる」

「有難うございます」

甚平の胸は膨らむばかりだった。金包みを押し頂きながら、好江が喜ぶだろうと思った。

平九郎が飛びこんできてから、何となく女房に押され気味だったが、これで少し大きな顔が出来る。

「わしはこれで城を下がるが、そっちも勤めが終りなら、一緒に帰らんか。まだ、話もある」

「は。お伴します」

甚平は弾んだ口調で答えた。小頭となると、一足軽とは違って、いろいろな面で待遇が変ってくるようだった。寺田の口ぶりには、いままでと違った親しみがある。

大手門の番所に戻って、夜勤の者と引き継ぎを済ませると、甚平は下城してきた寺田に随《したが》って城を出た。

歩きながら、寺田は小頭の心得のようなものを話した。いざ戦となると、弓、鉄砲、槍の足軽組は戦闘の最前線で働くことになるが、小頭は物頭の指揮に従いながら、時には組の掌握上、とっさの場合の判断も要求される。そういう話から、組子の任免、扶持米の分配、勤務の割り振りといった平時の役目までいろいろとあって、寺田の話を聞いていると、小頭という役目は、待遇は一段いいものの、平の足軽とは違って責任も重いようであった。

「だが門番に立つこともないし、身体はぐっと楽になるぞ」

寺田は言ったが、不意に足をとめた。

「あれは何じゃ。この間の曾我ではないか」

寺田の声に、甚平は驚いて顔を挙げた。そこは城の南の小姓町の一角で、常福寺という一向宗の寺の横だった。

寺の裏手が少しばかり雑木林を残している空地で、そこに三、四人の人が立っている。道から離れていて、甚平たちがそこに立ってみているのには気づかない様子だった。

「なるほど。曾我です」

と甚平は言った。大きな身体と立派な髭は間違いなく曾我平九郎である。それはよいが、男たちは明らかに口論しているようだった。三人の男が、平九郎を取り囲むようにして、なにか烈しく言い募っている。男たちのうち二人は着流しの町人風で、一人は両刀を差した武士だった。武士といっても、袴もつけずやはり着流し姿で、むさくるしく月代《さかやき》が伸びているところをみると、近頃城下で多く見かける浪人者の一人のようだった。

こういう浪人者を見かけるようになったのは、ここ二、三年来のことである。彼らはどこからともなく城下にやってきて、しばらくしてまたどこかに去って行く。

「これは面白い。喧嘩《けんか》じゃ」

寺田は甚平と、もう一人供をしている中間を振り返って笑った。

「曾我が、どんな喧嘩ぶりを見せるか、見物しよう」

甚平もそう思っていた。面白い見物になるだろうと思い、平九郎のことは心配しなかった。

事実平九郎は、相手を歯牙《しが》にもかけていない様子で、のっそりと立っている。だが男たちは、そういう平九郎の態度にいよいよ激昂《げっこう》した様子で、町人風の男が真直ぐ近寄ると、どんと平九郎の胸を突いた。

——おや。

と甚平は思った。突かれて平九郎は後によろけている。男はまた平九郎の胸を突いた。平九郎は、のけぞってその腕を摑もうとしたが、町人風の男はただの素性の者ではないようだった。機敏で、喧嘩馴れしていた。すばやく身体を寄せると、平九郎に足を絡んだ。するとと平九郎が、たわいない感じでひっくり返った。無様に見えた。

「何じゃ、あれは」

寺田が舌打ちをした。甚平は、自分が辱しめられたように赤面した。

「私が行きましょう」

「いや、待て。もう少し様子をみよう」

平九郎は町人風の男二人に、殴られ、足蹴にされていた。浪人者は少し離れて、その様子をみている。

突然男たちが逃げた。枯草の間から起き上がった平九郎の手に、刀が握られている。それをみて、浪人者が腕組みを解いて、ゆっくり平九郎に近寄って行く。遠くて、物音が聞こえないために、その動きには凄《すご》みがみえた。

「あれは居合を使うぞ。そうではないか、三崎」

と寺田が言った。

「そのようです」

物頭はよく見抜いた、と甚平は思った。甚平の身体に寒気が走った。一瞬の居合に倒れる平九郎の姿が脳裏を走り抜けた。平九郎は刀を構えているが、甚平からみると、それは構えというものではない。腰が入らず、腕の絞りも、足配りもばらばらで、平九郎はかかしのように突っ立っているだけだった。

「勝負はこれからだな」

と寺田が言った。浪人者の居合を見抜いた寺田にも、平九郎の構えは見えないらしかった。甚平は息をつめた。

だが、男が一間半の位置まで間合いを詰め、そこでじりっと腰を落としたとき、思いがけないことが起こった。平九郎が刀を投げ出して、いきなり地面に坐って手を突いたのである。たちまち男たちが駆け寄った。

「三崎なら勝てるか」

と寺田が言った。

「は。あれぐらいなら」

「よし。後の始末はまかせる。存分にやれ。ああいう妙な奴らをのさばらしておくと、町のためにならん」

寺田はかんかんに怒っていた。勢いよく歩きかけたが、振り向くと険しい声で言った。

「それから、曾我か。あの男の話はなかったことにするぞ。とんだ喰わせ者じゃ」

一刻後、その喰わせ者と甚平は飲んでいた。五、六人も腰かけると、店が一杯になるような飲み屋で、人が出入りするたびに、夜の暗がりから吹き込む風が、冷たく首筋を撫でる。

「生来、争いごとが不得手でな」

平九郎は薄笑いした。いつもの豪放な笑いは出なかった。眼尻と額が、紫色に腫《は》れ上がり、眼尻の瘤《こぶ》は血がにじんでいる。顎の髭は汚れていた。

「あのときもそうだ。敵の物見にぶつかってのう。逃げ出して貴公に出会ったというわけじゃ」

平九郎は大きな指で盃《さかずき》をつまむと、ひと息に飲んだ。

「藩が半知《はんち》に減封されたときに、ほうり出されたというのも、要すればそういうことでな。近江まで連れて行くにも及ぶまいというわけだった」

「ま。それはいいではないか。飲め」

甚平は酒を注いだ。甚平の内部にはまだ混乱がある。一個の偉丈夫が、ただの詐欺漢に変った驚きもあったし、厄介な侵入者が、ただの居候に変ったあっけなさもあった。

さっきの喧嘩にしても、聞いてみればお粗末な話だった。おさくという女が情があって、ただで飲ませて抱かせる、と平九郎はとくい気だったが、そんなうまい話が世の中にそうあるわけもなく、さすがに気がひけて少し足が遠くなったところに、とんでもないつけが来て、払え、払えぬの争いが、あの始末だったのである。

寺田の意向は、すでに伝えてある。それに対して平九郎は何も言わなかった。寺田に見られたということで、万事諦《あきら》めた表情だった。甚平としては、あとは飲ませるぐらいしか、やることはない。幸いに支度金というものが入って、懐はめったになく暖かい。

「それで、どうする?」

したたかに飲んだ感じの後で、甚平は言った。もう深夜で、残っている客は二人だけだった。飲み屋の亭主が、所在なげにするめの足を焼いて、自分で齧《かじ》っている。

「明日、ここをたつ」

「それで、どこへ行くのだ」

「それはわからん。ま、歩き出してから考えるか」

平九郎は、酒が入って漸く気を取り直したらしく、胸を反らせてカッカッと笑った。

「貴公、妻子は？」

「そんなものはおらん」

平九郎は、少し昂然とした口調で言った。淋しそうなところはなかった。

甚平は金包みを出して、半分の五両を渡した。

「これは何だ」

と平九郎が言った。

「当座の路銀じゃ」

「いや、これは受け取るわけにいかんぞ」

「なぜだ」

「厚かましく、飯は喰わしてもらったが、金までは恵みを受けん」

あのときは、女郎屋に行く金をもらったじゃないかと思ったが、甚平は平九郎の気持が解らなくもないと思った。あのときとは事情が違って、平九郎は化けの皮が剝《は》げてみじめになっている。金をやるのは、哀れまれていると受け取られるかも知れなかった。

「じつは解っておったのだ」

と平九郎が言った。

「……？」

「足軽に雇われるのに、高名ノ覚はいらん。むろんわしの書付けもだ。うかつにも途中で気づいた」

「……」

「だが貴公も、お内儀もそれを言わずに、黙って喰わせてくれた。忘れん」

平九郎は、優しい眼で甚平をみながら、板の上の小判をそっと押し戻した。


「あとは、納戸の片づけが残っているだけだな」

甚平は好江に言って納戸に入った。夫婦は、明日禰宜町に引越すために、大わらわで荷物を括《くく》っていた。まとめてみると、貧乏世帯なのに驚くほど荷物がある。夕方には手伝いの組子が荷車をひいてやってくることになっていた。

――こんなところに、不平も言わずに寝ていたわけだ。

甚平は狭い納戸を見回して思った。この間までいた人間が、急にいなくなってみると、家の中で、そこだけ穴があいているような、妙な気分がした。

「悪い男ではなかったの」

と甚平はひとりごとを言った。

好江が聞き咎《とが》めて、何ですかと言った。好江は襷《たすき》がけで、白い二の腕まで露《あら》わにし、大張りきりで荷物を括っていた。そのそばで、母親にせがんで同じように襷をしてもらった花江が、長い帚《ほうき》を振り回している。

「いや、曾我のことよ。あれからどこへ行ったものかと思ってな」

「どこだっていいではありませんか」

好江は薄情なことを言った。

「もうあんなことは、二度とごめんですよ。あ、そこ手をつけないでくださいね。私でないとわかりませんから」

ああいう男が、またくるわけはないではないかと甚平は思った。

明りとりの障子を開けると、真青な秋の空がみえた。草は枯れ、組屋敷の塀ぎわに柿の実が色づいている。

——しかし、気楽は気楽だろうな。

と思った。喰うためには、何かしなければならないだろうが、それは城に雇われている人間も一緒である。家もなく妻子の煩いもないというのは気楽なものかも知れないと思った。ただ人は、その孤独に堪えられないときがあるだろう。曾我平九郎が、この家に立ち寄ったのもそういうことで、いっとき人恋しかっただけかも知れぬ。

そう思うと、平九郎が、どこか日のあたる道を、のんきな顔でのそのそ歩いている姿がみえてきて、甚平は一瞬うらやましい気がした。好江は単純に喜んでいるが、小頭というのは気苦労の多い勤めなのだ。その証拠に多賀源蔵は、小頭になってから胃の腑《ふ》をこわしている。

不意に腹の中にごろごろした感じが動き、何気なく力むと、それは高い音になった。

——ふむ。平九郎の置きみやげじゃな。

と甚平は思った。人の気配にふり返ると、好江が険しい顔で睨《にら》み、花江があっけにとられた顔で父親を見上げていた。

小川の辺《ほとり》

一

戊井《いぬい》朔《さく》之助《のすけ》が入って行くと、月番家老の助川権之丞《ごんのじょう》は、ちらと振り向いただけで、あとを閉めてこちらに寄れ、と言った。

助川は、机の脇に山のように帳簿を積みあげて執務中だった。朔之助は、言われたとおりに襖《ふすま》を閉めて中に入ると、助川の斜め後ろに坐った。部屋の中には真白な障子を通して、午後の明るい光が流れ込んでいる。その光の中に、家老の横顔にあるしみや、鬢《びん》に塊《かたま》っている白髪《しらが》が浮き出ている。

執務部屋に入るのは、はじめてだった。立派な黒檀《こくたん》の机が置かれ、大きな火鉢に鉄瓶が小さく鳴り、部屋の隅には行燈《あんどん》が置いてある。床脇の違い棚に硯箱《すずりばこ》が二つもあり、その下の刀架に家老のものらしい刀が懸けてある。床の間の軸の下に、唐金《からかね》の花瓶が置いてあるが、花は挿されていない。

「や、待たせたの」

助川は、筆を置くと、不意に朔之助に向き直った。そして向き合うと、助川は小柄な老人だった。小柄だが眼が鋭く、精悍《せいかん》な顔をしている。

「茶を飲むか？」

「いや、それがしのことは、斟酌《しんしゃく》なく」

「そうか」

助川は、火鉢のそばに置いてある盆から、小さな湯呑を取り、鉄瓶から湯を注いだ。平たく黒い鉄瓶は、いっとき音を立てるのをやめたが、火の上に戻されると再び静かに鳴り出した。

白湯《さゆ》を啜《すす》りながら、助川は畳に視線を落とし、なかなか用件を言わなかった。朔之助はさっきから胸に蟠《わだかま》っている重苦しい気分が、いよいよ胸を圧迫してくるのを感じた。

——あのことに違いない。

強い緊張にとらえられながら、朔之助はそう思い、なかなかものを言わない家老を見守った。

いま藩では、脱藩した佐久間森衛《もりえ》に討手《うつて》を出している。佐久間は脱藩するとき妻を同行した。子はなかった。その佐久間の妻が、朔之助の妹である。そのことについて、藩から戌井家に対する咎《とが》めはなかったが、戌井家では妹夫婦の身の上を案じて、ここ半月ほど大きな声で物を言うのも憚《はばか》る気持で暮らしている。

「じつは……」

助川が顔を挙げた。

「中丸徳十郎が帰ってきた」

「……」

朔之助は胸が重おもしく揺れ動いたのを感じた。すると森衛は討たれたのか。田鶴《たず》はどうなったのかと思った。

「いや、中丸は病気で帰ってきたのだ」

「すると佐久間は？」

「まだ討ち止めておらん。居所はおよそ摑《つか》めておるらしいが、徳十郎は刀も揮《ふる》えぬ有様での。江戸から引き返して参った」

「……」

「そこでな。藩ではかわるべき討手をさしむけねばならんので、早速相談したが……」

助川は真直《まっす》ぐ朔之助を見た。憂鬱そうな視線をしばらく朔之助にそそいでから、助川はぽつりと言った。

「討手は、戌井朔之助に決まった」

「それは……」

朔之助は絶句した。一瞬家老が言ったことが正確に摑めなかったほど、混乱した気持に襲われたようだった。いずれ話は佐久間のことに相違ないと思って来たが、こういう命令は予想の外にあった。

「まことに名誉な申しつけではございますが……」

朔之助は漸《よう》く《や》口を開くと、押しかえす口調になった。

「このご命令は受け兼ねまする」

「そう申すだろうことは、こちらではわかっておった。無残といえば、まことに無残。しかし我らがそう決めた事情も承知してもらわねばならん」

「……」

「徳十郎のかわりに立ち合って、佐久間に勝てるほどの者は、見わたしたところ、そなたのほかにおらんということで一致したのだ。藩としては、そなたには気の毒ながら、背に腹はかえられんということじゃ。徳十郎が空手で戻ったことについては、すでにお上《かみ》はひどく機嫌を損じておられる。我らもいい加減な人選は出来ん立場でな」

「しかし、一人と言わず両三人もさしむければ、佐久間を仕留めることは出来ようかと存じますが……」

「森衛の女房は、そなたと同じ直心流を遣うそうではないか」

「は。いささか」

「すると、かりに二、三人を差しむけるということになると、女房も手むかうだろうから修羅場になりはせんか」

「あるいは。田鶴は気が強い女子《おなご》でござりますゆえ」

朔之助は言ったが、沈痛な顔を挙げてきっぱり言った。

「しかしそれは止むを得ませぬ。わが家では、そういうこともあろうかと、すでに覚悟を決めておりますれば」

「しかしそなたが行けば、森衛の女房も兄には手むかうまい。お上は、女房のことは打捨てておけと申されておる。そなたが行けば、命助かるというものじゃ」

「………」

朔之助は眼を伏せた。田鶴は子供の頃から気性が激しい女だった。今度の佐久間の脱藩は、藩主に逆らって謹慎を命じられている間の出来事だったが、後に残された召使いから朔之助が聞き糺《ただ》したところによると、田鶴が脱藩をそそのかしたのではないかと思われる節《ふし》があった。田鶴は、討手が兄だと知って、おとなしく夫を討たせるような女ではない。

「むかし、すでに十年余にもなろうか。いま物頭《ものがしら》をしておる石崎軍兵衛が、弟の兵馬を討ちに参ったことがあった。お上に仕える者は、時にそういう悲惨な立場を忍ばねばならんこともある」

石崎の話は、朔之助も子供の頃だが耳にしている。だが、兵馬は遊里に出入りしていて、そこで人を斬って脱藩した男で、石崎家の鼻つまみだった。軍兵衛の異母弟だった。

「森衛は義弟、そばに肉親の者がつき添っているというそなたの苦衷はわかるが、断わっては戌井の家も立場が苦しくなるぞ」

「このことは、すでにお上もご存じのことでございますか」

「すでに申しあげた。早早にはからえとお苛立《いらだ》ちでな。止むを得なかった。ゆえにこれはそなたに相談をかけておるわけではない。主命だぞ」

朔之助は沈黙した。もはや退路は断たれているようだった。沈黙している朔之助の脳裏を、佐久間森衛に寄りそって、どことも知れない野道を、顔をうつむけて急ぐ田鶴の姿が小さく遠ざかろうとしていた。

二

「ほかの方にお願いすることは出来なかったのですか」

朔之助の言うことを聞き終ると、母親の以瀬《いせ》は顔色を変えて言った。

「いくらお上のお言いつけとは申せ、あんまりななされ方ではありませんか」

「お上の処置をとやこう申してはならん。口を慎め」

腕組みをして、朔之助の言うことにうなずいていた父の忠左衛門が、ぽつりと叱った。

「むろん、その役目は引き受け難いと、申しあげたわけでござる。しかししまいには、断わっては戌井家の立場が悪くなろう、とご家老のお言葉もあり、すでにお上に言上済みとあっては手遅れと存じ、受け申した」

「戌井の家の立場とはどういうことですか、朔之助どの」

以瀬はきっと顔を挙げて、息子をみた。母親が、畳を叩いて迫ってきたように、朔之助は感じた。

「されば……」

朔之助は眼を伏せたまま言った。

「佐久間が出奔し、しかもその連れ合いは戌井家の者。それだけでも、わが家にも何らかのお咎めがあっても止むを得ない立場にあることは、母上にもおわかりでござろう」

「それはようわかります。だからこそこうして、一切外にも出ずに慎んでいるではありませんか」

「しかしお上は、わが家には咎めは下されなんだ。しかしこのうえご下命を辞退しては、お上の寛大さにも限りがあろう、とご家老が申されるわけでござる」

朔之助が言ったとき、襖が開いて妻の幾久《きく》が入ってきた。幾久は朔之助のうしろにひっそりと坐った。

「主命じゃ。朔之助が申すとおり、もはや拒むことは出来ん」

忠左衛門が、結論をくだすように言った。だが以瀬はなおも喰い下がってきた。

「田鶴を、どうなさるつもりですか、朔之助どの」

「むろん、連れて帰るつもりでおります。お上は田鶴にはお咎めを下しておりません」

「私が心配しているのは、それより前のことです。田鶴が手むかったら、どうしますか」

「まさか、実の兄に向かって、斬りかかりもしませんでしょう」

朔之助はそう言ったが、確信があるわけではなかった。田鶴が邪魔すると、厄介なことになりそうだった。佐久間は尋常の遣い手ではない。

「もし斬りかかってきたときは、どうなされますか」

以瀬は執拗《しつよう》に言った。以瀬も気性の激しい女で、戌井家の母娘《おやこ》は、その点で共通している。田鶴は小さい頃、母親の溺愛をうけて育っている。我儘《わがまま》で、恐いもの知らずの娘のまま、佐久間に縁づいた。

「そのときは斬れ」

不意に忠左衛門が言った。きっぱりした声だった。忠左衛門は郡代まで勤めて、二年前病身を理由に致仕《ちし》を願い、朔之助に家督を譲っている。隠居してからは、朔之助をたててひっそりと暮らしているが、いま家長の立場に返ってそう言ったようだった。

「まあ、お前さま」

以瀬はきっとなって忠左衛門を振り向いたが、忠左衛門の厳しい視線にぶつかって、弾《はじ》き返されて落ちたようにうつむいた。その髪に白いものが目立って、行燈の光に浮いているのを、朔之助は傷ましい気持で眺めた。

「斬りは致しませぬ。私におまかせ下さい」

と朔之助は言った。以瀬は、それに答えずに、少しずつ忠左衛門に膝《ひざ》を向け変えると、低い声で詰《なじ》りはじめた。

「お前さまが、朔之助と田鶴にしたことは、間違っておりましたよ。二人や新蔵に剣術を仕こんで、それでどうなりましたか。剣術にすぐれていなければ、朔之助どのが討手に選ばれることもなかったでしょうし、兄妹の斬り合いなどと恐ろしい心配もすることはなかったでしょうに」

忠左衛門は黙然と天井を見上げている。忠左衛門は、少年の頃父親が江戸詰になった年に随行して江戸に行き、紙屋伝心斎の門に入った。以来直心流ひと筋に修行して、家督を継いでからも、江戸詰の間に研鑽《けんさん》を積み、二十四のとき免許を得た。戌井家は三百石を喰《は》み、家中上士として役職につく家柄だったが、忠左衛門は、剣の修行のために役を持つのが遅れたほどである。

そういう忠左衛門であるから、子の朔之助が木刀を握れるようになると、早速剣術を仕込んだが、やがてその稽古に、妹の田鶴、戌井家で先代の時から若党を勤めてきた利兵衛の子、新蔵が加わるようになった。新蔵は忠左衛門に命じられたからだが、田鶴は自分から父に願って、稽古を受けたのである。

直心流では他流試合を禁じていた。だが、朔之助は四年前に、海坂城下でもっとも人気がある一刀流の浅井道場で試合をしている。その手配をしたのは父の忠左衛門である。試合は、浅井道場で師範代を勤める戸田弥六郎との間に行われ、三本勝負の約束だったが、最初の勝負に朔之助が勝つと、戸田は勝負を辞退した。

当時勝った戌井も戌井、後の勝負を捨てた戸田も戸田と評判になった。二人の試合はそれほど見事な試合として、見た者の印象に残されたのである。

その朔之助の剣を呪詛《じゅそ》するように、以瀬は忠左衛門を詰っていた。白髪が目立つ母が、そうして綿綿と父を詰っているのを見ながら、朔之助は耐え難いような気持になっていた。一家に覆いかぶさってきている不幸の異常さが、母の上に現われているようだった。以瀬は気性の激しい人間だが、人の前で、夫を詰るようなことはしたことがない筈だった。

「あれは、どこまで不しあわせな子であろ」

以瀬は言うと、不意に両掌で顔を覆った。以瀬は明らかに取り乱していた。小さな肩が顫《ふる》えるのをみながら、朔之助は父に一礼して立ち上がった。

廊下に出ると、そこに人影が蹲《うずくま》っていた。

「新蔵か。何をしておる」

「若旦那さまに、お願いがあって、控えておりました」

新蔵は低い声で言った。

「それでは、わしの部屋に来い」

朔之助は先に立って奥の自分の部屋に行った。部屋は暗かったが新蔵が行燈に灯を入れた。

「冷えるのう」

「はい。三月の夜とは思えませぬ」

花の季節で、この間は五間川の堤防にある桜並木でしきりに花見客がにぎわったばかりである。だが桜が散ったあと、また冷えがぶり返してきたようだった。朔之助は、呼ばれて行った家老の執務部屋に、火桶《ひおけ》が置いてあったのを思い出した。

「話というのは何だ、新蔵」

新蔵は父親の利兵衛が病死したあと、受け継いで戌井家の若党を勤めている。

「そのことでございます」

新蔵はうつむいて言ったが、不意に畳に手をついた。

「若旦那さま。今度の旅に、私をお連れ頂くわけに行きませんか。ぜひとも、お願いしとうございます」

「聞いたのか。少し不謹慎だぞ」

朔之助は小声で言った。

「申し訳ございませぬ。皆さまのご様子が、徒事《ただごと》とも思えませんもので、ご無礼とは存じましたが、廊下でおうかがい致しました」

「わしについて行ってどうするつもりだ」

「佐久間さまの居所を探すにしても、お一人では苦労でございましょうし、お連れ頂ければ、お役に立てると存じます」

「場所はおおよそわかっておる。城を下がる途中、中丸を見舞って聞き出したが、行徳《ぎょうとく》の渡し場付近で、買物をしている田鶴を見たものがいるそうじゃ。中丸はそのあたりに見当をつけておった」

「それにしても、若旦那さまがお探しになっては目立ちましょう」

「田鶴が心配か、新蔵」

と朔之助は言った。新蔵は膝に手を置いたまま、黙って朔之助を見た。新蔵の浅黒く引きしまった顔には、朔之助を非難しているようないろがある。新蔵は戌井家の奉公人だが、戌井家の屋敷の中で生れ、子供の頃は朔之助たちと兄弟同様にして育った。年は田鶴よりひとつ上である。いまも朔之助は、新蔵を並みの奉公人扱いにはしていないつもりだった。新蔵が藩命を引きうけた俺を非難する気持はわかる、と思った。

「手むかってきても、田鶴を斬ったりはせん。だが心配なら、連れて行ってもいいぞ」

「ありがとうございます」

新蔵は弾んだ声で言った。浅黒い顔に血がのぼったようだった。

「それでは私も、すぐに支度を致します」

その夜、朔之助は幾久を抱いた。朔之助の愛撫《あいぶ》は、いつもより長く荒荒しかったが、幾久もいままでになかった乱れを見せた。

「お気をつけて下さりませ」

打ち倒されたもののように、闇の中に横たわっていた幾久が、やがて朔之助の手を探ってきて、そう囁《ささや》いた。田鶴は、かならず手むかってくるだろう。幾久に手をゆだねながら、朔之助はそう思った。田鶴は、朔之助の推察に間違いなければ、夫に脱藩をすすめたのである。謹慎している佐久間に、さらに重い処分がくだることを、女の直感で見抜いたのかも知れなかった。田鶴は、それほど強く夫と結ばれていたとも言える。そうであれば、夫が討たれるのを、手をこまねいてみている筈はなかった。

三

朔之助と若党の新蔵は、翌朝早く海坂の城下町を発った。上意討ちの討手は、夜分か早朝に、ひそかに立つ慣わしである。まだ暗いうちに起きて旅の支度を整えた幾久と下婢《かひ》のかねに門の外まで見送られて、二人は出発した。町を抜けるまで、二人は人には会わなかった。ふだんより広くみえる町通りに、重い朝靄《あさもや》が立ち籠めていただけである。靄は町を離れて、左右に田と桑畑が続く街道に出ても、雨の日のように視界を暗く塞《ふさ》いでいた。その中を、二人は無言で足をいそがせ、町を後にした。

小一里ほど歩いたとき、突然のように日光が射し、靄はしばらくの間白く日に輝いたあと、急速に消えて行った。行く手に、まだ山巓《さんてん》のあたりに雪を残している山が見えた。海坂領は三方を山に、一方を海に囲まれている。里に近い山は、早く雪が消えるが、その陰に、空にそばだって北に走る山脈《やまなみ》には、六月頃まで斑《まだら》な残雪がみられる。

道は少しずつ登りになっていた。そしてあたりの田は、まだ冬を越したままで、枯れた稲の株を残していた。しかし畦《あぜ》には雑草が白い花をつけ、木木は芽吹いて日に光っている。この道を、田鶴は佐久間と一緒に行ったのだ、と朔之助は思った。

「佐久間さまのお咎めでございますが……」

後から新蔵が話しかけた。新蔵もあるいは同じようなことを考えたのかも知れなかった。

「脱藩しなければならないほどの、重いものでございましたか。私はそのようには聞いておりませんでしたが……」

その疑問は、朔之助にもあった。

今年の一月、佐久間森衛は藩主あてに一通の上書を提出した。佐久間は郡代次席を勤めていた。上書はその立場から、一昨年、昨年と二年におよぶ農政の手直しで、郷民がどのような窮地に追いこまれたかを、十八項目にわたって実例を挙げて示し、思いつきの手直しをやめて、抜本的な農政改革に着手すべきこと、それが出来なければ、実施した小刻みな改変をすべてご破算にして、旧に戻してもらいたいと述べたものだった。

上書は、農政の手直しを指示した藩主主殿頭《とのものかみ》を直接に批判した痛烈なものだったが、目的は藩主の政治顧問ともいうべき立場にいる、侍医鹿沢堯伯《ぎょうはく》を斥《しりぞ》けることにあることは明らかだった。主殿頭の指示が、堯伯の意見をそのまま採用していることは、藩内では誰知らぬものがいない。堯伯は藩主家の侍医を勤めると同時に、長年藩主に経書《けいしょ》を講義して信頼されてきた学儒でもあり、ここ数年藩政に容喙《ようかい》する姿勢が目立っていたのである。

藩では数年前、二年続きの凶作に見舞われ、その傷手がまだ回復していなかった。多数の潰《つぶ》れ百姓を出し、領内にはまだ、荒地と化した田畑が残されている。その凶作の間、どうにか飢えをしのぎ切った百姓も、まだ疲弊から立ち直っていなかった。凶作は、単純に悪天候のためとも言えない農政上の失策、水利の不備、開墾田の地理選定の誤りなどを含んでいたため、藩では農村の疲弊回復をはかると同時に、根本的な農政の立て直しを迫られていた。

藩執政たちは、むろんたびたび会議を開いて政策を練ったが、姑息《こそく》とも思える倹約令を両三度出しただけで、有効な施策を打ち出せないまま苦慮していたのである。その間に、藩主主殿頭が指示してくる農政上の改変を、次次と無気力に受け入れたのも、執政たちの自信のなさを示したものだった。

受け入れたものの、鹿沢堯伯が献策し、藩主が指示してくる農政の手直し策を、郷村回復に有効な施策だと認めていたわけではない。郷村は、いわば病人だった。下手にいじることは命取りになりかねないという議論も、執政会議の席上でなかったわけではない。だがそれを藩主に言う者はいなかった。

そういうときに出された佐久間の上書は、激怒した主殿頭が、佐久間の処分を諮問《しもん》してきた執政会議で、逆に一致して支持された。上書の内容は、思いつきの指示が、どういう悪い結果を招いたかを適確に指摘し、真の立て直し策のありようを示唆していたからである。執政たちは佐久間の上書に刺戟《しげき》されて、鹿沢堯伯の藩政への容喙を停止するよう求め、佐久間の上書をもとにして、早急に農政改革案をまとめ上げた。この動きの中で、執政たちが示したまとまりは、かつて例をみなかったほどのものだった。

藩主を批判した佐久間を慎み処分にとどめたのも、執政たちの結束が、主殿頭を押えたといえた。主殿頭は暗君ではない。農政についての指示も、いつまでも足踏みを続ける執政たちの腑甲斐《ふがい》なさに苛立って、みずから乗り出したといった気味があった。それだけの見識は持っているから、佐久間が挙げた十八項目の指摘に道理があることは、理解出来たのである。主殿頭は鹿沢の出仕を止める処置をとった。

だが佐久間に対する怒りは、そういう処置とは別個に、主殿頭の内部で荒れ狂っていた。上書は、主殿頭の自尊心を著しく傷つけるものだった。結果が佐久間の言うようなものであっても、農政立て直しには自分なりに意を用いた、という気持が主殿頭にはある。だが上書は、その点については一顧もせず、冷やかに結果だけを裁断している、と主殿頭には思えた。佐久間に嘲《あざけ》られたと感じた。

それまで唯唯諾諾《いいだくだく》と従い、一言の意見も言わなかった執政たちが、上書が出ると掌をかえしたように鹿沢の献策を非難し、側近政治の弊などと言い出したことも我慢ならないことだった。主殿頭の憎しみは、そういう執政たちへの不満も含めて、佐久間に集中した。

「そういう事情でな。表向きは謹慎という処分だったが、佐久間はお上に憎まれておった。お上が刺客を放ったという噂《うわさ》があったぐらいじゃ」

「まことでございましょうか」

「まさかとは思うがの。ともかく執政たちは、お上がもっと重い処分を命じたのを、謹慎処分に押えておくのが精一杯での。その処分を解くことなど思いもよらなかったようだ。だから逃げないであのままいても、ご家老や組頭《くみがしら》がお上の圧迫に耐え切れなくなって新しい処分を決めるということは、考えられないことでもなかったな」

「……」

「現に、二人が脱藩した当時に、組頭の安藤どのが、これで肩の荷が下りた、と人に洩らしたそうじゃからの」

「さようですか。佐久間さまは、いずれにしろ無事では済まなかったのですか」

新蔵が曇った声で言った。朔之助はそれには答えなかった。道は山裾を蛇行《だこう》しながら、次第に登りになっている。左手には緩やかな山の斜面が続き、樹樹が綿を吹いているように若葉をつけはじめている。林の中に日が射しこみ、窪地《くぼち》に残っている雪を照らしているのが見えた。右手には、小さな田が上へ上へと幾層にも積みあげたように続き、その先端は、行手に赤い崖肌《がけはだ》をみせている切通しの下までのびている。

振り返ると、遥かな下に、一度山の端に隠れた城下町が見えた。日は擂鉢《すりばち》のような盆地を隈《くま》なく照らしていたが、海寄りの地平には依然として靄のように曖昧な空気が澱《よど》んで、春が盛りを迎えようとする気配を示している。

のどかな景色だった。景色が穏やかでのどかであるだけに、今度の旅の異様さが、心を重くしているようだった。佐久間の縁に繋がる者として、俺にもお上の憎しみがかかっているのかも知れないな、と朔之助は思った。そうとでも考えなければ、いまの立場は納得できない気がした。

――森衛も軽率だ。

はじめてそう思った。佐久間は須田郷の代官を勤めた父親が病死したあと、十九で跡目を継いだ。城下町で浅井道場と並ぶ、不伝流の神部道場の高弟で、性格は直情径行といったところがあった。竹を割ったような気性だったが、それだけに思いつめると押えがきかず、柔軟さを欠くところがあったかも知れない。上役と衝突したとか、五間川の堤防が破れたとき、袴《はかま》のまま濁水に飛びこんで、百姓と一緒に土嚢《どのう》を積んだとかいう噂が時どき聞こえて、戌井家では、妹の田鶴の気性を思い合わせて似た者夫婦だと笑ったりしたこともある。

しかしこういうことが起きてみると、思いこむと他を顧みるいとまのない佐久間の性格は主持ちとしては危険な性分だったようである。今度の上書一件にしても、直接藩公に提出しなくとも、家老に出して執政会議に提出してもらうぐらいの慎重さがあってもよかったのではないか、と朔之助は思った。

だが朔之助はじきにその考えを改めた。そうしないで、いきなり藩公に意見書を出したところが、佐久間らしいところなのだ。恐らく父親の代からの郷村役人として、佐久間には自分の見方に自信があったのだろう。執政会議に出せば、中味が藩主主殿頭の施策を否定したものだけに、そこで潰される懸念があったかも知れない。あるいは腹切らされるのを覚悟のうえで、佐久間は藩公への上書を敢行したのかも知れない、と朔之助は思ったのである。

「急ぐ旅ではない。ゆっくり参ろう、新蔵」

朔之助は新蔵に声をかけた。道は切通しの急な坂にかかっていて、新蔵は、はいと答えただけだった。額に汗が光っている。何かを考え続けている表情で、新蔵はうつむいたままだった。

四

「新蔵、眠ったか」

闇の中に声をかけると、新蔵がいいえ、と答えた。宇都宮の町には、日が暮れてから北国から来た参覲《さんきん》の行列がついて、二人が泊まっている宿の下の街路にも、長い間馬のいななきや、重苦しい北国訛《なま》りの話し声、命令する声などが聞こえていたが、漸くそれぞれの宿に入ったらしく、いまはざわめきが止んでいる。

「いま、小さい頃のことを考えておった」

と朔之助は言った。

「田鶴はきかん気の子で、兄のわしにもたびたび手むかってきたが、お前と喧嘩したのは見たことがなかったの」

「………」

「あれは考えてみると不思議だった。天神川で、あれが溺《おぼ》れそうになったのを覚えているか」

「はい、覚えております」

あれは俺が九つの時だったと朔之助は思った。家中屋敷が塊っていた白壁町を北に抜けると、広い畑地と、葦《あし》が茂る湿地があって、その間を天神川が流れていた。川幅四間ほどの浅瀬が多い川である。市中を流れる五間川とほぼ平行した形で北に流れ、数里先で合流する。五間川は、実際の川幅は市中でも七、八間はあり、水量もたっぷりしているから、子供たちが川に入って遊ぶなどということは思いもよらないが、天神川には子供たちが集まった。

湿地の葦の間には、夏になると葦切《よしきり》が巣を懸けて卵を生んだし、川は砂洲《さす》が多く、流れも浅いところは子供の踝《くるぶし》までしかない。子供たちは中に入ると空も見えなくなるような葦原の中に踏みこんで、葦切の卵を取ったり、砂洲で砂を掘ったり、大きな子は石垣の間に潜んでいる魚を手取りにしたりする。家中の家家では、子供たちが裏の川へ行くことを禁じていたが、子供たちはこっそり外に忍び出て川に走った。

ある夏の日、朔之助は新蔵と田鶴を連れて川に行った。新蔵は六つ、田鶴はまだ五つの子供だった。二人を川の中洲で遊ばせておいて、朔之助は袴を腿《もも》までからげ、腕まくりして岸の石垣の隙間を探った。中に潜んでいる魚は獰猛《どうもう》な動きをし、なかなか子供の手には捕まらない。夢中になっている間に、朔之助は遠くで大筒を打つような音を聞いた。

腰をのばすと、川上の唐紙山のあたりが、雲に覆われて真暗になっている。大筒のような音は雷が鳴っているのだった。稲妻も見えた。山は麓《ふもと》近くまで雲に覆われ，夜のように暗くなっている。あたりがまぶしく日に照らされているので、異様な光景に見えた。

朔之助は川の中に立ったまま、しばらく様子を見たが、雨はこちらまではやって来ないようだった。川岸の桑の木の中では、さっきと同じように油蟬《あぶらぜみ》が鳴き続け、葦の間では葦切が鳴いている。頭上には青空がひろがっていた。新蔵と田鶴は、中洲で砂を掘って遊んでいる。田鶴が命令し、一歳上の新蔵が従順に田鶴の言うことを聞いている。朔之助はその様子を確かめて、また魚摑みに戻った。

川水が濁ってきたのに気づいたのは、苦心して鮒《ふな》を一匹捕えた頃だった。水は濁っているだけでなく、明らかに嵩《かさ》を増していた。腓《ふくらはぎ》までしかなかった水が、膝まできている。朔之助はその意味を覚《さと》った。川上で降った雨が、川に流れこんでいるのである。

気がつくと、空模様は一変していた。雲は中空に膨れ上がって日を呑みこもうとしていたし、山は一面に雲に覆われ、その中で稲妻がきらめいていた。そして、すさまじい雷鳴がとどろいた。

「新蔵、田鶴」

朔之助は二人に声をかけ、岸に上がれと言った。新蔵は素直に、中洲から浅い流れをわたって、岸に上がったが、田鶴は知らないふりで、まだ砂をいじっている。

「岸へ上がらんか、田鶴」

朔之助がそばに行って言うと、田鶴はちらと朔之助の顔を見たが、小憎らしく小さな尻を向けてそっぽをむいただけで、立ち上がろうとしなかった。朔之助はいらいらした。その間にも川の水は少しずつ増えて、中洲の乾いた砂を洗いはじめていた。

「水が多くなってきた。お前には見えんか。溺れてしまうぞ」

田鶴は首をねじむけて、ちらと朔之助を見ただけで、城壁のように積み上げた砂を、板切れでぺたぺたと叩いている。反抗的な眼だった。

朔之助は、後ろから襟《えり》がみを摑んで、田鶴を立たせると、強引に流れを横切ろうとした。田鶴は手足を突っぱって暴れた。

「いやッ」

田鶴は朔之助の腕に爪を立てた。思わず朔之助は手を離し、腹が立つままに、田鶴の頰を殴りつけた。すると田鶴は泣きもしないで、眼を光らせて後ずさりした。テコでも中洲を離れない。そう言った反抗的な身構えだった。朔之助は心から腹を立てていた。

「俺は知らんぞ」

朔之助は田鶴に背を向けて、岸に上がった。岸で見ていると、水嵩はどんどん増えてくる。中洲は次第に波に洗われ、川音が高くなっていた。日はついに雲に隠れ、風景が一瞬に灰色に変った。田鶴はさすがに遊ぶのをやめていたが、それでも強情にこちらを向いて立っている。もう少し様子を見よう、と朔之助は思っていた。田鶴の強情さには、日頃手を焼いている。少しはこわい思いをするといいのだ、と思っていた。

そのとき、新蔵が黙って岸から川の中に降りて行った。さっきは膝の下までしかなかった水が、新蔵の腰のあたりに達した。その水の中で、新蔵は頼りなくよろめきながら、一歩ずつ中洲に近づいて行った。

すると、田鶴は不意に泣き声をたてた。泣きながら、田鶴は新蔵に手をさしのべている。

「みっともないぞ、泣くな、田鶴」

朔之助が叱ったが、田鶴は泣くのをやめなかった。新蔵は田鶴をしっかりとつかまえると、かばうように自分は上手に立って、また川の中に足を踏み入れた。二人は川音に包まれながら中洲と岸の間を渡りはじめた。水勢に押されて二人は少しずつ川下に流され、一度は田鶴が転びそうになって、胸まで水浸《びた》しになった。水は田鶴の腹まであった。岸まで一間というところで、二人は水の中に立ちすくんでしまった。その間にも田鶴は泣き続けている。

朔之助が岸を降りようとしたとき、新蔵にしがみついていた田鶴が、鋭い声で言った。

「お兄さまはいや！」

朔之助は舌打ちした。水に踏みこんで、田鶴を殴りつけたい衝動を、漸く我慢して、朔之助は言った。

「新蔵、もうちょっとだ。がんばってこっちに来い。大きな石を踏まないように気をつけろ。ゆっくり来い」

新蔵は青ざめていたが、またゆっくりと動きはじめた。田鶴の肩をしっかり抱いていた。

二人が岸に上がったとき、中洲はほとんど水に隠れようとしていたのである。

「お前を連れてきて、よかったかも知れん。あれはひょっとしたら、お前の言うことならきくかも知れんからな」

「若旦那さま」

不意にはっきりした新蔵の声が聞こえた。床の上に起き上がって、坐り直した気配だった。

「旅の間に、私は一心にそのことを考えてきました」

と新蔵は言った。

「佐久間さまは、ご上意がございますから、尋常に斬り合うのも致し方ないと存じます。私は若旦那さまのご武運をお祈りするしかありません。しかし田鶴さまは、この斬り合いにかかわり合わせたくないと、考えながら参りました」

「それがうまく出来れば、言うことはないのだが……」

「居所を突きとめましたら、田鶴さまが留守になさるときを窺《うかが》ってはいかがでしょうか。私におまかせ願えませんか。佐久間さまと若旦那さまが、斬り合うところを、田鶴さまには見せたくはありません」

新蔵がついてきたのは、こういうことだったのか、と思った。新蔵は、田鶴に思いを寄せていたのかも知れん。不意に眼がさめるようにそう思った。新蔵は二十一で、時どき母の以瀬に縁談をすすめられているのを見ている。だがまだ妻帯する意志はないようだった。それは、二年前田鶴が佐久間に嫁入ったこととかかわりがあるのか。

だがそういう推量は不快ではなかった。田鶴のことは、新蔵にまかせておけばいいのかも知れん。昔からそうだったのだ、と朔之助は思った。そう思うと、幾分心が軽くなるのを感じた。

「お前の考えがよさそうだの。寝ようか。明日は早立ちだぞ」

と朔之助は言って、眼をつぶった。

五

村端《むらはず》れを、幅二間ほどの小川が流れている。岸にかなり大きい柳の木が二、三本あって、僅かな風が吹きすぎるたびに、若葉が一斉に日にきらめくのが見えた。その家は、柳の木のそばにあった。村から少し離れ、小川の北側にあるのは、その家一軒だけだった。村とその家をつないでいるのは、小川の上に渡された丸太二本の、細い橋である。

新蔵は、村の隅にある小さな祠《ほこら》の陰から、その家を眺めていた。一刻《いっとき》半ほど前、その家から田鶴が出てきて、丸太橋を渡り、村の方に姿を消した。田鶴は村の者と同じように質素な身なりをし、手に風呂敷包みを下げていた。まだ戻って来ないところをみると、田鶴は多分、ここから一里ほど南にある、新河岸と呼ばれる行徳の船場まで行ったものと思われた。

新河岸は、寛永九年に行徳船が公許になり、日本橋小網《こあみ》町から小名木《おなぎ》川を通って新河岸に達する、水路三里八丁の舟便が開かれると、房総、常陸《ひたち》に旅する者の駅路として、急ににぎやかになった。商いの店がふえ、旅籠《はたご》、茶屋が軒をならべ、とくに正月、五月、九月の三カ月は、成田不動尊に参詣する人人で混雑する。

十日ほど前、新蔵は新河岸の腰掛け茶屋で休んでいる間に、角の肴《さかな》屋で買物をしている田鶴を見つけた。そして田鶴を跟《つ》けて、そこから一里ほど北にある村に、佐久間夫婦が隠れている家を突きとめたのである。

その家を眺めるのは、今日が三度目だった。三日前にきたときに、ちらりと見かけただけで、今日は佐久間森衛の姿は見えないが、家の中にいることは間違いないと思われた。

——今日は、言わなければならないだろう。

と新蔵は思った。佐久間夫婦を見つけたことを、新蔵はまだ朔之助に知らせていない。言えば、この畑と小川に囲まれた穏やかな土地が、修羅場に一変する。その日の来るのが、新蔵は恐ろしく、おぞましい気がする。そのとき取返しがつかないことが起こるような気もした。その恐れのために、一日のばしに朔之助を欺いてきたが、それにも限りがあることは承知していた。

朔之助は、江戸藩邸の長屋を一戸借りて、じっと待っているが、今朝新蔵を送り出すとき、珍しく棘《とげ》のある言葉をかけた。待っている苛立ちを押えきれなかったようである。

眼の隅に、ちらりと物が動いた。新蔵はあわてて首をすくめた。帰ってきた田鶴は橋を渡るところだった。渡り終ると、田鶴は振り向いてすばやく周囲を見回し、それから急ぎ足に家の方に隠れた。胸に風呂敷包みを抱いているのが見えた。そのまま、あたりはもの憂い晩春の風景に返った。物音もなく、時折柳の木が髪をふり乱すように枝を打ちふり、新葉が日に光るだけである。

——あさってか、しあさって。

と新蔵は思った。田鶴が時どき長い買物に出かけるのは、これで明らかになったわけである。明日は出かけないかもしれなかったが、明後日は出かけるかも知れない。それは新河岸まで、朔之助を連れてきてから、確かめればよい。

——いずれにしろ、田鶴さまには斬り合いは見せられない。

立ち上がって祠を離れながら、新蔵はそう思った。新蔵は、百姓家の裏手の畑道から村の中に入り、やがて村を抜けて新河岸の駅の方に向かう広い道に出た。左右は青物の葉が行儀よく並んでいる畑で、ところどころに雑木林が畑地のひろがりを阻んでいる。見渡しても、どこにも山の姿が見えないのが、新蔵には奇異に思われ、どことなく頼りない思いに誘われる。雑木林は、目がさめるような若葉に彩られていた。

新蔵の脳裏に、橋を渡ってから後を振り向いた田鶴の顔が、残像のように映っている。色白な肌と、眼尻がやや上がった勝気そうな面影はそのままだったが、田鶴は頬のあたりが痩《や》せたように見えた。眼は鋭く人を警戒するいろを含んでいたようだった。

——あのひとも苦労された。

そう思ったとき、新蔵の胸の中に、ひとつの記憶がどっと走りこんできた。それは日頃、新蔵が自分に向かって、思い出すことを堅く禁じている記憶だった。

田鶴が嫁入る三日前のことだった。新蔵は屋敷の裏にある納屋《なや》で、板の間に蓆《むしろ》を敷き、縄を綯《な》っていた。田鶴の嫁入り道具をくくる縄で、新蔵は藁《わら》で丹念に磨きをかけながら、縄作りに根を詰めていた。そのために、田鶴が入ってきたのに気づかなかった。

気がつくと、田鶴が入口の戸を閉めるところだった。新蔵は振り向いてそれを見ると、思わず叱る口調で言った。

「戸を閉めてはいけません」

新蔵はうろたえていた。戌井家では、新蔵を家の者同様に扱った。小さい頃、新蔵はそのことに馴《な》れ、剣術の稽古のとき、上達の早い田鶴に打ちこまれると、木刀を捨てて組みつき田鶴を投げたりした。そういう新蔵を忠左衛門は笑って見ていた。

しかし少しずつ大人の分別が加わってくると、新蔵は自然に自分のいる場所を見つけるようになった。朔之助、田鶴に対しても、田鶴が時どき歯がゆがるほど、態度も物言《ものい》いもいつの間にか慎み深くなった。気持は昔のままだったが、新蔵は二人と自分との間に、越え難い身分の差があることを次第にわきまえ、その垣根を越えることはなくなった。

新蔵がうろたえたのは、とっさにそのことを考えたからに外ならない。嫁入りを控えた娘が、奉公人の男と戸を閉めた部屋に二人だけでいるなどということは、許されることではなかった。

新蔵は田鶴を押しのけて、戸を開けようとした。その手を掴んで田鶴が言った。

「もう遅いでしょ、新蔵。二人でここに入ってしまったのだから」

新蔵はあっと思った。田鶴は頬にいきいきと血をのぼらせ、声を立てないで笑った。眼が挑みかかるように光っている。その美しさは、新蔵の声を奪った。

「もう少し、二人でいましょ。暗くなるまで」

田鶴は囁いた。昔、納屋で田鶴と二人で隠れんぼをしたことを新蔵は思い出していた。鬼がいない二人だけの隠れんぼだった。それでも二人はやって来るかも知れない鬼におびえ、古い長持と羽目板の間の隙間に、抱き合って長い間蹲《うずくま》っていた。田鶴の囁きはそのことを思い出させたが、新蔵は首を振った。

「どうして？　私といるのがいや？」

「いいえ」

「新蔵。下を向かないで私を見て」

「はい」

「私がお嫁に行ったら、淋しくないの？」

「………」

「淋しいと言って」

「はい。淋しゅうございます」

「ほんと？」

「はい」

そう言ったとき新蔵は、主従の矩《のり》を越えたと思った。眼の前にいるのは、眼がくらむほど慕わしい一人の女だった。

「私も嫁に行きたくないの。でも仕方がない。新蔵の嫁にはなれないのだもの」

「田鶴さま」

「私の身体《からだ》をみたい？」

「いえ。そんな恐ろしいことは、やめてください」

「見て。お別れだから」

田鶴の顔は、急に青ざめたようだった。きっと口を結んだまま、すばやく帯を解いた。その微《かす》かな音を、新蔵は恐怖とも喜びともわきまえ難いおののきの中で聞いた。納屋の高いところに小窓がひとつあって、そこから日暮れの淡い光がさしこんでいた。その光の中に、田鶴の白く豊かな胸があらわれ、二つのまるい盛り上がりが浮かんだ。

外で田鶴を呼ぶ声がした。台所の用を足している、とき婆さんの声だった。ときの声は納屋の前まで来たが、また遠ざかって行った。新蔵が深い吐息をついたとき、不意に田鶴の手がのびて、新蔵の手を自分の胸に導いた。

——あのひとは、花のようだった。

と新蔵は思った。するとさっき見た、頬のあたりが悴《やつ》れた田鶴が浮かび、田鶴を襲った運命の過酷さに、新蔵は胸が詰るのを感じた。行き合う人もいない長い道を、新蔵は少し涙ぐみながら、うつむいて歩き続けた。

六

斬り合いは長かったが、朔之助はついに佐久間を倒した。佐久間は討手が朔之助だと知ると、黙黙と支度を調え、尋常に勝負した。佐久間は不伝流の秘伝とされる小車という太刀《たち》を使ったが、朔之助はそれを破ったのである。

「それでは、田鶴が帰って来ないうちに、姿を消そう」

佐久間の髻《もとどり》から、証拠の髪の毛を切り取って懐紙にはさむと、朔之助は立ち上がってそう言い、襷《たすき》、鉢巻をはずした。

「森衛をどうする」

「私が中に運びましょう」

「いや、俺も手伝う」

二人が、川べりに顔を横に向けてうつむきに倒れている死骸を抱き起こしたとき、新蔵が叫んだ。

「若旦那さま」

朔之助が顔を挙げると、橋の向うに田鶴が立っているのが見えた。田鶴は訝《いぶか》しそうな眼でこちらを眺めたが、やがて事情を覚ったようだった。狭い橋を飛ぶように走り抜けると、二人の脇を擦り抜け、家の中に駆けこんだ。家の中から出てきたとき、田鶴は白刃を握っていた。

「討手は兄上でしたか」

二間ほど距《へだ》てて刀を構えると、田鶴は叫んだ。顔は血の気を失い、眼が吊《つ》り上がって、凄愴《せいそう》な表情になっていた。

「佐久間の妻として、このまま見逃すことは出来ません。立ち合って頂きます」

「ばか者。刀を引っこめろ」

朔之助は怒鳴った。一番恐れていたことがやってきたようだった。そのことに朔之助は腹を立てていた。佐久間との勝負で精根を使い果たしているせいもある。

「上意の声を聞いて、森衛は尋常に闘って死んだのだ。女子供が手出しすべきことではない」

「それは卑怯《ひきょう》な言い方です。私がいれば、佐久間を討たせはしませんでした。たとえ兄上であっても」

「強情をはるな。見苦しい女だ。勝負は終ったのがわからんか」

朔之助は少しずつ後じさりし、間合をはずすと背を向けた。その背後に風が起こった。朔之助は辛うじて身体をかわしたが、左腕を浅く斬られていた。

「よさぬか。田鶴」

しりぞきながら、朔之助は叱咤《しった》した。お前さまが、朔之助と田鶴にしたことは間違っておりました、と父を詰っていた母の以瀬の声を思い出していた。すでに佐久間は斃《たお》している。田鶴と斬り合う何の理由もなかった。朔之助は田鶴の執拗《しつよう》さに苛立っていた。

だが、田鶴は半ば狂乱しているように見えた。眼を光らせ、気合を発して斬りこんでくる。田鶴の打ちこみは鋭く、朔之助は身をかわして逃げながら、避けそこなって肩先や胸をかすられた。朔之助は小川の岸に追いつめられていた。

「おろか者が！」

朔之助は唸《うな》って、刀を抜いた。その一挙動の間に、すかさず打ち込んできた田鶴の切先に小指を斬られた。朔之助は反撃に移った。田鶴の打ち込みを、びしびし弾《は》ねかえし、道に押し戻した。兄妹相搏《あいう》つ異様な光景だった。

「若旦那さま。斬ってはなりませんぞ」

新蔵が叫んだのが聞こえた。切迫した声だった。朔之助が斬りこんだのを避けて、田鶴は身体を入れ替えたが、そのために川岸に押された。

朔之助のすさまじい気合がひびいた。田鶴の刀は巻き上げられて宙に飛び、次の瞬間田鶴は川に落ちていた。

「おろかな女だ。水で頭でも冷やせ」

朔之助はそう言ったが、振り返って新蔵を見ると、尖《とが》った声を出した。

「新蔵、それは何の真似だ」

新蔵は脇差を抜いていた。朔之助に言われて、刀を鞘《さや》に納めたが、まだこわばった顔をしている。

——田鶴を斬ったら、俺に斬ってかかるつもりだったか。

と朔之助は思った。宇都宮の宿屋で、新蔵は田鶴に心を寄せていたことがあったのでないか、と思ったことが心をかすめた。

「田鶴を引き揚げてやれ」

朔之助は新蔵に声をかけた。田鶴は腰まで水に漬かったまま、岸の草に取りつき、顔を伏せてすすり泣いていた。悲痛な泣き声だった。

新蔵がその前に膝を折って何か言うと、やがて田鶴が手をのばして、新蔵の手に縋《すが》った。新蔵の腕が、田鶴の手を引き、胴を巻いて草の上に引き揚げるのを、朔之助は見た。引き揚げられたとき、田鶴はちらと朔之助をみたが、すぐに顔をそむけて新蔵の身体の陰に隠れた。その上に上体を傾けるようにして、新蔵が何か話しかけている。二人の方が本物の兄妹のように見えた。

——二人は、このまま国に帰らない方がいいかも知れんな。

ふと、朔之助はそう思った。家中屋敷の裏の天神川で、田鶴が溺れかかったときのことが、また思い出された。田鶴のことは、やはり新蔵にまかせるしかないのだ、と思った。

新蔵、ちょっと来い、と朔之助は呼んだ。

「田鶴のことは、お前にまかせる」

朔之助は、懐から財布を抜き出して渡した。

「俺はひと足先に帰る。お前たちは、ゆっくり後のことを相談しろ。国へ帰るなり、江戸にとどまるなり、どちらでもよいぞ」

お前たちと言った言葉を、少しも不自然に感じなかった。実際朔之助は肩の荷が下りた気がしていた。笠をかぶり、田鶴に斬り裂かれた着物の穴を掻き繕ってから、朔之助は歩き出した。身体のあちこちで傷がうずいた。

橋を渡るとき振り返ると、立ち上がった田鶴が新蔵に肩を抱かれて、隠れ家の方に歩いて行くところだった。橋の下で豊かな川水が軽やかな音を立てていた。

木綿触れ

一

結城《ゆうき》友助が住む組長屋は、城から南西の方角にあたる曲師《まげし》町にある。城下町のはずれに近く、そこまでくると、五層の城の天守は、町町の木立にさえぎられて見えなくなる。その日、友助が城を下がって長屋に帰ってきたのは、いつもと同じ時刻だったが、妻のはなえは、まだ夜食の支度にかかっていなかった。珍しいことだった。

いつもなら、土間に踏みこむと、釜を吹きこぼれる炊飯の香《かおり》とか、味噌汁の匂いなどが家の中にただよっている。そして手をふきながら上がり框《かまち》まで出迎えたはなえが、茶の間に入って刀を受け取り、少し早目だが行燈《あんどん》に灯を入れる。寝間に入って着換えながら、友助は、そういう炊事の匂いや、はなえが台所でたてる庖丁《ほうちょう》の音などに、一日の城勤めに疲れた身体《からだ》が、ゆっくりくつろいで行くのを感じるのである。

だがその日は順序が逆になった。はなえは行燈に灯を入れ、窓の下にひろげていた縫物を片よせると、あわただしく台所に立って行った。はなえは、それまで縫物に夢中になっていて、帰ってきた友助の声に、はじめて手もとが薄ぐらくなっているのに気づいたというふうだった。

「あわてんでもいいぞ」

友助が着換えながら声をかけると、台所からはなえが、申しわけありません、いそいで支度しますから、と詫びた。茶の間と寝部屋と、それに納戸《なんど》がくっついているだけの、せまい家である。どこで声を出しても、相手が家の中にいる限り、声はとどく。

「着る物は、だいぶ出来たのか」

茶の間に出て、火鉢のそばに坐りながら、友助はまた妻に声をかけた。火鉢には火はなかった。四月も半ばを過ぎて、火がほしいような陽気ではない。だがそれでも、雨の日や一日中北風が吹いた日の夜などは、火鉢を使う。納戸にしまいこむのは、例年梅雨が終ってからである。

「お前さま」

はなえが、茶の間に顔をのぞかせた。笑顔になっている。

「おかげさまで、今夜には出来上がります。でもつい気をとられて、夕飯の支度がおくれました。ごめんなさい」

「気にするな。べつに子供のように腹をすかして帰ってきたわけではない」

子供と言った自分の言葉に、友助ははっとしたが、はなえは気づかなかったようである。軽い笑い声を残して、台所にかくれた。はなえの笑い声には、喉《のど》の奥で転がる軽いひびきがある。その快活な笑い声をしばらくぶりで聞いたような気がした。二人は二年前に、赤子を病気で失っている。はなえは、もともと明るい性質だったのだが、そのことがよほどこたえたらしく、めったに笑うことのない女になっていた。

——着物で、女は気が紛れるものか。

それなら、やはり買ってやってよかったのだ、と友助は思った。

はなえが縫ってるのは、自分の着物だった。生地は羽二重《はぶたえ》だった。かなり無理をして、友助が買いあたえたものである。十日ほどあとに、はなえの実家に法事があり、そのときに着て行くつもりで、はなえは自分で仕立てているのであった。

薄給の足軽の家で、女房に絹物を着せるなどということはぜいたくだ、という考えが友助にはある。むろん、それは友助がそう考えているだけで、みんながそう思っているわけではない。

先年藩では倹約令を出し、その中で百姓、町人が絹、紬《つむぎ》を着ることを禁止した。だがそのときも、武家身分の者まで、絹物を着ることを禁じたわけではない。だからこの長屋でも、寺参りの女房がちりめんを着て家を出て行く姿を、ときどき見かけることがある。まして足軽より一段身分が上の家中《かちゅう》の武士たちは、紬、羽二重を常用してぜいたくだった。家中の中にも、木綿を着て登城する者がいないわけではないが、そういう人間はむしろ奇異な眼で見られたりする。藩の懐具合が苦しく、そのうち禄米の借上げがあるだろう、などというわさがときおりささやかれる時節だったが、少なくとも上べには、それらしい変化は何もあらわれていなかった。

そういう中で、友助が絹物はぜいたくだと考えているのは、以前郷方《ごうかた》に勤めて、百姓の暮らしを見ているせいかも知れなかった。友助は、いまは御弓組に属し、組長屋に住んでいるが、三年前まで、組外の足軽として三沢郷代官の下で働いていた。

百姓も、内証《ないしょう》のいい自前百姓や、長人《おとな》、組頭《くみがしら》、肝煎《きもいり》といった村役人になると暮らしも裕福だが、小作、水呑といった大半の百姓は、木綿を着るのがやっとで、絹など見たことがないという連中が多かった。数年前達しが出て、百姓の絹物を禁止したとき、友助は同僚と一緒に村村の高札場《こうさつば》に、触れ書を立ててまわったが、連中には何のかかわりもあるまい、と思ったのだった。

百姓たちは朝早く起き、夜は手もとが暗くなっても、なお働きやめない。そしてその働きは、自分たちの暮らしのためというよりは、年貢をおさめるためのようにみえた。秋、稲がみのると、代官役所では村村を回って稲作の検見《けみ》を行なう。その年の作柄を判定するわけである。その検見の結果で、その年の年貢の重い、軽いが決まる。

友助は代官役所の下役人の一人として、何度か検見に立ち会ったが、検見を受ける百姓たちの表情が、正視に耐えない不安と緊張のいろをうかべていたことをおぼえている。年貢は、期日まで全部おさめきれないときは、残った分に五割の利子をかぶせられる。それでもついに完済出来ない者は、家中の家に中間《ちゅうげん》、荒子《あらしこ》として奉公を命ぜられた。彼らは、藩にしぼり取られるために働いているように見えた。自分に残るものは、ごく僅かだった。

そして百姓からしぼり取ることに、心も痛まず、その手段に長《た》けた人間がいた。友助が代官役所にいたとき上司だった、代官手代《てだい》中台八十郎がそういう一人だった。中台は三沢郷の村村を自分の掌を読むように知っていた。日ごろ村村を回ってもてなしと賄賂《わいろ》をうけ、その多寡で、秋の検見を平気で加減する。ある場所で手加減した分は、ほかの場所から余分に取り立て、その厳しさと手落ちのなさは無類だった。中台は城下に大きな屋敷を構え、市中と代官役所のある大島村に妾を置いていた。

汚吏《おり》で酷吏《こくり》だったが、誰も手出しが出来ないのは、中台のやり方が狡猾《こうかつ》で、容易に収賄のしっぽをつかませないことと、中台が郡代の中台求馬《もとめ》の血縁に繫っているためだった。中台求馬は、十数年藩の農政を仕切っている藩政の実力者で、郡《こおり》奉行、代官も中台八十郎を腫物《はれもの》のように扱った。中台は三沢郷の主と陰口されながら、いまも代官手代のまま郷中から金を吸い上げている。

友助が百姓に同情したのは、その暮らしぶりを見たことのほかに、中台八十郎に対する反感があったからである。だが、その同情も、代官所勤めを解かれて城勤めに変ってから、いつとはなく薄れた。しょせん友助も軽輩ながら武士で、百姓ではないからだろう。

ただ城勤めに変って、以前は気にもとめなかった、武家身分の者のぜいたくな身なりが目についた。中台のような男がしぼり上げたもので、武家がぜいたくをしているという気がした。そう思う気持はいいものではなかった。友助は自分も絹物を着なかったし、妻子にも着せるつもりはなかった。ことにはなえは百姓の娘で絹を着せないからといって不服を言うはずはなかった。そしてもともと、はなえはつつましい女である。

それが実家の法事に帰るはなえに、着て行く絹を買いあたえたのは、やはり二年前に赤子を亡くしたことに原因があったかも知れない。

二

ひと月ほど前の、彼岸過ぎに、友助ははなえと連れ立って結城家の墓がある長誓寺に行った。彼岸の間に墓参りに行くはずだったのが、友助の非番の日を待ったので、遅れたのであった。

早く病死した友助の親たちの墓のそばに、去年の一周忌に建った赤子の卒塔婆《そとうば》があった。卒塔婆は風雨にさらされて、木肌がねずみ色に褪《あ》せていた。その前に花と線香をそなえながら、友助ははなえが、去年の秋の彼岸のときのように、また泣き出すのではないかと懸念した。

赤子は男で作太郎と名付けた。だが三月《みつき》ほどで病死した。友助には、むろん父親としての悲しみがなかったわけではないが、どこかあっけにとられたような気持があった。父親らしい感情が、やっと本物になりかけたところで、子供を失ったあっけなさがあった。

だが、はなえにとっては子供の死はそういうものではなかったようである。深手を受けた獣のように、無口になり、友助にかくれてひっそりと泣いているような日が続いた。半年ほどたって、はなえはどうにか立ち直ったように見えた。だが、以前にはなかったかげのようなものがつきまとい、時どきぼんやりしていることがあった。そういうときは、死んだ赤子のことを考えているようだった。

彼岸に墓参りに来たはなえが激しく泣いたのは、一年以上も過ぎてからである。そのときは墓地に、ほかにも人がいて、友助は思わず強い口調で叱ったが、赤子の死が、まだはなえの心の中に、なまなましく傷口を開いているのを感じて気持が重くふさぐのを感じたのであった。

友助が拝み終っても、はなえはなかなか立ち上がらなかった。合掌して首を垂れている妻の、白い首筋を眺めながら、友助は今日なら墓地に人がいないから、泣かれても大丈夫だと思った。

いつまでも立ち上がらないはなえから離れて、友助は墓石の間を少し歩いた。墓石の間の道にはところどころ敷石があり、枯草がその上を覆っていた。春はまだ兆《きざ》したばかりで、墓石と枯草を照らす日射しは、弱よわしくまだ底冷たい。

ひと回りして戻ってくると、はなえはまだ墓の前にうずくまっていた。白い首筋と臀《しり》のまる味が眼についた。しばらく抱いていないな、とふと思った。それは立ちならぶ墓石の中で抱く感想としては、不謹慎なようであったが、早春の日射しの中にうずくまっているはなえの姿に、不安で脆《もろ》い感じがつきまとっているのを見て、自然に浮かんできた感想だった。

赤子が死んだあと、はなえはしばらく夜の同衾《どうきん》を拒んだ。そういうときこそ、肌であたためあうのが夫婦というものだろう、と友助は割りきれない気持を持ったが、はなえの考えは違うようだった。友助が手をのばすと、いやがったりあからさまな恐怖を示したりした。はなえの気持は、たしかに平衡を失っていると思えた。

だが友助は無理に強いたりはしなかった。妻をいたわる気持よりも、そういう妻の態度に、一歩踏みはずせば狂気の領域に踏みこみかねない脆いものを感じ、そのことを恐れる気持が強かった。

半年ほど経ったころ、はなえが自分から友助を誘った。だがはなえが回復していないことはすぐにわかった。自分から誘っていながら、はなえは石のように無感動で、おしまいにはまるで罪をおかしているようなそぶりまで見せたのである。夫婦は、時どき夫婦であるあかしを確かめるように同衾したが、はなえのそういう態度は変らなかった。そして閨《ねや》のことは次第に間遠になった。

「ごめんなさい。お待たせして」

はなえの声に、友助は墓地の中でするにふさわしくない物思いからわれに返ったが、はなえの表情が意外に明るいのにほっとしていた。泣かないですんだらしかった。

「今日は泣かなかったな」

と友助は言った。言ってからよけいなことを言ったと思ったが、はなえはちらと友助を見上げただけだった。

「もう仕方のないことですから」

とはなえは言った。ほんとうにそう思っているならいいが、しかしまだ油断は出来ないな、と友助は思った。

二人は墓地を出、寺には寄らないで、そのまま門の方に向かった。門まで行ったとき、ちょうど外から入ってきた二人連れの女と擦れ違った。女二人は親娘《おやこ》とみえる年くばりで、家中の妻子らしく立派な身なりをしていた。手に切花と風呂敷包みを持っているのは、やはり墓参りに来たらしかった。

友助とはなえはなんとなく道を譲り、親娘は目礼を残して、寺の本堂の方に遠ざかって行った。

歩き出してから、友助ははなえが動く気配がないのに気づいた。振り向くと、はなえはまだ親娘を眺めていた。はなえの顔には、どこか放心したような感じがあり、そのくせ眼だけ光っている。これまで友助が見たことがない、どこかあさましい感じがする露骨な視線で、はなえは二人を見送っていた。

「おい」

友助が声をかけると、はなえははっとしたように友助を見た。みるみるバツ悪い表情がその顔に浮かんだ。

「きれいなお召物でしたこと」

歩き出すと、はなえが呟《つぶや》くように言った。はなえは、二人の着物を見ていたのか、と友助は思った。

「あれはいい着物なのか」

「お母さまの方が塩瀬《しおぜ》の羽織、娘さんの方が羽二重のお召物でした」

「ほう」

と言ったが、友助にはよくわかっていない。着る物に興味を持ったことがなかった。だがはなえが絹物のことを言っていることだけはわかった。

「ああいう物を着たいのか」

「……」

はなえはちらと友助を見た。

「実家の法事に、なにを着て行ったらいいかと思っています。結城の家の者になれたのですから、あまりみすぼらしい恰好もして行きたくないと考えたりして」

実家というが、大島村で長人《おとな》を勤めるはなえの家は、伯父の家だった。子供のときに両親を失ったはなえは、伯父の家で養われて育った。十八のとき、はなえは友助に嫁入ったが、伯父の家では、この縁談に気乗りしなかったという事情がある。村の長人を勤めるはなえの家は、扶持米《ふちまい》取りの足軽などよりずっと裕福である。友助が、はなえを嫁に望んだとき、伯父は、貧しいだけで、そのくせしきたりだけは士分並みに窮屈な下士の家との縁組など、何の益もないという態度を露骨に示したのである。二人はそれを押しきって一緒になっている。

はなえの言葉は、そういう事情を下敷きにしていた。友助に嫁いでしあわせな自分を、はなえは実家の者に見せたいに違いなかった。子供がいれば、子供を連れて里帰りすればよい。それがしあわせの証《あかし》になる。だが子供を失ったいま、せめて着飾るぐらいしかないのだと言っているようでもあった。

悪い傾向ではない、と友助は思った。子供を失って、どこか暮らしに張りあいを失くしたふうだったはなえが、そういう町方の女房でも口にしそうな、俗な望みを言い出したことは、それだけ心の傷が癒《い》えたということではないか。

「買ってやってもいいぞ」

「……?」

はなえは怪しむように友助を見たが、友助の微笑をみて、ぱっと顔を赤くした。

「まあ、お前さま」

はなえはうろたえたように言った。

「愚痴を言っただけですよ。そんな高いものを、いいのですよ」

「遠慮しなくともいい。たまにはいい着物を着て里帰りするのも、気晴らしになるだろう」

絹物がどれほどの値のものか、よくは知らないが、多少のたくわえはある。それで足りなければ、同僚にひそかに小金を貸している男がいる。少しぐらい融通してもらったっていい。

「お前さま」

はなえは思わず友助に寄りそって手を取ろうとしたが、そこが往来中であることに気づいたようにあわてて離れた。離れながら笑顔を見せて、「ありがとう」と言った。

火のない火鉢の灰を、火箸《ひばし》でならしながら、友助はそのときに見せた、はなえの笑顔を思い出していた。それは深い悲しみから、漸《ようや》く立ち戻って来たとわかる笑いだったのだ。

不意に香ばしい味噌汁の香が、鼻の先に溢《あふ》れた。

「お待たせしました」

はなえが台所からお膳を持って、茶の間に入ってきた。はなえの声は明るかった。

三

「藩の台所も、よほど苦しいようだの」

と同僚の陶山《すえやま》伝内が言った。

「百石につき十俵の借上げか。われわれのような切米《きりまい》取りは、これ以上減らしようもなかろうから、まず安心したが、ご家中の方がたは面白くござるまい」

友助は黙って伝内の言葉を聞いていた。二人は城をさがる途中で、五間川の川端の道を歩いている。岸に柳が芽吹いて、川の水は西に傾いた日を映して鈍く光っていた。

伝内の声は耳に入っているが、友助は別のことを考えていた。今日の昼過ぎ、友助たち足軽組の者は、城中の庭先に集められて、そこで藩公の名で出された新しい触れを聞かされた。

触れは、先に郷中に出された倹約令に続く、士分の者に対する倹約令で、祝儀、不祝儀の簡素化、家屋の造作の遠慮、正月五節句の行事の簡素化などを命じ、衣類についても「足軽中間は、布木綿のほか一切着すべからず。襟《えり》、帯、袖へりなどにも絹物使うまじく。妻子同前のこと」と言っていた。

同じころ城中の大広間では、家中藩士が同様の言い渡しを受けていた。伝内の話によれば、その中味は百石につき十俵の借上げを命じ、衣類は絹物の着用を許すというところが、友助たちに対する触れと違っていて、ほかは同じだということだった。伝内は恰幅《かっぷく》がよく、五十近い年だが、いつも艶のいい赤ら顔をしていて、城中のことをよく知っていた。

「だが、ま、このぐらいで済めばよしとしなければなるまいな。十五年ほど前になるが、おぬしの父御《ててご》が生きておった時分のことじゃな。あのときはひどかった」

と伝内は言った。

「あの節は領内半作という不作であった。ふだんは一汁一菜、祝言も一汁三菜に酒三献《こん》ときめられてな。辛い思いをしたものだ。今度のお触れは、喰いものまでとめているわけではないからの」

伝内の関心は、もっぱら喰うことに向けられているようだったが、友助は木綿触れのことを考えていた。はなえは、明日大島村の実家に行く。しかしせっせと仕立てた絹を着ることは出来なくなったわけだった。

塩辛を買って帰るという伝内と、途中の鳥居町でわかれてからも、友助はそのことを考え続けた。

着物を仕立てあげた夜の、はなえの喜びようを思い出していた。その夜、はなえは友助に先に休んでくれと言い、遅くまで針を運んだ。出来上がると、うとうとしていた友助を起こして着てみせ、脱ぎ捨てるとそのまま友助の床の中に入ってきたのだった。はなえの振舞いに引きこまれながら、友助ははなえがただ着物のことを喜んで上ずっているのではないのを感じていた。すべてが正常だった。着物のことをきっかけに、妻が立ち直ったことを友助は信じた。

その証拠に、腕の中のはなえに、「また、子を生め」と囁《ささや》いたときも、はなえは嫌悪を示さず、なまめいたしぐさで応えただけだったのである。

――また、逆戻りしないか。

そう思うと、友助は着物のことを妻に言うのがひどく気重く感じられた。だが言わずに済むことではなかった。

友助は晩酌をしないから、二人の食事はつつましく終る。食べ終ったあとに、友助は藩の達しを話した。

「こういうわけでな。家の者も同様にと申されているから、明日、村の実家に着て行くことはならん」

はなえは眼を伏せて、はいと言った。少し表情が曇ったが、それだけではなえの顔にはすぐ諦《あきら》めのいろが浮かんだ。

「せっかく夜おそくまで縫ったのに、気の毒だ。だがお上《かみ》の達しゆえ、我慢せねばならんぞ」

「わかりました。明日は木綿を着て参ります」

はなえは言ったが、ふと微笑した。

「あるものを捨てろとは申されませんのでしょ？　それなら大事にしまっておきます」

はなえの言い方があまり素直なので、友助は少し不愍《ふびん》になった。はなえはそういうが、藩では家中の禄米借上げということまでしている。これといった不作でもないのに、禄米を借り、倹約を命じているのは、藩の掛り費用がそれだけ多くなっているということだった。倹約の達しはだんだん厳しくなるかも知れないという気がした。

——作っただけで、一度も着ないでしまうことになるかも知れない。

と友助は思った。すると一枚の着物に、嬉嬉として心を開いたはなえの、ここひと月ばかりの振舞いが思い出された。それまでのはなえは、子が死んだときに閉じた心を、かたくなに友助にのぞき込ませまいとしていたのである。

そう思うと、はなえを欺いたような後味の悪さを友助は感じた。

「里へ、持って行ってはどうだ?」

と友助は言った。

「これを着てくるはずだったが、突然のお触れで出来なくなったと里の者に見せればよい。それでそなたの気持もさっぱりするのではないか」

児戯《じぎ》に類したことをすすめている、という気がした。だが、はなえの望みは、もともと子供じみたものだったのだ。友助に嫁入ることに賛成しなかった里の者に、絹を着る身分を誇りたい気持だけである。そのささやかな誇りが、暮らしも貧しく、子供まで失ったはなえを支えるはずだった。

「そうしましょうかしら」

はなえは首をかしげた。眼に生気が戻ったようだった。

「そうすればよい」

友助は、はげますように言った。

「ただし、着てはならんぞ。見せるだけにしておけ」

四

はなえが、五間川の下流に身を投げて死んだのは、大島村の実家から戻ってきて、三日目のことだった。死体は南の丘陵から流れ下って五間川に注ぐ新井川が、幅広い三角洲《さんかくす》を作っている葦原《あしはら》のきわに流れついて、岸に住む村人に発見された。

葬式がすむと、友助はすぐに大島村のはなえの実家に行った。親の忌《いみ》は二十五日、妻の忌は二十日の休みの定めがある。その休みの間に、はなえの突然の自殺の原因を調べなければならないと思っていた。はなえは誤って川に落ちたのではなかった。紐《ひも》で足首を縛り、覚悟の上の入水《じゅすい》であることはわかっている。

「なにか、心あたりはありませんか」

友助ははなえの伯父の清左衛門に会うと、そう聞いた。

「こちらの法事にうかがう前までは、はなえは元気でした。法事の間に、何かあったとしか思えません」

清左衛門は、頬の赤い女中が運んで来た茶を、友助にすすめてから、黙って庭を眺めている。長誓寺で行なったはなえの葬式には、清左衛門も参列しているが、あわただしい空気の中で、友助は短い言葉しかかわしていない。自殺の原因について、聞きただしたのははじめてだった。

「心あたりなど、なにもありません」

つつじの株が、赤い花を開きかけてむらがっている庭から眼を戻して、清左衛門は友助を見た。沈痛な顔色をしている。

「わたしこそ、あなたさまにそれをうかがいたいと思っていました」

「なにもない？」

友助は清左衛門をじっと見た。

「法事の間に、親戚の方と気まずいことがあったとか、口論したというようなことは？」

「そんなことがあるわけはありません。お知らせしましたように法事は、わたくしの連れ合いの十三回忌でございましてな。集まった者は血の濃い者ばかりで、おたがい気心が知れております」

「………」

「法事も、十三回忌となると死なれた当座の悲しみというものも薄らぎましてな。わたくしにしてからがそういう気分でございますから、ま、慎みがないと言われるかも知れませんが、どこやら死んだ者のお祭りという趣きもありまして、にぎやかでした」

「………」

「はなえは、五つのときにみなし児になりまして、わたくしの連れ合いが育てました。じつの伜や娘もおりますが、はなえはじつの子よりも可愛がられたものです」

「そのことは、家内から聞いています」

「そういうわけで、はなえはみんなに小さい頃のことなど聞かれて、きげんよく答えていましたな。口論などあるはずがありません」

「………」

「法事のために作った羽二重の着物を、寺に着て行きましたが、立派でした」

「着物を着た？」

友助は顔をあげた。眼がさめたような気持になっていた。

「はなえは、寺にあの着物を着て行ったのですな？」

「はい」

清左衛門は、友助の緊張に気がつかないようだった。

「ご存じのように、百姓は絹物は着てはならないというお触れが出ておりまして、法事というのにわたくしどもはみな木綿でございました。味気ない世の中になったものです。それで、とりわけはなえが立派に見えましてな。仏も喜んでいるだろうと思いましたよ」

「……」

「絹物を着たのははなえ一人、いや……」

清左衛門はふと苦笑をうかべた。

「もうひと方おられました。代官役所の中台さまですな」

「中台さまが？」

友助は呻《うめ》くように言った。はなえは法事の空気にうかされて、持って行った着物を着たがそれをもっともたちの悪い人間に見られてしまったのだ。

「中台さまは法事にまで顔出ししているのですか」

「祝儀、不祝儀これといった集まりのあるところに小まめに顔を出されるお方ですな。むろん下にもおかずもてなし、帰りにはなにがしかお礼をお包みすることになりますから、無理もありません。どこの家でもということではなく、村役人を勤める家だけでございますがな」

「…………」

「私の家でも、伜の祝言のとき、連れ合いの葬式のときは、一応お招きしました。だが正直のところ十三回忌などという内輪の仏事においでなさるとは思いませんでしたな」

「招きはしなかったのですか」

「はい。ところが寺に参りますと、ちゃんときておられる。まめなお方ですな」

そうか、あの男かと思った。ぼんやりと何かが見えてきたようだった。あの男なら、はなえが絹物を着ているのを見のがすはずがない。そして何かがあったのだ。

友助は、ほとんど忘れかけていた、ある記憶を思い起こしていた。それは五年も前のことだったが、そのときのささいな出来事が、友助とはなえが知り合うきっかけになっている。

五年前の、ある秋の日。友助は中台八十郎の供をして大島村の清左衛門の家に来ていた。供は友助一人ではなく、牧三左衛門という中年の足軽が一緒だった。二人は清左衛門の家の広い台所の隅で、いろりの火にあたっていた。

奥座敷で酒宴が開かれていて、その席のにぎやかなざわめきが台所まで聞こえてくる。清左衛門は二人にも座敷にくるようにすすめたのだが、二人は遠慮した。それで清左衛門は、いろりのそばに二人の席をこしらえ、酒肴《さけさかな》を運ばせたのであった。

酒好きの牧三左衛門は、遠慮なく酒肴に手をつけたが、友助は酒を飲まなかった。死んだ父親の跡目を継いで、組外の足軽として三沢郷代官役所に勤め、一年経っていた。たった一年だったが、上役の中台八十郎がやっていることは、おおよそ呑みこめて不快な気持が胸の中に募っていた。友助は二十一だった。

中台は郷村の作毛《さくもう》を見回ると称して、ひんぱんに村村を回る。だが、田畑を見ることはほとんどなく、行った先の村役人の家で酒肴のもてなしを受けて帰るだけだった。そういう上役の供をして村に行くことに、友助は次第に耐えがたい気持になっていた。

そういう気持を言うと、同僚の牧は、それは貴公が若いからだと言った。

「中台さまがやっておることは、いいとは言えんさ。だがただやり方があくどいというだけの話でな。たとえば検見などという仕事は誰がやっても、そんなに大きな違いがあるものじゃない。百姓をしぼり上げるということでは変らんのだ」

牧はそう言うが、友助には納得できなかった。好人物の牧には好意を持っていたが、恥じるいろもなく、いわば中台のおこぼれとでもいうべき酒に舌つづみを打っている牧をみると、腹だたしくもあり、あさましい気もするのだった。

「飲まんのか、え?」

牧は自分の膳につけられた徳利を空にすると、友助の徳利を指さした。痩《や》せて皺《しわ》が多い牧の顔は、猿のように醜く赤らんでいる。

「どうぞ、私は結構です」

友助が徳利を移してやると、牧は相好《そうごう》を崩した。

「そうか。すまんな」

牧が徳利に手をのばしたとき、茶の間の方から女の悲鳴が聞こえた。続いて乱れた足音がして台所に若い娘が走りこんできた。十六、七に見える娘は、血の気を失った顔であわただしく台所を見回したが、二人をみると走り寄って友助の陰に身体をすくめて隠れた。

するとどたどたと重い足音がして、中台の大きな半身が台所をのぞいた。

「こんなところに隠れておる」

中台は娘をみつけると、酔いにそまった顔を仰むけて、嬉しそうに笑った。甲高い笑い声で、長い顔の中台が歯ぐきをむき出して笑うと、馬がいないたようにみえた。

「これ、娘。酌をせいというのがそんなにいやか」

中台はゆらゆらと台所に入ってきた。娘がまた小さい悲鳴をあげて、友助の袖をうしろからつかんだ。その手を静かにもぎ放すと、友助は立ち上がって中台にむきあっていた。

「おや、結城。どうする気だ？」

中台は立ち止まると、怪訝《けげん》そうに言った。顔はまだ笑っている。

「さてはわしのじゃまするつもりだな」

「娘はいやがっているようです。おやめになってはいかがですか」

「そうはいかんぞ、結城」

中台はすばやく娘に手を出した。だが友助は巧みに身体を回して、その手をさまたげた。二度、三度と中台は手をのばしたが、同じことだった。手は娘にはさわらず、友助の胸のあたりではばまれる。

「よせ、よせ結城。失礼ではないか」

うしろで牧がのんびりといった声が聞こえた。牧はその間にも手酌《てじゃく》で飲み続けていた。

「……………」

牧の声にあおられたように、中台の顔色が不意に変った。険悪な眼で睨《にら》むと、いきなり友助の顔を平手で打った。大きな音がしたが、友助は平然と立っていた。中台は続けざまに友助の顔を張った。友助は顔色も変えずに平手打ちを受けたが、中台が残忍な表情になって一、二歩さがり、刀のつかに手をのばしたとき、ひややかに声をかけた。

「血迷われましたかな」

中台がつかに手をかける一瞬前に、友助の左親指が刀のつばを押しあげていた。中台の動きがそのままとまった。友助は城下の八代町にある足軽の武術道場で小太刀《こだち》の免許をとり、柔術にもすぐれている。中台はそのことを知っていて、郷村見回りに供をさせていた。そのことを、中台は思い出したらしかった。酔いのさめた顔で、しばらく友助を睨んだが、ふと顔をゆがめると背をむけて台所を出て行った。

「気味がよかったのう。ヒッヒ」

と牧が笑った。牧はすっかり出来上がって、おぼつかない手つきで酒を注いでいる。

「ありがとうございました」

娘が言って、牧に酒を注ぎ、友助にも徳利をむけた。

「いや、私はいらん。そちらに注いでくれ」

友助は手を振って言ったが、そのときになってはじめて娘の顔を見た。娘も友助を見つめた。恐怖からときはなされて、娘は上気した顔いろになっていた。品のいい瓜《うり》ざね顔で、眼がいきいきと光り、小さな唇が、桃いろの花びらのように見えた。美しい女子《おなご》だ、と友助は思った。中台のしつこさと、娘のおびえようからみて、友助は中台が酒の酌を無理強いする以上のいたずらを、娘に仕かけたのではないかと思ったが、娘を見てその勘があたっていたように思った。中台は好色な男で、美しい女を見のがさないのだ。

――しかし、この女をかばったために、俺は勤めを変えさせられるかも知れんな。

と友助は思った。だが不思議に、中台はそのときのことについては何も言わなかった。

友助はそれからさらに一年代官役所に勤め、その間に中台の手から助けたその娘と恋におちて娶《めと》った。それがはなえだった。仲人をしたのは牧三左衛門である。

そのときも、中台は何も言わなかったので、友助は中台ははなえの一件を忘れたと思ったのだ。だがその男が、五年たってはなえが禁制の絹を着ているのを見たとき、なにを考えたか、知れたものではない。

友助は胸がさわぐのを感じた。

「清左衛門どの」

友助は真直ぐ清左衛門を見て言った。

「じつは今度藩中にもお触れが出て、われわれ下士も絹物を着ることをとめられました」

「……………」

清左衛門の柔和な顔に、不審そうないろが浮かんだ。

「と、申しますと？　それはいつからですか？」

「はなえがこちらにくる前日のことです。だからはなえは、あの着物を着てはならなかったのです」

清左衛門の顔に驚愕《きょうがく》の表情が浮かんだ。

「あの子はそのことを知っておりましたか？」

「むろんです。せっかく作ったものだから、持って行って見せたらどうかと、私が言いました。着てはならんと念を押したはずですが、持たせたのが、私の間違いでした」

「……」

「はなえと中台さまは、何か話をしていましたか」

「そういえば、法事が終ってから、寺の本堂脇の縁側で、中台さまがはなえをつかまえて何か話しかけているのを見た気もしますが」

「そのあと、はなえの様子が変ったようには見えませんでしたか」

「それは気づきませんでした。内輪といっても、三十人近い人が集まっておりましたから。そうそ、その日の七ツ（午後四時）ごろ、帰ると言って挨拶に来たが、べつに変ったところは……」

「その日？」

友助は鋭い眼で清左衛門を見た。

「はなえは、その晩こちらに泊まったのではありませんか」

「いえいえ、泊まらずに帰りました。泊まったのは前の夜だけです」

清左衛門は言ったが、すぐに友助の質問の意味をさとったようだった。暗い眼で友助を見て、やがて何度もうなずいた。

「そうですか、あの晩は、はなえは帰っていませんか。結城さま、はなえはそのために死にましたか」

五

「葬式に出られんで、相すまなかった」

顔をあわせるとすぐに、牧三左衛門はそう言った。はなえの葬式に、牧は妻女だけをよこしていた。

一年ぶりに顔をあわせる牧は、横びんのあたりに白髪《しらが》がふえ、顔の酒やけが濃くなったようだった。相かわらず中台の供をして、酒をのみ回っているらしかった。

「あの日は折あしく隣の赤石郷の役所まで、使いに行っておっての。申しわけなかった」

「いえ、そのことならお気づかいなく。奥さまに出て頂きましたし、過分に存じています」

友助は言ってから、真直ぐ牧の眼を見すえた。

「じつは少少うかがいたいことがあって参りました」

「何かな？」

と言ったが、牧の眼はあきらかに動揺していた。

「むつかしい話なら、ちょっと外に出ようか」

牧は役所の建物から、友助を外に誘った。三沢郷代官役所は、土地の旧家が潰《つぶ》れたあとを買い取って、そのまま役所に使っている。広い敷地には、牧たち下役人が住む長屋も建っていたが、牧は長屋の方にはいかず、大きな柳が芽吹いている池のそばに友助を導いた。

友助がいた時分は、きれいに手入れされていた池は、ひどく荒れていた。浅い水の中に、去年の枯葦が折れ曲って散乱している。その中に青い新芽がのぞいていた。石の位置もずれ、庭木も枝がのびほうだいで、手入れされた様子がないあたりにも、藩の財政の苦しさがあらわれているようだった。

「はなえどののことだろ、用件というのは」

柳の下まで行くと、牧は急に振り向いてそう言った。

「わしの口からは言いたくない。しかし貴公がたずねてきたら、言わんわけには行くまいと思っていた」

「二十七日のことをうかがいたいのです」

「むろん、二十七日のことだ」

「その日、はなえがここに来たのですな」

「来た。中台に呼ばれていると申してな。奥に通った。そして、さよう六ツ（午後六時）

過ぎじゃな。中台は駕籠《かご》を言いつけてはなえどのを乗せ、自分は馬でここを出て行った。城下へ行くと申しておった」

「………」

「わしが見たのは、それだけだ」

「牧どのに、はなえは何か言いましたか」

「中台に呼ばれていると申すから、なにやらよくない勘が働いての。なんのために会うかと、わしが聞いた。はなえどのは言いたくない様子だったが、しまいに悪いことが見つかって、ここへ来るようにと言われたと申した。悪いこととは何かの?」

「………」

「わしが知っていることはこれだけだが、もうひとつわかっていることがある。はなえどのが死んだのは、間違いなくきゃつのせいじゃな」

牧は上役をそう呼び、そのときだけ険しい表情をした。

「いま、おりますか?」

「いや、今日は城に行っている。近ごろはひんぱんに城の御用があるようで、例の村回りもご無沙汰しているようじゃ」

「中台さまの屋敷は知っていますが、妾を囲っているという家はどのあたりですか」

「狐町じゃ。あそこに狐面をした女が囲われておる。おりかという名じゃ。一度使いにやられたことがある」

牧はいまいましそうに言ったが、ふと気づいたように一層声をひそめた。

「結城。しかし軽はずみなことをするでないぞ。相手は人間の屑《くず》じゃ。軽挙妄動《もうどう》して身をほろぼすなどはつまらん話じゃ」

三沢郷から帰ると、数日友助は家に閉じこもり、一歩も外に出なかった。しまいには家の中にあるものを喰いつくし、何も食べるものがなくなったほどである。

友助は大目付に提出する訴状を書いていた。三沢郷代官役所に勤めた二年の間に見聞した、手代《てだい》中台八十郎の非行を数え、丁寧に綴った。

はなえが、中台にはずかしめられて死んだことはあきらかと思われた。代官役所で牧三左衛門に会ったあと、友助は代官役所のすぐ前にある駕籠屋をたずね、はなえを乗せた駕籠が、その夕方はなえを城下狐町の一軒の家に送りとどけたことを確かめている。その夜、はなえは多分中台の妾宅と思われるその家に監禁され、暴行を受けたのだ。

あるいは、はなえははずかしめを受けることを承知で、中台の妾宅に行ったかも知れない、という気もした。はなえは、自分の軽率さから、結城の家に罪科がおよぶ羽目になったことをさとったに違いなかった。だから中台に言われると、さからうこともせず代官役所に中台をたずね、さらに命ぜられるままに狐町まで行ったのだ。そのときから、はなえは死んだ気だったのかも知れない。

帰ってきてから、死体になって発見されるまで、二日の間の異常にやさしかったはなえのことを、友助は思い出していた。うるさいほどつきまとい友助の世話をやいた。そして三日目の朝、目ざめたときははなえの姿は家の中から消えていたのである。

ひょっとしたら、はなえを殺したのは俺かも知れない。筆をとめて、友助はその悔いにぎりぎりと胸を刺されることもあった。着物を持たせなければ、たとえはなえが中台に会ったとしても、何ごとも起こらなかったかも知れない。だが、それは考えても仕方ないことだった。はなえはただ一度羽二重を着、そのために中台にはずかしめられて死んだ。その事実だけが残っていた。

中台を斬ることはたやすいことだった。だが、それだけでは腹がおさまらなかった。あの男の醜さを天下に示し、はずかしめてやりたいと友助は思っていた。

訴状が出来上がると、友助は荒れはてた感じの家の中で、ひっそりと髪を調え、髭をそって城に行った。会所の入口で、番士に大小をあずけた。公事《くじ》を望んで訴状を提出する者は「上下を論ぜず刀、脇差を帯びざること」と定められている。

友助は一室に通され、しばらく待たされた。狭い部屋に、ぽつんと机ひとつが置かれ筆と硯《すずり》の用意があるだけで、ほかに何の飾りもない部屋だった。

やがて、眼の鋭い五十前後の武士が部屋に入ってきた。武士は机のむこうがわに坐ると、持ってきた紙を机の上において、じろりと友助を見すえた。

「訴えがあると申すのは、その方か」

「はい」

「姓名、身分、属する組を聞こう」

武士は筆を構え、友助の言うことを書きとめ、それから手をのばした。

「どれ、拝見しよう」

友助が懐から出した訴状を、武士は受取ってすぐに開いて読みくだした。長い沈黙が続いた。

不意に、武士は身じろぎし、高い咳払いの音をたてた。それからさらさらと音をたてて紙を巻きおさめ、友助を見た。

「聞きしにまさるものじゃな」

武士は少し柔らかい口調で言った。

「話は聞いておったが、誰も訴え出る者はおらん。目付も動かん。だがこうして訴状が出れば、捨て置くというわけには行くまいて」

武士はおしまいの方をひとりごとのように言った。それから、また鋭い眼で友助を見すえるようにした。

「なにか、私の怨《うら》みでもあるか」

「は?」

「中台八十郎に対して、私の怨みを持っておらんかと聞いておる」

「いえ、そのようなものはございません」

友助は隠した。はなえのことは、誰にも言うべきことではなかった。

武士は、なお二、三友助を問いただしたあと、清村内匠《たくみ》だと自分の姓名を名乗り、追って呼び出しがあるまで、家で待てと言った。

だが十日たち、半月たったが、会所からの呼び出しはなかった。忌の休みが明けて、友助は登城して勤めについたが、それでも何の音沙汰もなかった。そして梅雨に入った五月のある日、友助は組頭に呼ばれて一カ月の謹慎を命ぜられた。理由は、もとの上役に対して、いわれのない誹謗《ひぼう》を言いたてたというものだった。同じころ友助は、訴状を受理した徒目付《かちめつけ》清村内匠が、役目を解かれたことを聞いた。

牧三左衛門の手紙は、中台八十郎が、郷村方役人の集まりに出るため、七日間城下にとどまり、十七日に三沢郷に帰ってくるはずだと書いてあった。

友助は牧に手紙をやって、中台が城下にくるときは知らせてくれるように頼んでおいたのである。この手紙が、友助の待っていた返事だった。だが十七日は明日である。中台八十郎は今日一日しか城下にいないわけだった。

友助はもう一度牧の手紙の日付を確かめた。日付は十四日になっている。中台が城に出かけてからも、牧がなお二、三日はそのことを友助に知らせることをためらったあとがうかがえた。

友助は、火鉢の上に牧の手紙をかざし、火をつけて燃やした。それから立ち上がって着換えをはじめた。簞笥《たんす》の奥から取り出したのは、父親が着た絹物の綿入れだった。友助はためらわずにそれを着た。男物の絹の衣服はそれしかなかった。その上から麻の羽織を着た。終ると部屋の中に立って、ぐるりとあたりを見回した。心残りなものは、なにもなかった。寒ざむとした部屋のたたずまいが、眼に映っただけである。

狐町の中台の妾宅に着いたとき、まだあたりは明るかった。はじめ女中が出てきて、名前を聞き、次に中台の妾と思われる女が出てきた。細面のきれいな女だった。女は着ぶくれした友助の恰好に、奇異な眼をみはりながら言った。

「あの、いま留守でございますが」

「承知しております。こちらで待つようにという中台さまの仰せで参りました。お帰りになるまで待たせて頂きます」

「さようですか」

女はまだとまどうふうで顔を伏せたが、ではどうぞ、と言った。

通された座敷は、障子が開け放してあって、庭から涼しい風が吹きこんでいた。汗がひくようだった。庭はそれほど広くはなかったが、外から小流れを引きこんでいて、たえず小さな水音がしている。ぜいたくに作ってあった。

女中がお茶を出して引きさがったあと、家の中はしんと静まりかえってしまった。ただ庭の水音だけが、きれめなく続いている。

庭を照らしていた赤い日射しが、すこし薄れたころに、玄関に人声がし、やがて中台の荒荒しい怒声がひびいた。友助はその声に無表情に耳を傾けた。

大きな足音が、廊下を踏んで近づいたと思うと、座敷の入口に中台の大きな身体が立ちはだかった。

「何の用だ、結城。刀をわし掴《づか》みにしている。

「貴様など呼びはせんぞ」

「ま、お坐りになってはいかがですか」

友助が身体を傾けてそういうと、中台はしばらく友助を睨みつけたが、不機嫌な顔で座敷に入ってきた。

「用があるなら早く申せ。わしはいそがしい」

言ってから中台は、口をゆがめて言いなおした。

「どうせろくな用ではあるまい。貴様が会所にわしを訴え出たことは聞いておるぞ。や、結城。きさま！」

中台は友助の胸のあたりを指さした。友助は座敷に通されるとすぐに、羽織を脱いでそばに畳んでいた。

「着ておるのは絹物ではないか」

「さすがにお目が早いようですな」

「どういうつもりだ。そんなことをして、ただではすまんぞ」

「そう言って、はなえを脅《おど》しましたかな」

「はなえ？　ああ貴様の女房か」

中台は顔をそむけた。

「貴様の女房のことなど知らん」

「そうは言わせませんぞ。家内は四月の二十七日にこの家にきております」

「なにをばかな！」

「あなたは代官役所から、家内を駕籠でこの家まで運ばれた。そしてその夜、ここに住む女子を外に泊まらせましたな。いや、言いわけはもう無用です。この家の権蔵という小間使いの親爺《おやじ》に、そのことは確かめてある」

「……………」

「言うことをきかなければ、お上に訴える。そうなれば自分だけでなく、亭主も結城の家名も危いとでも言いましたか。それでは、あの臆病な家内が、どう手むかえるものでもない。死んだ者同然に、言うことをきいたはずです」

「それでいいではないか、結城」

傲然《ごうぜん》と中台が言った。

「じじつそのために結城の家にも、おぬしにも、何の咎《とが》めもないではないか」

「しかしそのために、家内は死にましたぞ」

「そんなことは、わしは知らん。女が勝手に死んだのだ」

「あなたは、人間の屑だ」

友助は少し後じさると、片膝を浮かした。

「貴様、なにをするつもりだ」

中台が怒号して刀を摑みあげた。その一瞬前、友助は片膝を立てた姿勢のまま、抜き打ちに中台の肩を斬った。中台は悲鳴をあげて立ち上がると、横の縁側にのがれようとした。その背後から、友助は据えものを斬るように肩から背にかけて斬り下げた。中台は障子にすがったが、そのままずるずると膝を折り、やがて縁に半身を乗り出すようにして倒れると、動かなくなった。

これだけ大きな物音がしたのに、家の中はしんとしている。友助は座敷の中央にもどると、正座して腹をくつろげた。庭に水音がひびき、家の中はなお静まりかえって、腹を切るのをさまたげる者は、誰もいないようだった。

小鶴

一

神名《かんな》吉左衛門の家の夫婦喧嘩は、かいわいの名物だった。

かいわいだけでなく、そのことは城中にも聞こえて、吉左衛門は上司の組頭《くみがしら》兵頭弥兵衛に、数度したたかに叱責されている。むろん武士の体面にもとるというわけである。

「恐れいりましてござる」

吉左衛門は神妙に詫《わ》びるが、組頭の叱責の効果はたかだか数日ぐらいしかもたず、またぞろ神名家からは激烈な喧嘩の声が外まで洩れ、道行く人が立ちどまって聞き惚《ほ》れているという始末だった。

武家の家だから喧嘩が全くないなどというわけはない。それぞれにやってはいても、誰しもが、外には洩れないように気を遣うのだ。神名家の喧嘩には、この気遣いがない。長屋の夫婦が摑《つか》みあいの喧嘩を演じるのに似た声が、塀の外まで筒抜けにひびく。

誰と誰が喧嘩しているかははっきりしている。神名家には吉左衛門と妻女の登米《とめ》しかいない。通いの婆さん女中がいるが、これは吉左衛門の癇癪《かんしやく》声をまともに浴びたら、その場に卒倒もしかねまじい、青ぶくれた顔をした女である。

「おのれ、そこに直れ。二度とその口が開けんように成敗してやる」

吉左衛門の、興奮で一段高調子になった声がひびくのを聞くと、はじめて耳にする者はそこで固唾《かたず》をのむ。

「おやりなされ」

吉左衛門の声をうけて、ちっとも興奮していない、落ちついた女の声が答える。吉左衛門よりは低いが、これもべつに近所をはばかる様子もない、よく徹《とお》る声だから、外の者にはよく聞こえる。

「さ、どうぞおやりなされ。それで神名家のご先祖さまに申しわけがなるとお考えなら、心がすむようになさったらよろしゅうございましょ」

「この肴《さかな》は腐っておる」

吉左衛門の怒声は、急に卑俗な事実を指摘する。

「かようなものを喰わせて、家内を取りしまる役が勤まると思うか」

これで通りがかりの者は、喧嘩のもとは鮮度が落ちた肴かと興ざめし、これで喧嘩もそろそろ下火だろうといった見当で帰って行くし、近所の家では、たかが肴一尾のことで成敗だの、ご先祖だのと、よく言うわとにがにがしく思いながら、細目にあけた雨戸を閉じるのである。

吉左衛門の癇癪もちは昔からのもので、若いころは、庭の中を白刃を振りかざして妻を追いかけ回したなどという証言がある。しかし吉左衛門本人は五十の坂を越え、妻女の登米も五十近くなったいまは、もっぱら舌の争いで、その口争いではどうも吉左衛門に分がないようだ、という判定も出ている。

それではこの夫婦、どこまでも仲が悪いかというと、そうでもなく、吉左衛門が非番の日に、二人でむつまじげに庭の草花の手入れをしていることもあるし、自分たちの喧嘩が近所のひんしゅくを買っているなどと、夢にも思っていない顔で、夫婦そろってにこにこ顔で寺参りに出かけたりする。

二人の仲が険悪になるのは、家つきの娘で吉左衛門を婿にとった登米に、三十年近く経ったいまも、ちょいちょい吉左衛門を婿あつかいする言動があると言うことらしかった。成敗するのなんのと、吉左衛門が息まいても、中身がそういうものだから、大したことにはならない、と近所ではたかをくくり、眉をひそめながらも内心では面白がっているのだが、ひとごとならず吉左衛門夫婦のために心配していることがひとつあった。五十になりいわば老境を迎えた夫婦に、後つぎが決まっていないことだった。

登米は子を生まなかった。普通なら当然養子を考えるところで、吉左衛門夫婦も、登米がいよいよ子を生めない年になったころから、真剣に養子探しをした形跡がある。だが思わしい縁がなく、ここまで来てしまったということのようだった。

「しかし、あれでは養子の来手もあるまい」

神名家の養子の話が出ると、最後に誰かがそう言う。それでみんなが仕方もないという顔になるのだった。

神名吉左衛門は、普請組に勤めて百石余の禄を頂いている。高禄とは言えないが、養子に入るには手ごろな家とも言えた。それほど格式ばることもなく、さほど暮らしが貧しいわけではない。夫婦二人だけだから、係累の煩いもない。

藩中には、次、三男がごろごろしている。

「相手の娘などは、ま、顔がついていればよい。喰って行ける家ならどこでも行くぞ」

などと放言している婿志望の若者が沢山いるはずで、事実吉左衛門も、人を介して数人の若者に養子の口をかけたのだが、誰も来なかった。

理由はひとつしかない、と誰もが言うわけである。あの夫婦喧嘩には、こわいもの知らずの若い者も怖気《おぞけ》をふるうのは無理ないと、人は吉左衛門に面とむかっては言わないが、心の中で思い、陰で噂《うわさ》するのである。

だが吉左衛門夫婦にしてみると、老境に入って養子もいないということが、また喧嘩のタネになるのである。養子一人見つけて来られない甲斐性のなさを登米が責めれば、吉左衛門は子を生まなんだそなたが悪いと早速反撃し、とどのつまりは近所が耳をそばだてるいつもの大喧嘩になるのだ。

養子をタネの喧嘩が、また養子の口を遠ざけるというあたりが、吉左衛門夫婦の悲劇だが、二人はそのことに気づいていない。

二

吉左衛門が、その娘を連れて門を入ってきたとき、登米は庭に出て菊の葉についた虫を取っていた。菊の花は美しいが、うっかりするといつの間にか虫に葉を喰い荒らされていることがある。

「おや、どうなさいました」

登米は、夫の背に隠れるようにして入ってきた娘を見て腰をのばした。旅姿をした、むろん見かけたことのない若い娘だったからである。

「ふむ、それがな……」

吉左衛門は、困惑したような表情をうかべて娘をふりむいた。

「少し事情がある」

「事情があるのは、わかっておりますよ」

「ま、立ち話もなんだ。ともかく家に入ろう」

吉左衛門は、なんとなくあたりをはばかるような口調で言うと、さっさと家の方にむかった。

置き去りにされて、娘はうつむいたまま立っている。手甲《てっこう》、脚絆《きゃはん》に草鞋《わらじ》がけ、手に笠を持った旅の身なりで、着ている物、髪かたちから武家の娘だということはひと眼でわかる。だが、自分を見ても挨拶ひとつしないのは奇妙だ、と登米は思った。

「さ、あなた。ともかく家に入りましょ」

登米が声をかけると、娘は顔をあげた。美しい顔だちをした娘だった。眼がきれいで口もとも小さく締まっている。旅の疲れからか、ひどく青白い顔をして、表情にはどこかぼんやりしたものが見えた。十七、八だろうと登米は見当をつけた。

登米にうながされて、娘は歩き出したが、足もとが宙を踏んでいるように心もとなく見える。よほど疲れているらしい、と登米は思った。

「どこから来ました?」

入口を入るとき、登米はそう聞いたが、娘は無言だった。表情も動かなかった。おかしな子だ、と登米はまた思った。

「かなり疲れておる。とりあえず寝かせる方がいい」

家に入ると、吉左衛門がそう言った。吉左衛門は娘が気になるらしく、まだ着換えもせずに部屋の中をうろうろしていた。

登米は娘を座敷に案内し、布団をのべてやって茶の間にもどると、まだ部屋を出たり入ったりしている吉左衛門を着換えさせた。

「いったい、どういう娘御ですか」

登米は吉左衛門にお茶を出してやってから、改めて聞いた。間もなく日が暮れる気配だが、食事にはまだ間がある。

「まさかお前さまの、隠し子を連れて来たというのではございませんでしょ？」

「馬鹿を申せ」

吉左衛門はうろたえたような顔をした。濃い眉の下に気むつかしげに金壺《かなつぼ》まなこが光り、顎《あご》が張った顔は、とても隠し子がいるという柄ではない。登米は一応念を押しただけなので、夫が人なみにうろたえた顔をしたのがおかしかった。

「あれは小舞橋で拾ってきたのだ」

と吉左衛門は言った。

「拾った？」

「今日は、帰りがけに五間川《ごけん》の石垣の見回りに行ってな」

と吉左衛門は言った。

五間川は城下町を貫流する川だが、町の北半里ほどの場所にある小舞橋の上流で一カ所、下流で二カ所、今年の夏の増水で石垣が崩れた。

石垣は普請組の手で修理したが、それからひと月ほど経ったので、組頭の命令で吉左衛門が見回りに行ったのである。

小舞橋に着いたとき、娘はもう橋にいて、欄干にもたれて川を見ていた。旅の者がいっとき休んでいるという様子に見えた。吉左衛門は橋から岸に降りて、はじめ上流の石垣を見に行った。水が浅いところでは、川の中に入って念入りに調べた。

次には下流の修理場所に行った。途中小舞橋を通るとき、橋の上にまださっきの娘がいることに気づいたが、そのときもまだそれほど気にしたわけではない。

下流の二カ所は、橋からかなり離れたところである。吉左衛門はそこでも岸に腹這《はらば》って、上から石垣をのぞいたり、浅瀬では水に入り、また浅瀬を伝って向こう岸にわたり、そこから修理箇所や水の流れぐあいを綿密に眺めたりした。異状はなかった。

吉左衛門は仕事熱心である。石垣の調べにかなりの時を費し、その間にさっき橋の上で見た娘のことなどは忘れた。

だが、仕事を終って岸に這い上がり、腰をのばしたときに、遠くに見える橋の上に、まださっきの娘がいるのに気づいたのである。吉左衛門は空を見た。日は傾いて、黄色く稔《みの》った稲田の連なりの上に、やわらかい日射しを投げかけていた。黄ばんだ日射しは、娘の上にもさしかけていた。

――何をしておるのだ、あの娘。

くたびれてひと休みしているにしては長すぎると思った。はじめて娘のことが気になった。それで声をかけてみる気になったのである。

「そこで橋にもどって、何をしておるかと聞いたが、娘は答えん」

吉左衛門はその時の娘の様子を思い出していた。

吉左衛門が声をかけると、娘は遠くを眺めていた眼を吉左衛門に移した。うつろな顔だった。きれいな顔立ちをしていたが、その顔には何の表情もあらわれていなかったのだ。

「いろいろとたずねてみたが、黙ってわしを眺めておるだけでな。まことに頼りない。このまま打ち捨てておいて日が暮れては大事になろうという気がしたゆえ、連れて参った」

「それはよいことをなさいました。連れもどるのが当然でございますよ、お前さま」

「わしがみたところでは、あの娘狂っているようでもないな。いわば放心の体《てい》だ。何か事情があって、おのれを失っているとみた。ま、一晩休ませて明日になれば気を取りもどそう。事情は、それから聞いても遅くはあるまい」

「わかりました」

「そなたには、何か申したか」

「いいえ、なんにも」

「明日になったら何かしゃべるかの。いよいよ埒《らち》あかぬときは、奉行所にとどけねばなるまいが」

「……」

「厄介なものを背負いこんだかの」

吉左衛門は額の皺《しわ》を深くして首をかしげたが、急にそわそわした顔になって登米に言った。

「眠っとるかな。まさか部屋を抜け出したりはしていまいな」

「まさか、お前さま」

「見て来い。ちょっとのぞいて来い」

吉左衛門に言われて、登米はあわてて部屋を出て行ったが、間もなく足音をぬすむようにして、そっと帰ってきた。

「眠っていますよ、おとなしく。ちゃんと夜具に入って」

二人は顔を見あわせた。そして何となく顔をほころばせた。いつも夫婦二人だけの家に、若い娘がいることがめずらしく、二人の気分をなんとなく浮き立たせていた。

三

吉左衛門が遅く帰ると、娘は縁側に出て月を眺めていた。登米が出してやったらしい座布団の上に、行儀よく背をのばして坐っている。月は十三夜で、吉左衛門も帰る途《みち》みち、いい月だと思いながら来たのだが、それにしても、この家の主である吉左衛門が帰っても、挨拶ひとつしないのはやはり異状だった。

「飯は喰ったのか」吉左衛門は、着換えて膳にむかいながら、そばの登米に小声で言い、娘のうしろ姿に顎をしゃくった。

「喰べましたよ、おいしいと言って」

「おいしいと言ったか」

吉左衛門は箸《はし》の手をとめた。

「すると、今日は口をきいたのだな」

「ええ、ええ」

登米は勢いこんでうなずいた。

「いろいろ聞きましたら、今日はよく返事をしましたよ」

「それで、何か」

吉左衛門は固い干物を喰いちぎるために、しばらく黙ったが、ようやく嚙み切るとまたつづけた。

「それで何かの。少しは様子がわかったか」

「それがさっぱり」

「なに？」

「おぼえていないのですよ。どこから来たのか、どこへ行くつもりだったか。親兄弟の名前さえ知らないいんですからね。いったいどういうことなんですか？」

「ふーむ」

吉左衛門は唸《うな》りながら、香の物をばりばりと嚙んだ。ふだんは物を嚙む音をさせたり、喰べながら話しかけたりすると、登米は露骨にいやな顔をする。四十五石の家の躾《しつけ》はそういうものか、と婿にきて三十年もたつのに、吉左衛門の実家の躾を言う。それでたちまち喧嘩になるのだが、今夜は登米は何も言わなかった。吉左衛門がいつまでも香の物を嚙んでいるのを、早く飲みこまないかと催促するような眼で眺めているだけである。

吉左衛門はようやく香の物を飲みこんだ。

「ふーむ、それは困ったな」

「たったひとつ、自分の名前をおぼえていましたよ。あててごらんなさいませ」

「そんなことがわかるもんか」

「小鶴というそうですよ」

「小鶴」

吉左衛門は、ちらと娘を眺め、それから妻の顔を見た。二人は顔を見あわせて微笑した。

「かわいい名前だの」

飯をしまいにして、茶をもらいながら、吉左衛門はもう一度、小鶴かと言った。どこからともなく飛びこんできて、この家の客になっている娘にふさわしい名前のように思われた。

「ああして、月を眺めているのか」

「月見もそうですけど、自分でも何か考えているのでございましょ。あわれな」

と登米はささやいた。

「まるでかぐや姫だの」

「それで、どうなさるおつもりですか」

「どうするとは？」

「お奉行所にとどけると申しましたでしょ？」

確かにそう言ったが、娘が正気にかえって何か話し出しはしないかと思いながら、何となくふんぎり悪く三日もたっている。

「さて、どう致したものかな」

「もうしばらくここに置いて、様子をみてはいかがですか？」

「ふむ」

「この子は病気ですよ。親の名も家も忘れてしまったのですから。お奉行所に連れて行って、いろいろとたださされてても同じことでございましょ？」

「ま、そうだの」

「いろいろ聞かれて、あげくに牢《ろう》にでも入れられたらかわいそうでしょ」

「牢には入れんだろうと思うがな」

「まあ、じれったいこと」

登米は突然眼をつりあげた。

「ご自分が拾って来られた娘御でございましょ。もう少し親身に考えてあげたらいかがですか」

「考えておる」

吉左衛門は、むっとしたように言い返した。

「ただ、一応はとどけるのが筋ではないかと、それを思案しておる」

「とどけたら、お役人などどんな聞きかたをなさるか知れたものではありませんよ。なにしろ人を疑うのがお仕事ですからね」

「それは女子《おなご》の考えようだ。人ひとりあずかるには、それ相当の踏むべき手順というものがある。そのへんのこともわきまえもせず、があがあと喚くな。聞きぐるしい」

「聞きぐるしいとは何ですか。聞き捨てなりませんよ」

「だまれ、聞き捨てならんならどうだと申すのだ」

例によって例のごとき経過をたどって、二人の言い合いがだんだんに険しくなってきたとき、不思議な声が部屋に流れた。

夫婦は、言い合わせたように口をつぐんで縁側を見た。娘が、座布団をすべりおりて、板敷きにきちんと坐ったまま、こちらを向いて泣いている。声は娘のしのび泣きの音だった。

「どうしましたか、小鶴どの」

登米が、あわてて立って行って娘の肩を抱いた。

「おやめなされませ。いさかいはおやめくださいませ」

小鶴は懇願するように言った。その間にも涙が頬をつたって流れた。

「ほら、ごらんなさい。お前さまが慎みもなく大声を張りあげるからでございますよ」

登米は吉左衛門をにらんで言ったが、これが同じ人間の声かと怪しむほど、つくったやさしい声音《こわね》で、小鶴に言った。

「いさかいなどいたしませんよ。わからず屋の主人をちょっとたしなめてやっただけです。どうですか？　もうやすみませんか。あなたはまだ疲れが直っていないのですから」

登米が、小鶴を座敷の方に連れ去ったあとで、吉左衛門は縁側に立って行くと、憮然《ぶぜん》とした顔で月を見上げた。

——何じゃ、十七、八にもなってめそめそ泣きおって。

そう思ったが、何となく出鼻をくじかれたような気分が残っていた。

四

吉左衛門は一応奉行所にもとどけ、組頭の兵頭にも小鶴のことをとどけた。

しかし奉行所には、一応本人を同行して行ったものの、兵頭から手を回してもらったので、簡単に身柄をあずかることが出来た。奉行所では、二、三小鶴に問いただしてみたが、まったく吉左衛門の言うとおりなので、吉左衛門という身柄引請人がいるのをもっけの幸いと考えたようであった。

兵頭は皮肉を言った。

「娘をあずかりたいとな。どんな娘か知らんが、おぬしの家には、三日とようとどまれまい」

むろん夫婦喧嘩のことを言っているのである。いえ、もう来てから五日になりますぞ、と吉左衛門は言いたかったが我慢した。組頭の機嫌をそこねて、素姓も知れぬうろんな者を泊めておくことはならん、などと固いことを言われては困ると思ったのである。

それで、小鶴をはばかりなく外に連れ歩くことが出来るようになって、登米は上機嫌だった。寺参りに連れて行ったり、城下のある裕福な商家で、毎年半分は自慢で町の人に見せる菊畑を見に行ったり、買い物に連れ歩いたりした。

「今日はあなたに、着物を買ってあげますよ」

登米は町の呉服屋ののれんをくぐりながらそう言った。絹物商いが本業だが、太物《ふともの》も置く店である。

時どき反物を背負って、屋敷町を回る手代が、登米の顔を見て飛んできた。

「この子に似合いそうな柄を見たてて下さい。普段着とよそゆきと」

「かしこまりましてございます」

手代は棚からひと抱えの反物を抱えてもどると、生地をひろげながら、なめらかに喋った。

「お美しい方でございますな。失礼ながら神名さまにお子はいらっしゃらないはずですが、このお方はどういう？」

「遠縁の者ですよ、ほ、ほ。しばらく家にいることになりましたので」

「さようでございますか、さようでございますか。それなら今後とも何分ごひいきに」

小鶴はおとなしく、手代がひろげた反物を胸にあてがわれるままになっている。

登米はそんな小鶴をほれぼれと眺める。楽しかった。これまで知らなかった楽しみだった。

——こんな娘が一人いてもよかったのだ。

と思う。父母が死んでから二十年近く、気が合うわけでもない夫と過ごしてきた、味気ない歳月がかえりみられる思いだった。

神名吉左衛門が住む葺屋《ふきや》町の一帯は、武家屋敷がならぶ町である。屋敷町の女たちは、町家の女房、娘のように、そうひんぱんに外に出るわけではない。それだけに、登米の近ごろの外歩きは目立ち、神名の家内が見たこともないきれいな娘を連れて歩いていると、噂になった。

噂の真偽を確かめるつもりか、登米が小鶴を連れて帰ってくるのを見はからったように、用ありげに門の外に人が立っていたりする。

「おや、ほんとにきれいな娘御ですこと」

相手は、登米の背に隠れるようにしている小鶴を、すばやく一瞥《いちべつ》すると、感嘆するように言う。

「どういう？　ご親戚ですか」

「遠縁の娘を預かっているのでございますよ、ほ、ほ」

登米は鼻が高い。そしてそんなふうに声をかけられると、子供を持たなかった長年のひけ目を、一ぺんに取り返しているような気がしてくるのだった。誇らしく、登米は胸を張って行きすぎる。

小鶴にも生色がもどってきていた。「どうですか。まだ何も思い出さないかえ」と、登米が時たま問いかけるのには、暗い顔になって首を振るだけだが、日常の暮らしの中では、だんだんに神名家になじんでくるようだった。

通いの婆さん女中が休みのときには、台所で食事の支度もし、それが上手だった。家の中の掃除も、塵《ちり》ひとつとどめずにきれいにやり、花を活けさせても法にかなっている。

時には肩を揉《も》んでやると言って、登米を喜ばせた。

——おんば日傘で育った高禄の家の娘ではない。台所も自分でやるような小禄の、しかし躾の行きとどいた家の娘には違いない。

登米はそう思い、娘の行方を失って嘆き悲しんでいるに違いない父母を思って胸を痛めた。だがそれは、小鶴と名乗る娘が、自分で思い出さないことにはどうなることでもなかった。

自分が何者であるかも思い出せないまま、小鶴は次第に顔色もよくなり、物言いにも元気が出てきた。時には声を出して笑うようにもなった。するといっそう、美しい娘なのだということがわかった。

小鶴に買ってやった生地を縫っている妻のそばで、吉左衛門が、ふと思いついたように言った。

「どうだ？　よほど元気が見えてきたが、何か思い出した様子はないか」

「なんにも。それにそのことを聞くと、かなしげな顔をするから、このごろはあまり聞かないことにしているのですよ」

「止《や》むを得んな。思い出すときがくれば、自然に思い出すだろう」

「思い出しますか」

「それはわからんことだ」

「あの子はきっと姉娘ですよ」

と登米が言った。

「そんなことわかるもんか」

「いいえ、きっとそうですとも」

と登米は断定的に言った。

「こまごまと気をつかう子です。よくできた子ですよ」

「そうかの」

「今日は、縫い物で肩が凝ったろうと、私の肩を揉んでくれました。ちゃんと揉み馴れた手つきで、驚きました」

「わしには、そんなことを言ってくれんぞ」

吉左衛門が不満そうに言ったので、登米は笑い出した。そして家の中が前と変わったと思った。小鶴のことを話していると倦《あ》きないのだ。

「おひがみになることはありませんよ。あの子はお前さまのことも、ちゃんと気にかけております」

「ひがんでなど、おらん」

「今夜の菊膾《きくなます》、おいしゅうございましたでしょ」

「あれはわしの好物だ」

「私がそう申しましたら、小鶴がさっそく料理したのです」

「道理でお前や台所婆さんの味つけにしては、近ごろ出来過ぎだと思った」

吉左衛門は憎まれ口を叩いたが、満足そうだった。そういう夫の顔を、ちらと盗み見てから、登米は針の手に眼を落としたまま言った。

「もしもあの子が、いつまで経っても何も思い出さなかったら、どうなさいます？」

「それでは、どこかで案じておられる親御がかわいそうだ。なに、いまに思い出すさ」

「もしも、と言ってるんでございますよ」

「思い出さんものと決まれば」

吉左衛門は、腕を組んで眼をつむったが、不意に秘密を打ち明けるような小声になった。

「そのときはこの家でもらい受ける。それよりほかに仕方もあるまい」

「そうですとも、お前さま」

登米は低い声に力をこめて言った。そしていま洩らした会話を、誰か人に聞かれはしなかったかとでもいうように、夫婦は申しあわせたように顔をあげて、廊下のあたりに眼を配った。

五

「ま、楽にしてくれ」

吉左衛門を小料理屋のひと部屋に誘うと、勝間重助は気さくな口ぶりで言った。勝間は四つか五つ年下だが、普請組添役という役持ちで、吉左衛門の上司である。

「ま、一杯」

酒が運ばれてくると、勝間は自分で銚子《ちょうし》を取りあげて吉左衛門に酒を注いだ。

「今日貴公を誘ったのは、ほかでもないが」

「………」

「いつぞや、貴公から橋本彦助の次男坊を養子に欲しいという話があったが、もはや養子は決まったかの？」

やっぱりその話かと吉左衛門は思った。これで五人目だ、とせせら笑う気持だった。

小鶴が神名家にきてから、半年以上たつ。吉左衛門夫婦には、もうこの娘を手離す気はなく、よしんば小鶴が自分の素姓を思い出して親元が知れても、一人娘でないかぎりは、懇願しても家の子にもらおうという気になっていた。

その間に、神名家にいる美貌の娘の噂は、いつの間にか家中に流れて、噂は、あれは神名家の養女だということになり、それまで見向きもしなかった婿志望の若者たちが、色めき立ってきた感じがあった。

それは、いろいろな形で吉左衛門夫婦の前にあらわれてくる。これまであまりつき合いもなかった近所の家の妻女が、突然に何かの用にかこつけて訪ねてきて、長長とお喋りし、その間に仔細《しさい》に小鶴を眺めて帰ったり、吉左衛門がいつも通る町道場のそばで、見も知らぬにきび面の若者が、唐突に会釈したりする。

ここに婿になってもいい男が一人いますぞ、と言いたげで、にがにがしいことこの上ない。吉左衛門は眼もくれずに通りすぎる。小鶴ほどの容姿を持つ娘を、養女に出来れば、あとは婿など選《よ》りどり見どり、あわてることは少しもないと吉左衛門は思っている。

笛を習いたいと言ってきた、あつかましい男がいた。吉左衛門は若いころ、剣術の道場にしきりに通ったが、この方はあまり伸びなかった。そのかわりというわけではないが、同じころに習った横笛の方は長足の進歩を示し、このまま修業を積めば、名手になるだろうと折り紙をつけられたいきさつがある。

しかし二十過《はたち》ぎると間もなく神名家に婿入りして、笛の修業は中断した。吉左衛門はそのことを別に口惜《くや》しいとも思わず、笛はあくまで余技だと割り切っていたが、好きな道は別である。つい十年ぐらい前までは、夫婦喧嘩の合間を縫って、ひょろひょろと柄でもない風流な音をひびかせていたのである。

その若者は、そんな古いことをどこからか聞きこんで来たらしく、それがしも笛が好きでござって、などと言ったが、吉左衛門はにべもなくことわった。笛を習うなどと言って、神名家に出入りし、小鶴とちかづきになろうという魂胆が見えすいている。そんな志があったら、小鶴がまだいなかった半年前になぜ来なかったかと、吉左衛門は言いたいのだ。

こういうてあいは論外として、正式に人を介しての養子話がすでに四件もきている。勝間は五人目の話を持ちこんできたわけだった。

しかし吉左衛門はいい気持はしなかった。勝間には一年前に、辞を低くして橋本の次男坊を養子に、と頼みこんで、それこそにべもなくことわられている。橋本彦助は、勝間の親戚だが、家は七十五石で、大家の坊ちゃまを頂きたいと言ったわけではなかった。

それなのにあっさりとことわられ、そのあとその話がもとで登米と大喧嘩した記憶が残っている。その次男坊が、まだ売れないでいるらしかったが、吉左衛門としてはいい顔は出来ない。

「いや、まだ決まってはおりませんが、同じような養子話が、あちこちから来ておりましてな。少し考えさせてもらわぬことには、どうにもなりません」

「ほう」

勝間は眼を丸くした。そして残念そうに言った。

「遅れたか」

「いえ、まだどなたにも返事は申しあげておりません。このお話も頂いて帰って、家内や娘とも相談してみることにいたしましょう」

言いながら、吉左衛門は至極いい気分だった。一年前には平身低頭した相手に、こんな口がきけるとは夢にも思わなかったことだ。

「なにぶん、よろしく頼む」

勝間は頭を下げた。

「橋本の家の者が、どこぞから貴公の家で、気だてもまことによろしく、みめも美しい娘を養っていることを聞きこんで参っての。作之助がまた、えらく乗り気でいるらしいのだ」

作之助というのが、橋本の家の次男坊である。風采《ふうさい》も立派で、人柄も悪くない若者だ。だから養子に申し込んだのだが、去年はけんもほろろにことわり、今度小鶴の噂を聞いて、手のひらを返すように養子になりたいというのは、軽薄な男だと吉左衛門は思った。

「小鶴というのが娘でござるが、しかし少しわけがあって、まだ家の娘に出来るかどうかはわからんのですぞ」

と吉左衛門は言った。

「あるいは親元に帰すようになるかも知れんのです。その場合にも、作之助どのは養子に来て頂けますかな」

「そらすこし、話が違うな」

勝間は急にそわそわした。娘抜きでは、さほど食指が動く話ではないのだという気配が露骨に見えた。

「その娘、貴公の家の養女だと聞いたが、そうではないのか」

「は。さっき申しあげたとおり、少少事情がござります。正式に藩庁に願いを上げたわけではありません」

「そういうことは早くやったらどうだ。そうしたら、作之助はすぐにくれてやるぞ」

勝間は、酔いが回ってきたのか、権柄《けんぺい》ずくな口調で言った。

「貴公もそろそろ年だろう。こういうことは早く運ぶにかぎる」

「ごもっともです。いずれ家にもどりまして、家の者とも相談させて頂きましょう」

吉左衛門は言いながら大そう気分がよかった。

六

「まず勝間から来た話を落とそう」

と吉左衛門は言った。

「あの尊大さは鼻持ちならん。橋本は七十五石だぞ。何様だというつもりだ」

「しかし上役からのお話でございましょ？　その話をことわって、大事ございませんか」

「そんなことは気にするな。勝間は組内でも評判がいいとは言えん男だ。どうということはない。要は人物だ」

「さようでございますね、お前さま。小鶴の婿にふさわしい方を選びませんとね」

「えぇーと、橋本作之助は落とす、と。藤井新六、あ、これはいかん。この男はほら、郡《こおり》奉行の藤井の分家。あそこの三男坊で乱暴者だ。聞いとらんか。二年ほど前亀井町の遊所で人を傷つけたとかいう噂を」

「おや、気づきませんでした。これは大原さまの奥さまから頂いたお話ですけれども」

「元気がよいのは結構だが、乱暴はいかん、乱暴は。新六も落とそう」

二人は夢中になって、持ちこまれた話を、ああでもないこうでもないとつつき合った。

夫婦でこんな楽しい相談事をするのは、はじめてのような気がしていた。小鶴がきてから、夫婦喧嘩らしいものを一度もしていないが、これでは喧嘩するひまもないわけだった。

小鶴からは、養女になってもいいという承諾をとっている。曇りのない顔つきで、もうこの家の娘のつもりです、などという小鶴をみると、実際にはどこかに実の親がいるに違いないのに、という一抹《いちまつ》の不安は残る。

だが、小鶴が神名家にきて、もう八カ月経っていた。吉左衛門にも、もうそろそろいいだろうと思う気持があった。実の親がわかったときはわかったときで、別に話し合いの余地もあろう。そう思うと気が楽になって、婿えらびに張りが出た。

二人が選んだのは、早田寛之助という若者だった。話を持ちこんできたのは、葺屋町の林という家の隠居で、早田寛之助はこの家の親戚の三男だった。剣術も出来、学問もひととおりは身についているが、人柄の穏やかな男だ。婿向きに出来ている、と林の隠居は寛之助を売りこんだあとで、恐縮したように言った。

「ただ早田の家は、貴公も承知のとおり、六十石しか頂いておらん。ま、このへんはまけて下され」

吉左衛門夫婦は、小鶴にも話し、林の隠居に内諾の返事をした。祝言《しゅうげん》は秋。その前に小鶴の養女の届けも済ませ、寛之助を婿に迎えるという段取りが決まった。

秋めいてきた一日。林家から吉左衛門夫婦と小鶴に招待の使いが来た。寛之助を呼ぶので、差し支えなければひきあわせかたがた、お茶でもさしあげたいという口上だった。

縁組みは決まったが、寛之助と会っているのは吉左衛門一人で、登米も小鶴もまだ婿となるべき人物を見ていなかった。

「折角の好意だ、行ってみよう。一度相手を見ておく方がいい。わしなども、ばあさんを見もせずに婿にきて、この始末だ。くる前にとっくりと一度見ていたら辞退したかも知れん」

吉左衛門はうれしそうに憎まれ口を叩いた。以前の登米なら早速ひとつふたつ口答えするところだが、そう言われても笑っている。小鶴もしのび笑いをした。祝言をひと月あまり後にひかえて、みんなが上気していた。

林家の当主は書院目付をしていて、禄高は百五十石。屋敷も吉左衛門の家よりひと回り広い。その家の奥座敷で、神名家の三人は婿になるべき寛之助と一緒にお茶を頂いた。

寛之助は落ちついていた。橋本作之助のように美男というわけではなかったが、それがかえって好もしいと吉左衛門の眼には映る。

――小鶴には、似合いの婿だ。

騒騒しく世間体を構わない舅《しゅうと》、姑《しゅうとめ》の下に、しっとりと落ちついたひと組の若夫婦が出来上がりそうだった。吉左衛門にはそれも好もしいことに思われた。

小鶴の顔色がすぐれないのに気づいたのは、林の家を出て、家の近くまで帰ってきたころだった。

「ぐあいでも悪いかえ、小鶴」

門を入るとすぐに、登米が気づかわしげに小鶴の顔をのぞいた。すると小鶴が立ちどまり、両手で顔を覆った。

登米は小鶴の肩に手をかけながら、不安そうに夫を見た。

「どうしたのでございましょ？」

「気疲れだろう。家に入れて休ませれば直る」

吉左衛門は言って背をむけようとした。そのとき小鶴が顔から手をはなして、いいえ、違いますと言った。顔色は青ざめて、額に汗が吹き出している。

「申しわけございませんが」

小鶴は、立ち竦《すく》んでいる二人にむかって、しっかりした声音で言った。

「この縁組みはおことわりしてくださいませ」

「早田寛之助が気にいらんのか」

「そうではございません、お父様」

小鶴はうつろな眼で吉左衛門を見た。

「私には決まった方がいるのです」

あっと叫んで、登米が小鶴の身体《からだ》をささえた。小鶴が気を失ったのだった。吉左衛門があわてて駆けより、登米に手伝わせて背負うと、家の中まで運んだ。

「さて、困った」

「あの子は、何を言っているのですか」

小鶴を寝かせた後で、吉左衛門夫婦は茶の間にもどり、ひそひそと話し合った。

「わからんか。あれは昔を思い出したのだ、おそらく」

「………」

登米はおびえたような眼で夫を見た。

「出て行く気ですか、この家を」

「さあ、わからん。忘れていたことを、すっかり思い出したのなら、そうするかも知れんが、そうとも言えぬ節もある」

「………」

「昔のことを思い出して、小鶴が出て行くと言うときは、とめることはならんぞ。ともかくこの縁組みはことわるほかはない。林さまにも、寛之助の家にも申しわけないことに相成ったが、やむを得ん」

少し浮かれ過ぎたな、と吉左衛門は苦く反省していた。こういうことがあるかも知れないという懸念ははじめからあったのだ。それが、登米が遅まきの母親気取りで小鶴の世話を焼くのを見、娘がまたすっかりなついてしまってお父様、お母様などと言い出すに及んで、吉左衛門もつい調子に乗ってしまったきらいがある。

そう思いながら吉左衛門は、しかし惜しいことをしたな、とも思った。何ごともなく物事が運べば、長年心にかけてきた跡つぎも出来て、老後のわずらいも一度に消えるところだったのだ。

「決まったひとというのは、何ですか、お前さま」

登米はまだ言っていた。登米は頭がこわれて考える力を無くしたとでもいうふうに見えた。

「さて、許婚《いいなずけ》か、あるいは亭主がいたということであろうな」

「亭主が？　あの子に？」

登米は痴呆のように口を開いて、吉左衛門を見つめた。そしてまた同じことを繰り返した。

「それではやっぱり出て行く気ですか」

「だからまだわからんと言っておる。様子を見んことには何とも言えない」

「婿は仕方ありませんから、せめてあの子だけでもいてくれればよい」

登米は愚痴っぽく言った。それには吉左衛門も同感だった。

七

　だが、不思議なことに、小鶴は明るさを取りもどした。出て行くとも言わなかった。過去はあの日いっとき小鶴の胸に暗い影を落としただけで、飛び去る雲のように通り過ぎて行ったようだった。

　早田寛之助との縁組みは、破談にしてもらった。早田家でも、仲人に立った林家でも突然の破談にいきり立ったが、吉左衛門は汗だくで事情を話し、ようやく納得してもらった。

　そのことを夫婦は小鶴には話さなかった。縁組みの話は禁句だとさとったからである。小鶴も聞こうとしないままに、もとの親子三人という空気が少しずつもどってくるようだった。

「だからあわててはいかんと申したのだ」

　婿話では、自分も結構浮かれたくせに、吉左衛門は登米にそう言った。

「小鶴は、いえばこわれ物だ。そっとしておいて様子を見るしかない。この家に授かった娘かどうかは、長い眼で見ないことにはわからん」

「そうしましょ。娘が一人いると思うだけでしあわせじゃありませんか。あの子が行ってしまって、またお前さまと二人だけになることを考えると、私はぞっといたしますよ」

二人はひそひそとそんなことを語り合った。だが、二人がそう話し合っていたころ、夫婦の望みを無残に砕くような調べの手が、ついそこまできていたのだった。

朝夕地面に霜がおりるようになった晩秋の日、吉左衛門が城をさがって家にもどると、客がきていた。

「どなたかの？」

「それがお前さま」

玄関に出迎えた登米は打ちしおれていて、言いかけたまま唇を嚙んだ。

「どうした？」

「小鶴に迎えが来たのです」

吉左衛門は、無言で家に入った。登米がうしろに続いて、お客さまは小鶴の部屋ですよ、と言った。

客は二人だった。長身の、男らしくひきしまった顔をもつ若者と、篤実そうな肥った中年男の二人連れだった。

吉左衛門はすぐ小鶴を見た。そして胸を衝かれたように思った。小鶴は、二人の客から少し離れたところに坐っていたが、その顔には、吉左衛門がはじめて橋の上で会ったときと寸分違わない、うつろないろがあらわれていたのである。吉左衛門を見ても、顔には何の表情も浮かばなかった。小鶴はゆっくり吉左衛門から眼をはずし、明かりとりの丸窓を染めている夕の光に顔をむけると、眼はそこで放心したように動かなくなった。

「神名吉左衛門でござる」

坐って吉左衛門が名乗ると、男二人はそれぞれ身分と名前を名乗った。隣国の城下からきた男たちで、肥った中年男は、町奉行所に勤める小鶴の親戚の者だった。そして若い男は小鶴と縁組みを結んでいた相手だった。

寺川藤三郎と名乗った若者は、吉左衛門にむかって深ぶかと頭をさげた。

「委細はご新造から承ってござります。光穂《みつほ》に賜った手厚いご庇護《ひご》は、国元に帰りましても、決して忘却つかまつりませぬ」

「光穂？」

吉左衛門は後ろに坐っている登米をふりむいて、誰のことじゃと言った。

「小鶴の本当の名前だそうですよ」

と登米は言った。そう答えながら、登米の眼は小鶴の横顔を喰いいるように見つめていた。

光穂が城下から失踪《しっそう》したのは、去年の七月の末のことだと寺川は言った。光穂の父母が、相ついで世を去った直後のことだった。置き手紙も何もなかったが、光穂には弟妹がいて、姉が江戸の叔母を訪ねて行くと言っていたことを告げた。

江戸の深川一色町というところに、光穂の母の妹がいる。寺川は後を追って、百数十里の道を江戸まで行った。だがそこには光穂は来ていなかった。寺川は今度は帰途、しらみつぶしに宿場宿場を光穂の消息をもとめながら帰ったが、手がかりは得られなかった。

そして一年たったのである。思わぬ消息が知れたのは半月ほど前だった。ある盗難事件が起きて、この国の奉行所と隣藩の奉行所の者が行き来した際に、光穂らしい娘が、神名吉左衛門の家に養われていることを、今日同行してきている笹森という奉行所勤めの男が聞き込んだのであった。

「こちらさまに拾われましたのが、八月のはじめごろと聞きました。してみると光穂は真直ぐに、どういうわけか当国に参ったものと見えます」

と寺川は言った。

「それで?」

吉左衛門はうつむいて聞いていた顔をあげた。

「すぐに連れてもどられるか?」

「は。こちらさまのご承諾を得られれば、すぐにも連れ帰りたいと存じます。さきほど笹森ともども奉行所に寄りまして、そのことは届けて参り申した」

「承諾も何もござらん。身元が判明すれば連れもどって頂くのが当然。めでたいことじゃ」

と吉左衛門は言った。そして笹森にむかって、暫時この若い方をお借りしてよろしいかと言った。笹森は、奉行所勤めの人間に似合わない柔和な笑いをうかべて、ご随意にと言った。

吉左衛門は部屋を出ると、玄関に出、そのまま履物をつっかけて外に出た。外では傾いた晩秋の日がやわらかくあたりを照らしていた。吉左衛門は後について庭に出てきた寺川にむかい合うと言った。

「お気づきか。光穂というのかの、あの娘。じつは正気を失っておる」

寺川の男くさい顔が、はじめて暗い表情に翳《かげ》った。寺川はうなずいた。

「むろん気づいております。われわれを見ても、あのとおりで、ひと言も口をきかんのです」

「狂っておるとは思えん。ただ昔のことを思い出せない様子だの」

「それがしには心当たりがあります。恐らく……」

寺川は口ごもった。

「恐らく、何かの？」

「光穂は、あのことを思い出したくないのでございましょう」

光穂の父母は、病死ではなかった、と寺川は言った。三人もの子を生みながら、稀《まれ》にみる険悪な夫婦仲で、家の中では夫婦の争いが絶えなかった。そしてついに破局が来た。

ある日、言い争いのはてに、激昂した夫が刀を抜いて妻を刺殺してしまったのである。そして、自分のしたことに驚愕《きょうがく》した夫はその場で腹を切った。

「大目付の調べでは、そのようになっております。しかし事実は若干違ってございます」

寺川はしばらく重苦しく沈黙したが、やがてぽつりと言った。

「母親を刺殺した父に、光穂が逆上して斬りつけたと推定されます。それが深傷《ふかで》でござった。父親はわが子に咎《とが》を及ぼすまいと、腹を切ったというのが、それがしがひそかに知った真相でございます」

吉左衛門は沈黙した。吉左衛門夫婦が言い争いをはじめたときに見せた、光穂の異常な振る舞いを思いだしていた。

吉左衛門は寺川の顔を注視しながら言った。

「そういう女子でも連れてもどられるか」

「むろんです。それがしがもっとも恐れたのは、光穂がどこか人知れぬ場所で、ひそかに命を絶っているのではないかということでございました。生きているだけで十分、という気もいたします。連れ帰って、気長に養生させるなら、回復も望みないことではないと考えます」

「あの娘は、ここでは至極ほがらかに暮らしておった」

「さようですか」

寺川はしばらく考えこむように黙りこんだが、やがて顔をあげると確信ありげな口調で言った。

「それは、この家では自分がしたことを忘れて暮らせたからでござりましょうな。しかしそれは真実癒《い》えたことにはならんのではござりますまいか。光穂は苦しんで、自ら癒えるほかはないと存じます」

「そのとおりだな」

吉左衛門は大きな声で言った。思わず手を握りたくなったほど、眼の前にいる若者に信頼の心が湧いた。

「お連れくだされ。あの娘は必ず癒えて、貴公のいい伴侶《はんりよ》となろう」

背をむけた寺川に、吉左衛門は声をかけた。

「小鶴とは誰のことかな」

「光穂の母の名でござる」

間もなく家の中から出てきた光穂を、吉左衛門と登米はならんで見送った。光穂は、寺川に手をとられていた。白い無表情な顔をうつむけて門にむかう娘に、登米が声をかけた。

「光穂どの、気をつけなされ」

光穂は振り向かなかった。もういい、と吉左衛門が言ったとき、登米が涙ぐんだ声で叫んだ。

「小鶴」

その声を聞くと、光穂が足をとめて振り返った。微《かす》かな感情の動きが、顔に走ったようだった。光穂は深ぶかと頭をさげた。そして自分から手をさしのべて寺川の手に縋《すが》ると、去った。

神名吉左衛門の家から、時おり夫婦喧嘩の声が外に洩れるようになった。だがその声が以前にくらべると、いちじるしく迫力を欠いているというのがもっぱらの噂だった。養子話もとだえたままである。

初出・収録文庫一覧

暗殺の年輪　「オール讀物」昭和四八年三月号／文春文庫『暗殺の年輪』
相模守は無害　「オール讀物」昭和四九年一月号／文春文庫『闇の梯子』
唆す　「オール讀物」昭和四九年八月号／新潮文庫『冤罪』
潮田伝五郎置文　「小説現代」昭和四九年一〇月号／新潮文庫『冤罪』
鬼気　「小説宝石」昭和五〇年一〇月号／中公文庫『夜の橋』
竹光始末　「小説新潮」昭和五〇年一一月号／新潮文庫『竹光始末』
遠方より来る　「小説現代」昭和五一年一月号／新潮文庫『竹光始末』
小川の辺　「小説新潮」昭和五一年五月号／新潮文庫『闇の穴』
木綿触れ　「問題小説」昭和五一年七月号／新潮文庫『闇の穴』
小鶴　「小説現代」昭和五二年一二月号／新潮文庫『神隠し』

著者略歴

昭和2（1927）年、鶴岡市に生れる。

山形師範学校卒。

48年「暗殺の年輪」で第69回直木賞を受賞。

「蟬しぐれ」「三屋清左衛門残日録」

「用心棒日月抄」「橋ものがたり」

「隠し剣孤影抄」「隠し剣秋風抄」

「白き瓶」（吉川英治文学賞）など著書多数。

平成9年1月逝去。


ISBN978-4-16-325570-5

海《うな》坂《さか》藩《はん》大《たい》全《ぜん》　上

二〇〇七年一月十五日　第一刷
二〇一六年六月三十日　第八刷

著　者　藤沢《ふじさわ》周平《しゅうへい》
発行者　吉安　章
発行所　株式会社　文藝春秋
〒102-8008　東京都千代田区紀尾井町三ノ二十三
電話　〇三-三二六五-一二一一
印刷所　理想社
付物印刷　凸版印刷
製本所　新広社

万一、落丁・乱丁の場合は、送料当方負担でお取替えいたします。小社製作部宛、お送り下さい。定価はカバーに表示してあります。

藤沢周平全集　全二十五巻　別巻一

四六判　布装貼函入り　各巻月報付き
8・5ポイント二段組　平均580頁

静かな覚悟と透明な諦念――。人生の伴侶とよぶにふさわしい藤沢文学のすべてを収録

第一巻　市井小説短篇（一）　溟い海　ほか二十篇
第二巻　市井小説短篇（二）　暁のひかり　ほか二十九篇
第三巻　市井小説短篇（三）　驟り雨　ほか三十五篇
第四巻　士道小説短篇（一）　暗殺の年輪　ほか二十一篇
第五巻　士道小説短篇（二）　麦屋町昼下がり　ほか二十二篇
第六巻　士道・歴史小説短篇（三）　玄鳥　ほか十三篇
第七巻　雲奔る　回天の門
第八巻　一茶　白き瓶
第九巻　用心棒日月抄　孤剣―用心棒日月抄
第一〇巻　刺客―用心棒日月抄　凶刃―用心棒日月抄
第一一巻　消えた女　漆黒の霧の中で　ささやく河　彫師伊之助捕物覚え

藤沢周平 未刊行初期短篇

新人賞受賞前の無名時代に雑誌に掲載され、書庫の片隅に眠っていた幻の短篇十四篇が四十年の時を経てよみがえる。待望の一冊（単行本）

藤沢周平 父の周辺 遠藤展子

生涯「普通が一番」と言い続けた父、明るく夫を支え続けた母。ひとり娘が初めて綴った藤沢さんの素顔と、心暖まる家族の日常（単行本）